クリスティー文庫
28

鳩のなかの猫

アガサ・クリスティー
橋本福夫訳

早川書房
5442

CAT AMONG THE PIGEONS

by

Agatha Christie

Translated by
Fukuo Hashimoto
Published 2012 in Japan by
HAYAKAWA PUBLISHING, INC.
This book is published in Japan by
arrangement with
AGATHA CHRISTIE LIMITED
through TIMO ASSOCIATES, INC.

ステラ・カーワンと
ラリイ・カーワンに

目次

鳩のなかの猫

登場人物

オノリア・バルストロード……………………メドウバンク校の校長
エレノア・ヴァンシッタート…………………ドイツ語と歴史の先生
チャドウィック（チャディ）…………………数学の先生
アイリーン・リッチ……………………………英語と地理の先生
アンジェール・ブランシュ……………………フランス語の先生
グレイス・スプリンガー………………………体育の先生
エルスペス・ジョンスン………………………寮母
アン・シャプランド……………………………校長の秘書
アダム・グッドマン……………………………園丁
ジェニファー・サットクリフ
シャイスタ
ジュリア・アップジョン
（以上三名）……………………………………メドウバンク校の生徒
ジョアン・サットクリフ………………………ジェニファーの母親
ボブ・ローリンスン……………………………ジョアンの弟
アリ・ユースフ…………………………………ラマット国の国王
ロビンスン………………………………………謎の人物
パイクアウェイ大佐……………………………公安課大佐
ケルシー…………………………………………警部
エルキュール・ポアロ…………………………私立探偵

プロローグ・夏季学期

1

その日はメドウバンク校の夏季学期の始まる日だった。夕方近くの陽光が、校舎の前の砂利を敷きつめた広い玄関道に燦々《さんさん》と降りそそいでいた。正面のドアは歓迎の意をこめて大きく開けはなってあり、そのすぐ内側には、ミス・ヴァンシッタートが、ひと筋の乱れもない髪といい、非のうちどころのない仕立のスーツといい、ジョージ王朝風のドアの様式の一部のような姿で立っていた。

この学校のことをあまりよく知らない父母たちの中には、彼女をここの校長でもある偉大な教育家、ミス・バルストロードと間違える者もあったが、ミス・バルストロードは、言わば奥の院ともいうべき場所へ引っこんでいて、ごく少数の選ばれた特権階級だけにしか面会しない習慣だった。

ミス・ヴァンシッタートの片側に立ち、多少感じの違った応対のしかたをしているのは、何でもよく知っている親しみやすい先生、ミス・チャドウィックで、彼女ぬきのメドウバンク校など想像もできないほど、この学校の一部になりきっている人だった。また事実、メドウバンク校に彼女がいない時期は一度もなかった。だいたいメドウバンク校はミス・バルストロードとミス・チャドウィックが共同で創立した学校なのであった。ミス・チャドウィックは、鼻眼鏡《パンスネ》をかけ、猫背で、あかぬけない服装をし、親しげだがちょっとぼんやりした話し方をするが、数学にかけてはすばらしい頭の持ち主だった。

ミス・ヴァンシッタートの洗練された歓迎の挨拶の言葉が校内を漂っていった。

「アーノルド夫人、その後お変わりはございませんか？　リディア、どう？　ギリシャへの船旅は楽しかったでしょうね？　すばらしいわね！　いい写真がとれて？

ええ、ガーネットさま、美術講座についてのお手紙は受けとっておりますし、すべての手続きも完了しております。

バード夫人、お元気ですか？……ええ？　ああ、バルストロード先生はね、今日は、その点を論じられるお暇がないと思いますわ。もしなんでしたら、ローワン先生なら、そのあたりにおられるはずですけれど？

パミラさん、あなたの寝室の場所が変わったのよ。向こうはしのリンゴの樹のそばです……

そうですわね、ヴァイオレットさま、この春は悪いお天気が続きましたですね。こちらがお宅の一番末のお坊っちゃまですの？　なんというお名前ですの？　ヘクターさん？　まあ、立派な飛行機をお持ちですわね、ヘクターさん。

マダム、よくいらしてくださいました。でも、残念ながら今日の午後は不可能かと存じますわ。バルストロード先生は非常に多忙なものでございますから。

こんにちは、教授。何かまた興味深い発掘をなさいましたか？」

2

二階の小さな部屋では、ミス・バルストロードの秘書のアン・シャプランドが、仕事慣れた速い手つきで、タイプライターを打っていた。アンは、三十五歳のいい顔だちをした女で、黒サテンの帽子でもかぶっているように髪をぴったりと撫でつけていた。その気になれば、魅惑的にもなれる女性だったが、今までの人生経験から、能率と仕事の腕のよさのほうがいい結果を生むことが多いのを悟らされていたので、煩わしい紛糾は避けるようにしていた。今も彼女は、有名な女学校の校長の秘書として、あらゆる点で申し分のない人間になろうと努力していた。

彼女は、タイプライターに新しい紙をさしこむ時などに、時おり窓の外へ目を移し、来校者たちに関心を向けた。

「まあ！　英国にもまだこんなにお抱え運転手が残っているとは知らなかったわ！」とアンは感心してつぶやいた。

そのとたんに、堂々とした威容のロールス・ロイスが走りさり、今度はいやにちっぽけな、おまけに古ぼけた、オースチンが横づけになったのには、われにもなくにやりとした。その車からは、心配そうな顔つきの父親が、娘を連れて姿を現わしたが、娘のほうがずっと落ちつきはらっているみたいだった。

父親がとまどったようすで立ちどまると、ミス・ヴァンシッタートが校舎から姿を現わし、応対した。

「ハーグリーヴズ少佐でしょうか？　この方がアリスンさんですのね？　どうぞお入りください。お父様にもアリスンさんのお部屋を見ていただきたいと思いますわ。わたしは――」

アンはにやにや笑いだし、またタイプの仕事にもどった。

「ヴァンシッタートが相変わらずはりきって代役を演じているわ」と彼女はつぶやいた。

「あの人ときたら、バルストロードの癖をなんでも真似るんだから。まったく完璧そのものだわ！」

ラズベリー・クリーム色と淡青色のツートンカラーの大きな車体の、ちょっと信じられないほど贅沢なキャデラックが、スッと（と言っても、車体が長いだけに苦労してだが）玄関道へ入ってきて、アリステア・ハーグリーヴズ少佐の古ぼけたオースチンの後にぴたりと停まった。

運転手が飛びおりて、ドアを開けると、長く垂れた長衣《アパ》を身につけた、みごとな顎鬚、浅黒い顔の男が出てきた。続いて、パリの流行衣裳を身につけた女。そのあとからは、浅黒い顔のすらりとした少女。

きっとあれがなんとかいう王女に違いない、とアンは思った。あの子が学校の制服をまとった姿なんか想像もつかないけど、明日はその珍しい観物にお目にかかれるわ……

今度は、ミス・ヴァンシッタートとミス・チャドウィックが二人揃って出迎えた。

「あの連中は校長にお目どおりを許されるに違いないわ」とアンは想像をつけた。

ところが、そう思ったとたんに、奇妙にも、ミス・バルストロードのことでは冗談も言いたくない気がした。やはりバルストロードという人は大した女性のように思えた。

「だからあんたもPやQに気をつけて、この手紙をタイプミスなしで片づけたほうがいいわよ」と彼女は自分に言いきかせた。

べつにアンがしじゅう綴りを間違えているというわけではなかった。その気になれば、秘書としてはよりぬきの仕事口にもつける女だった。ある石油会社の社長の補佐役をしたこともあれば、博学なだけでなく、怒りっぽくて、読みづらい字を書く点でも有名な、マーヴィン・トッドハンター卿の個人秘書をしたこともあった。彼女が今までにつかえた主人の中には、大臣も二人いたし、高級官吏も一人いた。だが、今まではだいたい男性の中にまじって働いてきたのだった。今度のように、彼女自身の言いまわしを借りれば、女たちの中にすっぽりはまり込んで暮らすのはどういうものか、自分でも予想がつきかねた。それにしても——これも経験ではないか！　それに、いつでもデニスが控えていてくれる！　マレーにいようとビルマにいようと、世界のどこにいようと、常に変わらない愛情を抱いて帰ってきて、また結婚を申しこんでくれるに違いない、あの忠実なデニスが。親愛なるデニス！　でも、デニスとの結婚生活はすこぶる退屈なものに違いないわ。

いずれそのうちに、男性との接触のないことが淋しくなってきそうな気がした。いかにも女教師的な女ばかりの暮らしなのだから――学校じゅうで男といったら、八十歳ばかりの園丁が一人いるきりだ。

ところがその時、アンは意外な発見をした。窓から外へ目をやったとたんに、玄関道のすぐ向こうの生垣を刈りこんでいる一人の男の姿に気がついたのだ――明らかに園丁には違いないが、八十にはほど遠い。若くて、色が浅黒く、顔だちもいい。アンは不思議に思った――臨時雇いの労働者を入れる話が出ていたのは聞いていた――それにしても、あれは田舎者なんかではない。でも近頃では、人はいろんな種類の仕事をやっているから、どこかの青年が何かの計画の資金が欲しくてやっているか、それともただ健康を維持するためにやっているのかもしれない。ところが、その青年はすこぶる熟練した手つきで生垣を刈りこんでいた。やはり、あれはほんものの園丁なのだわ！

「何だか興味のもてそうな男に見えるわ」と彼女はつぶやいた。

あと手紙はもう一通だけだとわかると、嬉しい気がした。これがすめば、庭をぶらついてみてもいいわけだわ……。

3

階上では、寮母のミス・ジョンスンが、部屋の割りあて、新入生の歓迎や、前からいる生徒との挨拶に、目のまわるほどの忙しさだった。

彼女はまた学期が始まったことが嬉しかった。いつも休暇には自分の身をもてあますのだ。結婚している二人の妹の家を順番に泊りあるくことにしていたが、その妹たちも、これは当然の話だが、メドウバンク校のことよりも、自分たちの日々の暮らしや自分たちの家族のことのほうに関心が深かった。ところが、ミス・ジョンスンのほうは、姉妹として当然のように妹たちを愛してはいても、ほんとうはメドウバンク校のことにしか関心がなかった。

やはり、学期が始まってくれてありがたいわ――

「ジョンスン先生？」

「はい、パミラさん」

「あのね、ジョンスン先生、わたしのカバンの中で何かがこわれているみたいなんです。そこらじゅうに、にじみ出ているんです。きっとヘアオイルだと思います」

「そりゃたいへん！」とミス・ジョンスンは手伝いに駈けていった。

4

砂利を敷きつめた玄関道の向こうの芝生の上では、新任のフランス語教師のマドモワゼル・ブランシュがぶらぶら歩きまわっていた。彼女は、生垣を刈りこんでいる逞しい青年を好感の目で見やった。

〃ちょっといい男だわ《アセ・ビアン》〃とマドモワゼル・ブランシュは心の中でつぶやいた。マドモワゼル・ブランシュは、やせた、さえない女で、あまり人目をひくほうではなかったが、本人は何も見のがさなかった。

彼女の視線は、玄関へ乗りつけてくる車の列のほうへ動いた。彼女はそれらの車の値ぶみをしてみた。確かにこのメドウバンクという学校は大したものだわ！　彼女はミス・バルストロードの上げているに違いない利益を頭の中で計算してみた。

やはり思ったとおりだわ！　大したものだわ！

5

英語と地理を教えているミス・リッチは、相変わらず足もとも見ずに歩いているせいで、時おりちょっと蹴つまずいたりしながらも、急ぎ足で校舎のほうへ向かっていた。彼女の髪も、これまた相変わらずで、きちんと束ねられてはいなかった。彼女はみにくいながらも情熱的な顔をしていた。

彼女はひとりごとを言っていた。

「また帰ってきたのだわ！　こうしてここ、ここへ来ているなんて……まるで何年ぶりかみたい……」彼女は熊手に足をとられて倒れ、さっきの若い園丁が片腕を差しだして、声をかけた。

「先生、足もとに気をつけてくださいよ」

アイリーン・リッチは、園丁の顔も見ずに、「ありがとう」と言った。

6

二人の若い女教師、ミス・ローワンとミス・ブレイクは、ぶらぶらと室内競技場のほうへ歩いていた。ミス・ローワンは、やせていて、浅黒く、熱情的な顔をしていたが、ミス・ブレイクのほうはぽっちゃりとした身体つきで、色白だった。二人は、活気づいた話しぶりで、最近のフィレンツェでの冒険のことを語りあっていた。見てきた絵画、彫刻、果樹の花、それから、彼女たちに関心を（内心はそれが不名誉なものであってほしかったわけだが）よせてくれた、二人のイタリア人青年紳士のこと。

「もちろん、イタリア人のやり方はわかっているわよ」とミス・ブレイクは言った。

「抑制心がないのね」とミス・ローワンは、経済学だけでなく心理学を学んでいただけに、そんなふうに言った。「まったくの健康さを感じるわ。ぜんぜん感情を抑えようとはしないんだもの」

「だけど、わたしがメドウバンクで教えていると知った時なんか、ジュゼッペはずいぶん感銘を受けたようだったわ」とミス・ブレイクは言った。「とたんに態度がずっといんぎんになったもの。いとこが入学したがっているけれど、欠員が出るかどうかわからないって校長先生から言われたって」

「実際メドウバンクは価値のある学校だもの」とミス・ローワンも幸福そうに言った。「新築の室内競技場だって、いかにも堂々とした感じ。あれが新学期に間にあうなんて、夢にも思っていなかったわ」

「校長先生は、ぜひ間にあわせると言ってらしたわよ」とミス・ローワンは権威をふりかざしたような言い方をした。

「まあ！」とハッとしたように声を上げた。

ふいに室内競技場のドアが開いて、骨ばった身体つきの赤毛の若い女が出てきたからだ。女は、人をよせつけないような鋭い目つきでじろりと二人を見ただけで、足早に去っていった。

「あれが新任の体育の先生に違いないわ。なんて不作法な！」とミス・ブレイクは言った。

「あまり愉快な教師陣の追加ではないわね」とミス・ローワンも言った。「ジョーンズ先生があんなに愛想のいい、人好きのする人だっただけにね」

「間違いなくわたしたちをにらみつけたわよ」とミス・ブレイクは腹立たしそうに言った。

二人ともすっかり気分を害していた。

7

ミス・バルストロードの居間には二方面に窓があって、一方からは、玄関道とその向こうの芝生が、もう一方からは、校舎の背後のシャクナゲの生えた丘が見渡せた。この部屋もきわめて印象的な部屋ではあったが、ミス・バルストロードその人は、印象的という以上に立派な女性だった。背が高く、顔だちもどちらかといえば貴族的で、きれいに整えた白いものの混じった髪、ユーモアをたたえた灰色の目、意志の強そうな口もとをしていた。この学校が成功したのも（メドウバンク校は英国でも最も成功している学校のひとつなのだから）、全面的にこの校長の持っている個性のおかげだった。非常に高くつく学校ではあったが、実際にはその点は問題ではなかった。恐ろしく高い授業料を払わせられるにしても、支払っただけのものは得させてくれる学校だと言ったほうが、事実に近いだろう。

ここの女学生たちは、両親の望みどおりの、同時にまたバルストロード校長の望みどおりの、教育を受け、その二つの希望の結合が満足すべき結果を生むように思われていた。高い授業料のおかげで、教職員も充分に揃えることができた。この学校には大量生産的なところはぜんぜんなかったが、個性を生かす教育ではあるにしても、規律もゆるがせにはしなかった。強制を伴わない規律、それがミス・バルストロードのモットーだった。規律は若い人たちの拠りどころとなり、安定感を与えるが、強制は苛立ちを生む、と彼女は考えていた。この学校の生徒は多種多様だった。外国の良家の娘たちも数人まじっていたし、外国の王家の出身者が入学してくる場合も多かった。イギリスの良家の娘たちや金持の娘たちも入っており、彼女たちは、教養や芸術面の訓練を積み、人生全般についての知識や、社会生活の能力を身につけ、充分に訓練され洗練された人間になると同時に、どんなテーマについての知的討論にも参加できるようになることを望んでいた。けんめいに勉学にはげみ、入学試験にパスして、最終的には学位をとることを目標にしている女学生たちもいたので、そういう学生たちには充分に教えこみ、特別の注意を払ってやる必要があった。通常の型の学校生活にはうまくついてゆけない女の子たちも来ていた。だが、ミス・バルストロードも彼女流の原則は持っていて、知能が遅れた子や非行少女は受けいれないようにし、自分が好意を抱ける人たちの娘や、自分の目で見て伸びる可能性があると思えた少女たちを、選ぶようにしていた。ここの生徒は年齢にもかなりの幅があった。もうすでに、〈教育完了〉のラベルがはられていてもいいはずの年頃の娘もいれば、まだ子供と言ってもいいくらいの少女もおり、その中には両親が外国に行っている生徒もいるので、そういう生徒たちのためには、休暇を興味深く過ごせるように、ミス・バルストロード自らが計画をたててやるのであった。何事によらず、最終的な決定をくだすのは、バルストロード校長自身の判断だった。

彼女は今、マントルピースのそばに立って、ゼラルド・ホープ夫人の泣きそうな声に耳を傾けていた。すこぶる先見の明があったとでも言うか、彼女はまだホープ夫人にお掛けくださいとも言っていなかった。

「ご存知のとおりに、ヘンリエッタは非常に神経質な子なのでございます。ほんとうに神経質ったらないのでございますよ。かかりつけのお医者さんも——」

ミス・バルストロードは、わかっていると言うように軽くうなずき、時々はこんなふうな辛辣な言葉のひとつも浴びせたくなるのをおさえた。

〝おばかさんね、ばかな母親にかぎって、自分の子供のことをそんなふうに言うんですよ〟

実際には、彼女は理解のこもった態度でこう言った。

「ご心配にはおよびませんわ。ここには、ローワン先生という、充分に訓練を積んだ心理学者もおりますしね。お宅のお嬢さんも」（あの子は、あなたなんかにはもったいないほど聡明ないい子ですよ）「ここで一、二学期すごされたら、きっと奥様もびっくりなさるほど、お変わりになりますよ」

「ええ、それはもうよく存じておりますわ。ランベス家のお子さんなんか、こちらの教育のおかげで、奇跡のような変わりかたでしたものね——ほんとうに奇跡のよう！　ですから、わたしはもう、とても喜んでおりますのよ。それに、わたしは——ああ、そうそう、忘れておりましたわ。あと六週間ばかりしましたら、家族で南仏へ行くことにしておりますの。ヘンリエッタも連れていってやるつもりです。あの子にもいい息抜きになるでしょうからね」

「残念ですが、それは不可能でしょう」とミス・バルストロードはきっぱりと言ったが、その顔には、拒絶したのではなくて要求を認めてやったかのような、愛想のいいほほえみが浮んでいた。

「まあ！　でも——」ホープ夫人の線の細い動揺しやすい顔がゆらぎ、かんしゃくが顔を覗かせた。「あら、ぜったいに連れていきます。なんと言っても、あれはわたしの子供なんですもの」

「おっしゃるとおり。ですけれど、ここはわたしの学校ですよ」とミス・バルストロードは言った。

「好きな時にあの子を学校から連れだしたって、いいはずじゃありませんか？」

「それはそうですとも」とミス・バルストロードは言った。「もちろん、お連れになって結構ですよ。ですが、その場合、わたくしのほうでは帰校を許さないことになりましょう」

ホープ夫人はすっかりいきりたっていた。

「あれだけの授業料を支払っていることから考えても――」

「ごもっともです。それも、お嬢さんのためにわたしの学校をお望みになったからなのでしょう?」とミス・バルストロードは言った。「でしたら、あるがままに受けいれるか、諦めるかのどちらかですわ。奥様のお召しになっていらっしゃるそのすばらしいバレンシアーガのデザインと同じでね。それはバレンシアーガなのでしょう? 身につけるものの本当の良し悪しがわかる方に会うと、こちらまで嬉しくなりますわ」

彼女はホープ夫人の手を包むようににぎって、握手しながら、それとはわからないほどじりじりと戸口のほうへ導いていった。

「なにもご心配なさることはございませんよ。おや、ヘンリエッタさんがお母様をお待ちですわ」(彼女は好ましそうにヘンリエッタを見やった。この子はちょっとないほどバランスのとれた聡明な子だし、もっとましな母親を持っていてもいいはずなのだけれどね)「マーガレット、ヘンリエッタ・ホープさんをジョンスン先生のところへお連れして」

ミス・バルストロードは自分の居間へひっこみ、数分後にはフランス語で話をしていた。

「もちろんでございますよ、閣下。姫御さんには現代風な社交ダンスも習っていただけます。社交上ではたいへんだいじなことですからね、それから、外国語の知識をつけることも何より必要です」

次の来訪者たちは、ミス・バルストロードもたじたじとしそうなほどの高価な香水のかおりを前触れにして、入ってきた。

〃毎日ひと瓶の香水をそっくり身体に振りかけているに違いないわ〃と心の中で思いながら、ミス・バルストロードはその凝った服装をした浅黒い皮膚の女に挨拶した。

「うっとりとさせられ《アンシャンテ》ましたわ、マダム」

マダムはきれいなしなを作ってくっくっと笑った。

東洋風の服装をした大きな身体の顎鬚の男が、ミス・バルストロードの手をとり、その上にかがみこんで、流暢な英語でこう言った。

「わたしはシャイスタ王女様をお連れする光栄を得たものです」

ミス・バルストロードも、スイスの学校から転校してきたばかりのこの新入生のことは、詳しく知ってはいたが、護衛してきた人間が何者かについては少々あいまいだった。まさか大公《エミア》がご自身で来られるはずはないから、大臣か代理大使に違いない、と彼女は判断した。相手の身分がはっきりしない場合のいつもの手で、彼女は便利な〈閣下〉という敬称をつかい、シャイスタ王女には最善の注意をはらうことを保証した。シャイスタは礼儀正しく笑顔をうかべていた。彼女も流行の服装を身につけ、香水をふりかけていた。年齢は十五歳ということだったが、たいていの東洋や地中海周辺の少女たちと同じで、年よりもませてみえた――もうすっかり成熟しているといってよかった。勉強の計画などについて話しかけてみると、くっくっ笑いだしたりしないで、流暢な英語でテキパキと答えたので、ミス・バルストロードも安心した。実際、同じ十五歳のたいていのイギリスの少女たちのぎこちなさに比べると、態度も洗練されていた。ミス・バルストロードは、前から、イギリスの少女たちを近東へやって、その地の礼儀作法を学ばせるといいかもしれないと何度か思ったものだった。なお双方から丁寧な挨拶の交換があって、部屋はまたからっぽになったが、依然として香水のかおりだけは濃厚にたちこめていたので、多少なりと吹きはらおうとして、ミス・バルストロードは両方の窓をいっぱいに開けた。

次の来訪者はアップジョン夫人と、その娘のジュリアだった。

アップジョン夫人は、感じのいい、三十代後半の女性で、明るいブラウンの髪で顔にはそばかすがあり、いっこうに似合わない帽子をかぶってはいた。どう見ても平生は帽子をかぶらないタイプの女性のようだったので、これは今日の厳粛な行事のために渋々かぶってきたに違いなかった。

ジュリアも、そばかすのあるじみな顔をした少女で、聡明そうな額をし、態度もほがらかそうだった。

前口上の挨拶が簡単に片づくと、ジュリアは、マーガレットを通じて、ミス・ジョンスンのところへ送りだされることになり、彼女は、陽気に母親にこう言って出ていった。

「さよなら、お母さん。わたしはもうしてあげられないのだから、あのガス・ヒーターに火をつける時には、くれぐれも気をつけるのよ」

ミス・バルストロードはにっこりしてアップジョン夫人のほうへ振りむいたが、お掛けくださいとは言わなかった。ジュリアが快活な常識家らしく見えても、母親のほうは、うちの娘はたいへん神経質なのでしてなどと、また同じようなことを言いだしかねない気がしたからだ。

「お嬢さんのことで、何か特に聞かせておいていただくことでもありましょうか？」と彼女は訊いてみた。

アップジョン夫人がほがらかに答えた。

「いいえ、何もないと思いますわ。ジュリアはごく普通の子供ですから。いたって健康でもありますしね。頭は割合にいいほうかと思いますけど、きっとたいていの母親は、自分の子供をそんなふうに思うものなのでしょうね？」

「母親にもいろいろありましてねえ！」とミス・バルストロードはいやそうに言った。

「こちらに入れていただけるなんて、あの子にとってはすばらしいことなんですよ」とアップジョン夫人は言った。「ほんとうはわたしの伯母がお金を出してくれているんです。援助してくれているんですの。わたしにはとうていそんな余裕はございませんから。でも、わたしはほんとうに嬉しいんです。ジュリアも喜んでおりますわ」彼女は窓のほうへ歩みより、うらやましそうに言った。「きれいなお庭ですわねえ。手入れも行きとどいているし。きっと本職の園丁を何人もお雇いなのでしょうね」

「以前は三人いたのですけれど、今のところは、この土地の労働者だけでしてね。人手が足りないのですよ」とミス・バルストロードは言った。

「やはりね。近頃では、園丁だと言っていても、ほんとうはそうではなくて、ただの牛乳屋が暇な時間に何かして稼ごうとしているのだったり、八十歳の老人だったりしますからね。わたしは時々思うんですよ——おや！」やはりまだ窓から外を見つめていたアップジョン夫人が、ふいに、叫び声を上げた——「まあ、なんて不思議な！」

ミス・バルストロードもこの突然の叫び声には当然注意をひかれたはずなのだが、その時彼女はほかのことに気をとられていた。というのは、シャクナゲの植込みのほうに面しているもうひとつの窓から、なにげなく外へ目を走らせたとたんに、すこぶるありがたくない光景を目にしたからだ。レディー・ヴェロニカ・カールトン・サンドウェイズ（レディーとついているのは貴族の女性）ともあろう人が、相当お酒に酔っているらしく、大きな黒のベルベットの帽子をあみだにかぶり、ブツブツひとりごとを言いながら、ふらふらと小径を歩いていたのだ。

レディー・ヴェロニカが厄介な女性だということは、わかっていないことでもなかった。彼女は魅力のある女性であり、双子の娘たちを深く愛してもおり、世間で言うところの本来の自分でいる時には、すこぶる感じのいい人なのだが——困ったことには、時おり、思いがけない時に自分を失うのだった。夫のカールトン・サンドウェイズ少佐は、かなりうまくそうした事態を処理していた。親類の女性を同居させていて、通常はその人がレディー・ヴェロニカから目を離さないようにし、必要な場合は、連れさるようにしていた。運動会などに、カールトン・サンドウェイズ少佐やその女性に付添われて、一滴も酒を飲まないでやってきた時のレディー・ヴェロニカは、きれいに着飾ってもおり、母親の模範と言ってよかった。

ところが、時おり、彼女は保護者たちの手からすり抜け、酒をあおって、一直線に娘たちのところへ母親の愛情を示しにやってくることがあった。双子の娘たちはその日早くに汽車で着いていたので、レディー・ヴェロニカが来るとは誰も予期していなかったのだった。

アップジョン夫人はまだ喋っていた。だが、ミス・バルストロードはもう聞いていなかった。レディー・ヴェロニカが、急速に野蛮状態に近づきかかっているのが見てとれたので、あれこれと頭のなかで対策を検討していたのだ。ところが、彼女の祈りに答えるかのように、ふいにミス・チャドウィックが、多少息をきらしながら、駈け足で姿を現わした。忠実なチャディ、たとえ生徒が動脈を切った場合でも、父母が酔っぱらってやってきた場合でも、いつもたよりになる人だ、とミス・バルストロードは思った。

「恥知らずだわ」とレディー・ヴェロニカは大声で言っていた。「わたしを遠ざけようとするなんて——ここへ来させまいとするなんて——まんまとエディスを騙してやったわ。寝に行くと言っておいて——車を出したの——あのばかなエディスをまいてやったのよ……あんなオールド・ミスなんか……どんな男だって二度と振りむいてくれるものですか……途中で警官とひともんちゃくやったわ……車を運転できる状態じゃないなどと言うんだもの——ばきゃにしているわ……バルストロード校長に言うつもりよ、娘たちを家へ引きとるって——家へ連れて帰るわ、母親の愛よ。すばらしいものなのよ、母親の愛というものは——」

「よかったですわ、ヴェロニカさま」とミス・チャドウィックは言った。「お越しくださって、ほんとうに嬉しく思いますわ。ことに奥さまには、新築の室内競技場を見ていただきたいのです。きっとお気に召すと思いますわ」

彼女は、よろよろした足どりのレディー・ヴェロニカをたくみに反対方向へ向かせ、校舎から遠ざかるようしむけた。

「お嬢様たちもきっとあそこだと思いますわ」と彼女はほがらかに言った。「ほんとうにすばらしい室内競技場ですのよ、新しいロッカーもついていますし、水着の乾燥室も備わっておりますの——」二人の話し声はしだいに遠ざかり、聞こえなくなった。

ミス・バルストロードは見まもっていた。一度はレディー・ヴェロニカがチャディの手を振りほどいて校舎のほうへ引きかえそうとしたが、ミス・チャドウィックは負けはしなかった。二人はシャクナゲの植わっている角を曲り、新室内競技場のある、遠くの人けのない場所のほうへ姿を消した。

ミス・バルストロードはホッと安堵のため息をもらした。チャディはうまいものだわ。あんなにたよりになる人はいない！　現代的ではないし、頭も——数学を別にすれば——よくはないけれど、いつでも困った時にはすぐに駈けつけてくれる。

彼女は、ため息とともに、すまないことをしたと思いながら、さっきから楽しそうに喋り続けているアップジョン夫人のほうへ向きなおった。彼女はこう言っているところだった。

「……といいましてもね、もちろん、ほんものの活劇を演じたわけではないのです。パラシュートによる降下だの、破壊工作だの、密使だの、といったようなことはね。わたしがそんな勇気を持っているはずもありませんわ。たいていは退屈きわまる仕事だったのです。机の上の仕事ですもの。策略をねることもありましたわ。といっても、地図の上での策略ですのよ――小説に出てくるような種類の策略じゃありませんわ。それにしても、そりゃスリルを感じることも時にはありましたし、今もお話ししたように、滑稽なことも多かったのです――スパイたちが、みんなおたがいに顔は見知っていますから、ジュネーヴじゅうをぐるぐる追っかけあったりしましてね。とどのつまりは、同じ酒場に行きつくなんてこともたびたびありました。もちろん、その頃は、わたしもまだ独身でしたし、何もかもがおもしろくてたまらなかったのですわ」

彼女は急に話をうちきり、弁解するように、愛想のいい微笑を浮かべた。

「いい気になってお喋りをしてしまってすみませんでした。すっかり貴重なお時間を無駄にさせてしまいましたわね。あんなに大勢の方にお会いにならなきゃならないのに」

彼女は片手を差しだし、挨拶をして、出ていった。

ミス・バルストロードは、ちょっとのあいだ、顔をしかめて立っていた。本能が、重要かもしれないことを聞きもらしたぞと、警告しているみたいだった。

彼女はそうした気持ちをはらいのけた。今日は夏季学期の始まる日だったし、彼女はまだたくさんの保護者に面接しなければならない身だった。今ほど彼女の学校が高い評価をうけ、成功を保証されていたことはなかった。メドウバンク校は今が全盛期だった。

そのメドウバンク校が、それから数週間もたたないうちに大騒動にまきこまれる前兆などは、何ひとつなかった。やがて、この学校には騒ぎと、混乱と、殺人事件がはびこることになり、既にその時には、もうある種の事件が起きかかっていたのだけれど……

1　ラマット国の革命

メドウバンク校の夏季学期の始まった日より、二カ月ばかり前にさかのぼった頃、その有名な女学校に思いがけない余波を及ぼすことになる、ある事件が起きていた。

ラマット国の宮殿で、二人の青年がパイプをくゆらせながら、目前に迫った問題について相談していた。一人は、なめらかなオリーブのような顔に陰気な大きな目をした、色の黒い青年だった。彼は、小国ではあるが中東では一番裕福な国のひとつであるラマット国の世襲の族長《シェイク》、アリ・ユースフ殿下だった。もう一人、砂色の髪、そばかすのある顔の青年は、アリ・ユースフ殿下のお抱えパイロットとして高額の給料をもらっている以外は、一文無しと言ってもよかった。こうした身分の相違にもかかわらず、二人は完全に対等のあいだがらだった。どちらも同じ英国の名門私立学校《パブリック・スクール》で学び、それ以来ずっと友人としてつきあってきている仲だった。

「ボブ、やつらはわれわれにむけて発砲したぞ」とアリ殿下は信じられないような顔つきで、言った。

「そう、たしかにわれわれにむけて発砲した」とボブ・ローリンスンも言った。

「しかも、真剣だった。ぼくらの飛行機を撃ちおとすつもりだったのだ」

「やつらがそのつもりだったことは間違いない」とボブは陰気な声で言った。

アリはちょっと考えこんだ。

「もう一度ためしてみる価値はないだろうか？」

「次もうまくゆくとはかぎらないぞ。実を言うとね、アリ、もう手遅れかもしれない。二週間前に脱出すべきだった。ぼくが言ったようにね」

「逃げだすのはいやだ」とラマット国の国王は言った。

「その気持ちはわかる。しかし、シェイクスピアだったか、ほかの詩人だったかが言っているだろう、逃げれば生きのびて反撃するチャンスもあるって」

「考えてもみてくれ」と若い国王は、感情をこめて言った。「この国を福祉国家にするために、あれほど金を注ぎこんだんだぞ。病院、学校、保健所――」

ボブ・ローリンスンは相手の言葉をさえぎった。

「大使館に何とかしてもらえないだろうか？」

アリ・ユースフは顔を憤慨の色に染めた。

「きみの国の大使館に避難しろというのか？　そんなことは、絶対にできない。過激派の連中はおそらく大使館だって襲うにちがいない――外交特権なんかを尊重するようなやつらじゃないのだから。それに、もしそんなことをすれば、それこそ一巻の終わりだ。それでなくても、親西欧的だというのが、ぼくに対する非難の主要点なのだから」彼はため息をついた。「ぼくにはどうしてもわからないよ」と彼は、二十五歳という年齢にしては子供っぽい、感傷的な口調になった。「ぼくの祖父は冷酷な人間だった。まさに暴君だった。何百人もの奴隷を持ち、彼らを無慈悲に扱った。部族間の戦いでは、なんの容赦もなく敵を殺し、残酷な方法で死刑に処した。祖父の名前を聞いただけで、みんな色を失ったほどだ。それなのに――その人がいまだに伝説上の人物になっている！　称賛されている！　崇拝もされている！　アクメッド・アブドゥッラー大王と呼ばれているのだ！　ところが、ぼくはどうだ？　ぼくが何をした？　病院や学校を建てた、福祉施設や住宅を……国民が望んでいるというあらゆるものを。彼らはそういうものを望んではいないのか？　祖父のやったような恐怖政治のほうを望んでいるのか？」

「恐らくそうだろう」とボブ・ローリンスンは言った。「少々不公平な言い方に聞こえるかもしれないが、事実そうなんだ」

「だが、なぜだ、ボブ？　なぜなのだ？」

ボブ・ローリンスンは、ため息をつき、そわそわしながら自分の感じていることを説明しようとした。自分の表現力の無さと格闘しなければならなかった。

「それは、彼が国民に見世物《ショウ》を提供したからだ——真相はその点にあると思う。あの人は——一種の——役者だった、ぼくの言う意味がわかるかどうか知らないが」

彼は、こちらはまたぜんぜん芝居気のない、友人の顔を見た。もの静かな、気品のある男。誠実であるだけに、とまどっている人間。それがアリのありのままの姿だったし、それだからこそ、ボブも彼に好意を持ったのだ。アリは奇抜な人間でも、凶暴な人間でも、なかった。英国では、奇抜だったり凶暴な人間は迷惑がられ、あまり好感を持たれない。ところが、中東では事情が違うという感じを、ボブは抱いていた。

「しかし、民主主義は——」とアリは言いかけた。

「ああ、民主主義ねえ——」ボブはパイプを振った。「あれは、国が違うごとに、それぞれ違った意味をおびている言葉なのだ。ただひとつ確実なのは、最初にギリシャ人が考えたような意味で使われてはいない、ということだけだ。きみの望みの物を何でも賭けてもいいよ。ここの国民がきみを追いだしたら、きっと大言壮語のうまいやつが国をのっとり、大いに自己吹聴をやり、自分を全能の神にまつり上げ、少しでも自分と意見の違うやつは、つるし首にするなり断頭台にかけるなりするに決まっているんだ。それでいて、いいかね、そいつはきっとこれが民主的な政府だと——民衆の、民衆のための、政府だと——言うに決まっているんだ。きっと民衆もそういう政府を好むだろうよ。興奮を与えてくれるからね。おびただしい血を流してもくれるし」

「しかし、われわれは野蛮人じゃないぞ！　今ではわれわれも文明人なのだ」

「文明にもさまざまの種類がある……」と、ボブは確信のなさそうな言い方をした。「それに——どんな人間の内部にも、多少の野蛮性はひそんでいるように思える——そいつを解放する何かいい口実を考えだしさえすれば、いいわけだ」

「たぶんきみの言うとおりだろう」と、アリは暗い声で言った。「近頃のどこの国の民衆も望んでいないらしいのは、多少の普通の常識を備えた人間だよ。ぼくは頭のよかったためしのない人間だが——それはきみも知りすぎるほど知っているだろうがね——そのぼくでも、現代の世界にはほんとうに必要なものはそれじゃないのか——ほんのわずかばかりの常識じゃないのかと——しばしば考えさせられることがある」ボブはパイプを横へおき、椅子によりかかっていた身体をおこした。「だが、そんなことはどうでもいい。問題は、どうやってきみをこの国から脱出させるかだ。軍隊には、ほんとうに信頼できる人間が誰かいないのかね？」

　アリ・ユースフ殿下はのろのろと首を振った。

「二週間前なら〝いる〟と答えたろう。だが、今ではなんとも言えない……確信をもっては言えないしまつで——」

ボブはうなずいた。「それが厄介な点だよ。このきみの宮殿だって、ぼくにはゾッとするほど不気味な感じだよ」

アリは、何の感情もまじえず、そのとおりだと答えた。

「そうなのだ、宮殿にはいたる所にスパイがいる……あらゆることに耳をそばだて——何から何まで知っている」

「格納庫にさえも——」とボブは言いかかって、ちょっと言葉をきった。「アクメッドのやつは頼りになるぞ。第六感のようなものを持っているらしい。整備員の一人が、飛行機に破壊工作をほどこそうとしているところを見つけてくれた——しかも、それが、ぼくらなら絶対に信頼できる男だと断言したに違いない人間なのだ。そんなことよりも、きみを脱出させる計画を実行するなら、早いほうがいいぞ」

「わかっているんだ——わかってはいるし、おそらく——いや、今ではもう確実だと思うが——ここにとどまれば、ぼくは殺されるに違いない」

彼は、なんの感情も恐怖感もまじえず、ただ軽い関心を抱いている他人事のような態度で、そう言った。

「いずれにせよ、生命を落とすおそれは、たぶんにある」とボブは警告した。「どうせ飛行機で北方へ飛ぶしかあるまいからね。あの方向なら、やつらにも邪魔はできないはずだ。その代りに、山脈の上を飛ぶことになる――よりによって、今頃の季節に――」

彼は肩をすくめた。「きみにも了解しておいてもらわなきゃならないが、非常に危険なフライトになる」

アリ・ユースフは心配そうな表情になった。

「きみにもしものことがあると――」

「いや、ぼくのことなんか気にしてくれなくてもいいよ。ぼくはそんな意味で言っているんじゃないんだ。ぼくはとるにたらん人間だからね。いずれにせよ、早晩不慮の死をとげるにきまっているような人間だ。いつもとんでもないことばかりやっているんだからね。やはり――問題はきみだよ――ぼくは、どちらの道をとったほうがいいと、きみを説きつけようとは思わない。かりに、軍隊の一部分が実際に忠誠心を持っていてくれれば――」

「逃げだすなんて、考えるのもいやだ」とアリはきっぱりと言った。「だからといって、殉教者になり、暴徒に切り刻まれるのは、なおいっそういやだよ」

彼は一、二分間黙りこんでいた。

「いいだろう」と彼はついにため息とともに言った。「やってみることにしよう。いつにする?」

ボブは肩をすくめた。

「早ければ早いほどいい。何か自然な方法できみを滑走路に連れだす必要がある……建設中のアル・ジャサールの新道路の検分に行くと言うことにしてはどうだろう? 急に思いついたことにして。今日の午後に行くのだ。そして、車が滑走路にさしかかったら停めるのだ――いつでも飛びたてるように旅客機の用意をさせておく。道路の建設状況の検分は空からやることにするんだ、どうだろう? 滑走路を飛びたち、脱出する! もちろん、荷物は何も持ってゆくわけにはいかない。その場で急に思いたったことにする必要があるからね」

「持って行きたいものは何もないよ――ただひとつ――」

彼はにやりと笑ったが、ふいにその笑顔が彼の表情を変え、まるで別人のように見えた。もはや西欧化された現代的な、良心的な青年ではなかった――その微笑には、連綿と続いた歴代の祖先たちを生き残らせてきた、この種族特有の狡猾さと術策が顔を覗かせていた。

「ボブ、友人だから、きみには見せよう」

片手がワイシャツの内側へすべりこみ、まさぐった。と思うと、彼は小さなシャモア革の袋を差しだした。

「これは?」ボブはわけがわからず、眉を寄せた。

アリはその袋をとり戻し、口を結んだひもをほどくと、ザラザラと中身をテーブルの上にあけた。

一瞬ボブはハッと息をのみ、やがて、ひくい口笛をもらした。

「驚いたねえ。ほんものなのかね?」

アリはにやにやした。

「もちろんほんものだよ。大部分は父の持っていたものなのだ。父は毎年新しいものを手に入れていた。ぼくもそうした。ぼくの一家が、いろんな国に手をまわし、信頼できる人間を通じて買いあつめたものなのだ——ロンドンや、カルカッタや、南アフリカからね。一家の伝統なのだ。いざという場合に備えて、こういう物をたくわえておくのはね」彼は、ただ事実を述べておくだけといった口調で、こうつけ加えた。「今の価格にすれば、七十五万ポンドばかりの値打ちのあるものだ」

「七十五万ポンドねえ」ボブは口笛をもらし、宝石をつかんで、サラサラと指のあいだから落した。「夢でも見ているようだ。おとぎ話みたいだ。これだけあれば、きみに大きな影響を及ぼすな」

「そうなのだ」とその浅黒い顔の青年はうなずいた。またしても、その顔には、先祖伝来の表情が浮かんだ。「宝石のことになると、誰しも人が変わったようになる。こういうものには常に暴力の歴史がつきまとっている。死、流血、殺人。ことに、女は一番しまつが悪い。女にとっては、宝石はその価値だけにとどまらないのだからね。問題は宝石そのものに関係してくる。美しい宝石は、女を狂わせる。なんとかして自分のものにしたいと思う。首のまわりや胸に飾りたがる。女にはこれを預ける気にはなれそうにもない。だが、きみには預けるつもりだ」

「ぼくに？」ボブは目を見はった。

「そうだ。この宝石が敵の手中に落ちるのは何としても避けたい。ぼくに対する叛乱はいつ起きないとも限らない情勢だ。今日蜂起する計画かもしれない。今日の午後だって、生きて滑走路にたどり着けないかもしれない。この宝石はきみが持っていって、最善の方法をとってもらいたい」

「しかし――ぼくにはよくわからないんだが。これをどうしろと言うんだ？」

「なんとか方法を講じて、無事に国外へ持ちだしてくれればいいんだよ」

アリは狼狽している友人の顔を静かに見やった。

「つまり、きみの代りに、ぼくに持っていてくれという意味かい?」

「そう解釈してくれてもいい。要するに、きみなら何かいい計画を案出して、これをヨーロッパへ持ちだしてくれるものと、ぼくは考えているわけだよ」

「そんなことを言ったって、ぼくには、どうしたらいいかぜんぜん考えもつかないぜ」

アリは椅子によりかかった。彼の顔には、静かに面白がっているような微笑が浮んでいた。

「きみは常識を持っている。それに、正直でもある。学校でぼくづきの下級生だった頃から、いつも巧妙な手段を考えつける人間だったことも憶えている……ぼくのためにこういう問題を処理してくれている人間の名前と住所も、教えておこう――つまり――ぼくが生きのびられなかった場合に備えてね。ボブ、どうかそんな心配そうな顔をしないでくれ。できるだけの手段をつくしてくれればいいんだよ。きみに求めているのはそれだけのことなんだ。きみが失敗しても、責めるつもりはない。すべてはアラーの神のご意志のままだ。ぼくにとっては、単純なことなんだ。この宝石を、ぼくの死体から奪われたくないというだけだ。あとのことは――」彼は肩をすくめた。「すべてアラーの神のご意志のままだ」

「きみはどうかしているぞ!」

「そんなことはない。運命論者だというだけのことだよ」

「しかし、アリ、よく考えてみてくれよ。きみはいまぼくが正直な人間だと言った。だが、七十五万ポンドもの値打ちのものだよ……どんな正直者だって魔がさすとは思わないのかい?」

アリ・ユースフは愛情をこめた目で友人を見やった。

「不思議なことには、その点についてはまったく懸念を感じていないんだよ」と彼は言った。

2 バルコニーの女

1

宮殿の反響する大理石の廊下を歩いている間も、ボブ・ローリンスンは今までになくみじめな気持ちだった。七十五万ポンドもの品物を、ズボンのポケットに入れていると思うと、ひどく暗い気持ちになった。すれちがう宮殿職員すべてが、その事実を知っていそうな気がした。貴重な品物を預っているということが、自分の表情にも表われているに違いないとさえ思えた。実際は、彼のそばかすのある顔には、いつものとおりほがらかな人のいい表情が浮かんでいるだけだと知ったら、彼もホッとしたに違いない。

表の歩哨がガチャリと捧げ銃をした。ボブは、相変わらず茫然とした状態のまま、ラマットの大通りの人ごみの中を歩いていった。どこへ行くつもりなのか？　何をする計画なのか？　彼にはなんの考えもなかった。しかも、時間の余裕がなかった。

大通りは、中東の国のたいていの大通りと変わりがなかった。不潔さと壮麗さとの混合だった。いくつかの銀行は新築の壮麗さを誇っていた。無数の小さな商店は、安っぽいプラスチック製品を並べたてていた。赤ん坊用の毛糸靴と安物のライターが並べて置いてあったりして、不釣合な感じだった。ミシンや自動車のスペア・パーツもあった。薬屋は、ハエの卵でよごれた専売薬品や、あらゆる形のペニシリンの大きな広告や、おびただしい抗生物質を陳列していた。そこには通常買いたいと思うような物を置いている店はほんの僅かしかなく、その例外は最新型のスイス製の時計ぐらいなものだった。その時計は小さなショーウィンドウに幾百個もごたごたと陳列してあり、あまりにも各種の時計が取りそろえてあるので、その数に圧倒されて、買いたい人間も手が出ないだろうと思うほどだった。

ボブは、やはり頭が麻痺したような状態のまま、この国の服装やヨーロッパ風の服装をした人々に押されてようやくわれに返り、またしても、いったいどこへ行くつもりなのだと自問した。

彼はこの地元のカフェに入り、レモン・ティーを注文した。お茶をすすっているうちに、徐々に頭がすっきりしてきた。そのカフェの雰囲気には気持ちを落ちつかせるものがあった。真むかいのテーブルでは、年輩のアラブ人が静かに琥珀の数珠をくっていた。

背後では、二人の男が西洋スゴロクをやっていた。座って考えごとをするのにはいい場所だった。

それに、彼は考えなきゃならない立場だった。七十五万ポンドもの値打ちのある宝石を託され、それを国外に持ちだす計画を案出する責任をしょわされてもいるのだ。おまけに時間の余裕もない。いつのろしが上らないともかぎらないのだから……

もちろん、アリのやつはどうかしているのだ。七十五万ポンドもの値打ちの物を、ポンと友人に放りだし、自分は涼しい顔をして椅子によりかかり、すべてをアラーの神にまかせるなどと言う。ボブにはそんな頼みの綱はない。ボブの神様は、人間が神に与えられた能力を最高に発揮して行動を決定し、それをなしとげることを期待する。

いったいこの厄介な宝石をどうしたらいいのだ？

彼は大使館のことを頭に浮かべた。いや、大使館をこんな問題にまきこむわけにはいかない。大使館のほうでも、まきこまれることを拒否するのはほとんど確実だ。

必要なのは、ごく普通の、ごく平凡な一般人、しごくあたりまえの旅行方法でこの国を出ていくことになっている人間だ。ビジネスマンか、観光客なら、一番いい。政治とはまるっきり無関係な人間で、荷物なんかも、せいぜい形式的に調べられるだけか、ぜんぜん調べられないで済みそうな人間。もちろん、向こうへ着いた時のことも考慮する必要がある……ロンドンの空港での大騒ぎ。七十五万ポンドの値打ちの宝石の密輸。だが、その程度の危険はおかすしかあるまい――普通の人間――正真正銘《ボウナ・ファイド》の旅行者。とたんに、ボブはなんてばかだったのだと自分を罵った。げんにジョアンがいるではないか。彼の姉のジョアン・サットクリフ。ジョアンは、娘のジェニファーがひどい肺炎にかかったあとの療養に、陽光にめぐまれた乾燥した空気の土地への転地を命じられたので、娘を連れて、二カ月前から当地へ滞在していた。二人は、四、五日後に、〝ゆっくりした船旅〟で帰る予定になっていた。ジョアンならもってこいだ。アリは、女と宝石のことで、何と言っていたっけ？　ボブはにやりと笑いをもらした。気だてのいいジョアン！　彼女なら、宝石に惑わされたりするはずもなかろう。大地に足をつけていてくれるものと信じていい。そうだ――ジョアンなら信頼できる。

だが、待てよ……ほんとうにジョアンは信頼できるだろうか？　正直さは、信頼していい。だが、思慮分別のほうは？　ボブは残念そうに頭を振った。ジョアンは喋るに決まっている。喋らないではおれない。なおいけないことには、こんな風に人にほのめかしたりしそうだ。「とてつもなくだいじな物を国へ持って帰るところなのよ。誰にもひとことも洩らしちゃいけないのよ。なんだかわくわくするわ……」

ジョアンは、人からそう言われると、いつもプンプン怒りはするが、秘密を守るなんてことのできたためしのない女だ。従って、預けた品物の内容を知らせてはいけない。そのほうが彼女の身にとっても安全だろう。この宝石はきれいにくるみ、見かけは何でもなさそうな包みにしよう。ジョアンには作り話を聞かせておくことだ。誰かへの贈り物だということにするか？　委託品だということにするか？　とにかく、何か考えだそう……

彼はちらと腕時計を見て、立ちあがった。時間は刻々と過ぎていく。

彼は真昼の暑さも忘れて大股に通りを歩いていった。すべてがまるっきりふだんと変わりがないように思えた。表面には何事も表われていなかった。宮殿内にいると、埋めこまれている火を、スパイの跳梁《ちょうりょう》や、ひそひそ話を、意識させられるだけだった。軍隊——一切は軍隊の動向にかかっていた。誰が忠実なのか？　誰が裏切者か？　クーデターが企てられることは確実だ。果たしてそれが成功するだろうか？　それとも、失敗に帰すだろうか？

ボブは、ラマットでは一流のホテルへ入ったとたんに、顔をしかめた。このホテルは謙遜してリッツ・サヴォイと名づけられており、正面は近代的な堂々としたものだった。三年前に、スイス人の支配人に、ウィーンから来たシェフ、イタリア人の給仕頭を揃えて、華やかに開業したのだ。何もかもすばらしかった。まず最初はウィーンから来たシェフがいなくなり、ついでスイス人の支配人がいなくなった。今ではイタリア人の給仕頭も姿を消している。食い物はいまだに野心的だが、まずいし、サービスはなっていないし、たいへんな金をかけて作った水道設備も大部分は役に立たなくなっていた。デスクのむこうのフロント係は、ボブとは顔なじみだったので、にっこりと笑いかけてきた。

「おはようございます。少佐。お姉さまですか？　お嬢さまをお連れになって、ピクニックにいらっしゃり――」

「ピクニックだって？」ボブには思いがけないことだった――時もあろうに、こんな日にピクニックに行くなんて。

「石油会社のハーストさまご夫妻とご一緒なのです」とフロント係は訊きもしないことまで話してくれた。誰もが何でも知っているのだ。

「カラット・ダイワ・ダムへいらっしゃいました」

ボブは小声で悪態をついた。ジョアンが戻るのは数時間後になるだろう。

「姉の部屋へ上ってみることにする」と彼は言って、片手を差しだし、フロント係の出してくれた鍵を受けとった。

　彼は鍵を開け、中へ入った。広いツインの部屋は、相変わらず乱雑をきわめていた。ジョアン・サットクリフはきれい好きな女ではなかった。ゴルフのクラブが椅子の上にのっけてあるかと思うと、テニスのラケットがベッドの上に投げだしてあったりした。衣類がそこらじゅうに放りだしてあり、テーブルの上には、フィルムや、絵葉書や、ペーパーバックや、南国の特産品ということにはなっていても、たいていはバーミンガムや日本の製品である雑多な骨董品がいっぱいとり散らかしてあった。

　ボブはまわりの旅行靴やチャックつきのバッグを見まわした。彼は難問に当面していた。アリを飛行機で脱出させるまえに、ジョアンに会えるみこみはなさそうだ。ダムへ行って引きかえしてくるだけの時間的な余裕がない。宝石は包みにして、置手紙とともに残しておけばよかろう――だが、そう思ったとたんに、彼は首を振った。自分がたいていいつでも尾行されていることは、彼もよく承知していた。おそらく宮殿からカフェへ、カフェからここへも、尾行されていたに違いない。それらしい人間には気がつかなかったが、連中のたくみな尾行ぶりは彼も知っていた。自分が姉に会いにホテルへやってきたことには、何も疑惑を招く点はないはずだ――それにしても、自分が包みと置手紙を残して出ていけば、手紙を開けて読み、包みも開けてみるに違いない。

　時間が……時間が……もう時間がない。……

自分のズボンのポケットには、七十五万ポンドもの宝石が入っている。

彼は部屋を見まわした……

とたんに、にやりとして、ポケットからいつも持ち歩いている携帯用の工具セットを取りだした。姪のジェニファーが細工用粘土を持っているのに目をつけ、これがあれば役に立つと思った。

彼は手早くたくみに細工した。一度は、疑わしそうにさっと顔を上げ、開けはなしてある窓のほうへ目を走らせた。思い違いだ。この部屋の外側にはバルコニーなどついていないのだ。誰かに見られているような気がしたのは、こちらの神経のせいだろう。

彼は仕事を終え、これでいいと言うように、うなずいた。自分のしたことに気がつく者はないはずだ——その点は確信があった。ジョアンにしても、ほかの誰にしても。ことにジェニファーは気がつくはずもない。自分のこと以外は何も見ようとしないし気づきもしないような、自分中心的な子供なのだから。

彼は細工の屑をかき集めてポケットに入れた……ついで、ためらいがちにあたりを見まわした。

彼はサットクリフ夫人の書簡箋を引きよせ、額にしわを寄せて座りこんだ——

ジョアンへの手紙を残しておかなきゃいけない——

それにしても、何と書いたらいいのだ？　ジョアンの理解できるような文句でなきゃいけない――だが、同時にまた、ほかの者が読んだのでは皆目意味のわからないような文句にする必要がある。

それは絶対に不可能だ！　ボブが余暇をつぶすために好んで読んだスリラー小説では、こういう場合一種の暗号文を書きのこすことになっており、それをたいてい誰かがうまく解読していた。だが、暗号なんか、ぜんぜん頭に浮かびもしなかった――それに、いずれにしても、ジョアンは、iには点を打ち、tには横棒がひいてなければ、ぜんぜん意味が読みとれないような種類の常識人だし――

やがて、彼は眉を開いた。ほかにも方法がある――ジョアンから注意をそらすようにするのだ――なんでもない普通の手紙を書きのこせばいい。そして、英国に着いたら伝えてもらうように、誰かほかの者にことづてをしておけばいい。

彼は急いで走り書きした――

姉さんへ――今夕ゴルフにでも誘おうと思って寄ってみたが、ダムへ行ったのだとすると、連絡する方法もなさそうだ。明日はいかが？　クラブで、五時に。ボブより。

もう二度と会えないかもしれない姉に宛てるにしては、無造作な手紙だ――だが、無造作であればあるほどいい、とも言える。姉をおかしな問題にまきこんだりしてはたいへんだし、おかしな問題がひそんでいることを悟らせたりしてもいけない。感情を隠すなんてことのできない人なのだから。なにも知らないということが、彼女の保護になってくれる。

それに、この手紙は二重の役割をはたしてくれるはずだ。ボブ自身はこの国を出ようなどとはまったく考えていないと思えるだろうから。

彼は、一、二分考えてみてから、電話のほうへ行き、イギリス大使館の番号を告げた。間もなく、友人の三等書記官エドマンドスンにつながった。

「ジョンかい？　ボブ・ローリンスンだ。仕事が終わったら、どこかで会いたいんだが？……もうすこし時間を早められないか……ぜひ必要なんだよ。だいじなことなんだ。そう、実を言うと、女のことなんだが……」彼はきまりわるそうな咳をした。「すばらしい女なんだ、ほんとうにすばらしいんだ。この世のものではないような。ただ、少々てぎわを要するんだよ」

多少固苦しい感じのエドマンドスンの声が、非難するような調子で言った。「相変わらず女の問題とは、困ったやつだよ。しかたがない、二時ならいいだろう？」そう言うとともに、電話が切れた。と同時に、盗聴していた人間も受話器をかけたらしく、かすかなカチリという音がボブの耳にも聞こえた。

やはり友達がいのあるエドマンドスンだ。ラマットの電話は全部盗聴されていたので、ボブとジョン・エドマンドスンとは、自分たちだけに通用する、ちょっとした暗号を作っていたのだ。〝この世のものではないような〟すばらしい女と言えば、急を要する重要な要件があるという意味だった。

二時に、エドマンドスンが新築のマーチャント銀行の前で、自分を車に乗せてくれるはずだから、あの男に隠し場所を話しておこう。ジョアンはそのことを何も知らないのだということとや、自分の身に何事かが起きた場合には、隠し場所が重要になるということを。ジョアンとジェニファーはゆっくりした船旅で帰るはずだから、六週間後でなければ英国へは帰りつかないはずだ。その頃までには革命が起きて、成功しているか、鎮圧されているか、いずれにせよ片がついていることはほとんど間違いない。アリ・ユースフはヨーロッパにいるかもしれず、あの男も自分も、ともに死んでいるかもしれない。エドマンドスンには、必要なだけのことは話しても、あまり多くは語らないでおくことにしよう。

ボブは最後に、もう一度部屋を見まわした。もとのままの、平和で、乱雑で、家庭的な部屋のように見えた。新たにつけ加えられたものと言えば、ジョアン宛ての彼の無害な置手紙だけだった。彼はその手紙をテーブルの上にもたせかけておいて、そこを出た。長い廊下には人影はなかった。

2

ジョアン・サットクリフの占領している部屋の隣りの部屋にいた女は、バルコニーからひっこんだ。手には鏡があった。

最初は、厚かましくも自分の顎に生えてきた一本の毛をよく調べてみようとして、バルコニーへ出てきたのだ。彼女は毛抜きでそれを処分し、ついで、明るい陽光のもとで、顔をしさいに調べてみた。

その時だった。姿勢を楽にしたとたんに、別のものが目に映ったのは。手にしていた鏡の角度のせいか、そこには、隣りの部屋のクローゼットの鏡が映っており、その鏡には、すこぶる奇妙なことをしている男の姿が映っていた。

それがあまりにも奇妙な思いがけない行動だったので、彼女は、身動きもせずに突ったって見まもっていた。テーブルに向かって座っている男のほうからは彼女の姿は見えなかったし、彼女のほうも二つの鏡を通してその男のしていることが見えるだけだった。その男がふりかえりさえしたら、クローゼットの鏡に映っている彼女の手鏡が見えたかもしれないのだが、男は自分の仕事に夢中になっていて、うしろを振りむこうともしなかった。

もっとも、一度はふいに顔を上げて窓のほうを見たが、そちらには何もなかったので、彼はまたうつむいた。

女は彼が仕事をやり終えるまでずっと見まもっていた。男は、ちょっと手を休めたと思うと、手紙を書き、それをテーブルの上にもたせかけた。ついで、彼女の視野からは移動したが、かすかな物音から、電話をかけているのだということだけはわかった。話の内容はぜんぜん聞きとれなかったが、気軽な話しぶりのように——べつに意味もない電話のように——思えた。ついで、ドアの閉まる音が耳に入った。

女は数分間待った。ついで、自分の部屋のドアを開けた。廊下の向こうはしで、アラブ人が羽毛のはたきでのろのろと埃を払っていた。アラブ人は角を曲って、見えなくなった。

女はすばやく隣りの部屋の戸口へ忍びよった。ドアには鍵がかかっていたが、それは彼女も予期していたことだった。持ってきていたヘアピンと小さなナイフの刃とがすばやいたくみな仕事をやってのけた。

彼女は中へ入り、ドアを閉めた。置手紙を手にとった。軽く封がしてあるだけだったので、わけなく開いた。彼女は手紙を読んで、眉を寄せた。そこには何の説明もなかった。

彼女は封をし直して、手紙をもとの場所へ戻し、部屋を横ぎっていった。

これだ、と片手をのばしたとたんに、下のテラスでの話し声が窓ごしに聞こえてきたので、彼女は手をとめた。

一方の声は、彼女も聞きおぼえのある、いま自分の立っている部屋の主の声だった。自信に満ちた、きっぱりした、説教調の声だ。

彼女は窓へ駆けよった。

下のテラスでは、十五歳の顔色のわるいがっちりした身体の娘、ジェニファーを連れた、ジョアン・サットクリフが、誰でも聞けと言わないばかりに、イギリス大使館の館員である、背の高い、閉口しているらしい顔つきのイギリス人に向かって、彼のとりはからおうとしている手配をさんざんにこきおろしているところだった。

「だって、そんな理屈に合わないことってありますか！　そんなばかげたことは聞いたこともありませんよ。町はすこぶる平穏なものだし、人もみんな愛想よくしてくれます。そんなことは、あなたがたのおびえた心の生みだした、から騒ぎだと思いますわ」

「そりゃ、われわれもそうであってほしいと思います。ですが、閣下としては、責任も重大ですし――」

サットクリフ夫人は皆までは言わせなかった。大使の責任を考慮してやる気なんかないのだ。

「荷物もたくさん持っているのですからね。ゆっくりとした船旅で帰るつもりです――来週の水曜日にね。船旅はジェニファーの身体にもいいはずですから、お医者さんもそう言っておられたのですよ。ですから、一切の予定を変更して、そんなばかげた慌ただしさで、しかも飛行機で英国へ飛ぶなんて、断固拒否しますわ」

弱りきった顔つきの男は、飛行機に乗るにしても英国へではなく、アデンへ飛んで、そこから船に乗ることもできると、励ますように言った。

「荷物を持ってですの？」

「ええ、それは何とかはからえるはずです。車を待たせてあります――ステーション・ワゴンです。何もかも一気に運べます」

「それなら、いいわ」とサットクリフ夫人は抵抗をやめた。「すぐに荷造りしたほうがいいですわね」

「失礼ですが、なるべく早くお願いします」

寝室にいた女は慌てて窓から離れた。彼女はスーツケースの一つについていた荷札の住所にちらと目を走らせた。すばやく部屋をぬけ出し自分の部屋へひっこんだと同時に、サットクリフ夫人が廊下の角に姿を現わした。

フロント係がサットクリフ夫人を追っかけてきた。

「奥様、空軍少佐の弟さんがお見えになりました。奥様のお部屋へお上りになりました。ですが、もうお帰りになったものと思います。ほんのひと足違いだったようですね」

「いやになるわね」とサットクリフ夫人はつぶやいた。「ありがとう」とフロント係に言っておいて、ジェニファーに、「ボブもとりこし苦労をして大騒ぎをしているに違いないわ。街を通ってみても、わたしには暴動の起きそうな様子なんかぜんぜん見えないのに。このドアには鍵がかかっていないわ。ここの人間はまったく不注意だわね」

「きっとボブ叔父さんのしわざよ」と、ジェニファーは言った。

「会えるとよかったのだけれどね……おや、手紙が置いてあるわ」彼女は封を切った。

「少なくとも、ボブは騒ぎたてちゃいないわ」と彼女は勝ちほこったように言った。

「こんな騒ぎのことは何も知らないらしいわ。外交官が勝手にキリキリしているというだけのことに決まっているわ。こんな昼の暑いさかりに荷造りするなんて、思っただけでもいやねえ。この部屋はまるでオーブンの中みたい。さあ、ジェニファー、タンスとクローゼットからあなたの持ちものを出すのよ。とにかく何もかも押しこんでおくしかないわ。いずれあとで入れなおせるのだから」

「革命に出くわすのは生まれて初めてよ」とジェニファーは感慨深げな顔で言った。

「今度も出くわすようなことはないと思っていいわよ」と母親はつっけんどんに言った。

「わたしの言ったとおりに決まっているんだから。何も起きはしないわよ」

ジェニファーはがっかりしたような顔をした。

3 ロビンスン氏登場

1

それから六週間ばかりたった頃、一人の青年がブルームズベリイのある部屋のドアを遠慮がちに叩き、中へ通された。

そこは小さな部屋だった。デスクの向こうには、太った中年男が、椅子に頭をたれた姿勢で座っていた。着ている服は皺だらけだったし、胸のあたりには葉巻の灰が一面に落ちかかっていた。窓は閉めきってあり、空気は耐えがたいほどよどんでいた。

「さて？」と太った男が、半ば目を閉じたままぶっきらぼうに訊いた。「今度は何だい？」

パイクアウェイ大佐はいつでも、眠りかかったところか、目をさましかかったばかりといったような顔つきをしていると、世間では言っていた。世間はまた、パイクアウェイという名前は本名ではないし、あの男は大佐でもない、とも言っていた。だが、世間は何を言いだすかわかったものではない！

「外務省のエドマンドスンが参りました」

「ああ」とパイクアウェイ大佐は言った。

彼はまばたきし、また眠りこみそうになりながら、こうつぶやいた。

「革命当時の、ラマット駐在イギリス大使館三等書記官。そうだな？」

「そのとおりです」

「それじゃ、会ってみたほうがよさそうだ」とパイクアウェイ大佐はいっこうに気のりしなさそうに言った。彼は多少身体を起こし、太鼓腹から灰をいくらか払いおとした。

エドマンドスンは、背の高い、金髪色白の青年で、すこぶるきちんとした服装、それに釣りあったものごし、全体的にもの静かな、とがめるような態度の持ち主だった。

「パイクアウェイ大佐でしょうか？　わたしはジョン・エドマンドスンというものです。あなたが——その——わたしにお会いになりたいかもしれないという話でしたものですから」

「そう聞いたかね？　なるほど、外務省ならわかっているはずだ」とパイクアウェイ大佐は言って、「お掛けなさい」とつけ加えた。

彼の目はまたしてもふさがりかかったが、ふさがりきらないうちに口を開いた。

「きみは、革命当時に、ラマットにおられたわけだねえ？」

「ええ、おりました。不愉快な事件でした」

「そりゃそうだろう。きみはボブ・ローリンスンの友達だったねえ？」

「ええ、あの男のことはかなりよく知っています」

「過去形を使うべきだな。彼はもう死んでいるのだから」とパイクアウェイ大佐は言った。

「それは承知しているのですけれど、確実とは言えないので——」彼は言葉をにごした。

「ここでは用心したものの言い方をする必要はないよ」とパイクアウェイ大佐は言った。

「ここの人間は何でも知っているのだから。知らない場合でも、知っているようによそおう。ローリンスンは、革命の勃発した日に、アリ・ユースフを飛行機に乗せて、ラマットを飛びたった。その後飛行機の消息は絶えた。どこか人間の近よれないような場所に着陸したか、墜落したものと思われた。アローレッツ山脈で飛行機の残骸が見つかった。死体が二つ。そのニュースは明日新聞に公表されることになっている。そのとおりだろう？」

エドマンドスンもそのとおりだと認めた。

「ここの人間は何でも知っているのだ」とパイクアウェイ大佐は言った。「それが仕事なのだから。飛行機は山に衝突した。気象状況のせいだったかもしれない。破壊活動によるものだと信じていい理由もある。時限爆弾。われわれもまだ完全な報告は入手していない。飛行機はちょっと人間の近よれない場所に墜落していた。発見した者には懸賞金も提供されていたのだが、そういうことは伝わるのに時間がかかる。そこで、残骸の調査に専門家を飛行機で派遣しなければならなかった。もちろん、一切のお役所主義と闘ってだ。外国政府への申請、いろんな大臣の許可、賄賂――土地の農民がこちらの役に立ちそうなものを着服してしまっていることはもちろんの話だ」

彼は言葉をきり、エドマンドスンの顔を見た。

「悲しむべきことでした、あらゆる点で」とエドマンドスンは言った。「アリ・ユースフ殿下は確固とした民主主義の原則に立った、非常に近代的な支配者になられたはずですからね」

「おそらくそれがあの気の毒な男の破滅した原因だろうよ」とパイクアウェイ大佐は言った。「だが、王様の悲劇談に時間をつぶしている暇はない。われわれはある種の――調査を求められている。利害関係者たちからね。つまり、英国政府が好意を持っている一派だ」彼は相手の顔をきっと見つめた。「わたしの言う意味がわかるかね？」

「そりゃ、わたしも耳にしていることはあります」とエドマンドスンはしぶしぶ答えた。「たぶんきみは聞いているはずだ。遺骸からも、機体の残骸からも、何ひとつ貴重な物は見つからなかった、と。わかっているかぎりでは、土地の人間のかすめ取ったものにも貴重品はなかった。もっとも、その点については、相手が農民では、何とも言えないがね。やつらは、外務省に劣らず、口がかたいからね。そのほかには、何か聞いていることがあるかね？」

「ほかには、何も」

「貴重品が発見されるはずだったということも、聞いてはいないのか？　外務省は何のためにきみをここへよこしたのだ？」

「あなたからある種の質問があるかもしれないから、ということでした」と青年は四角ばって答えた。

「わたしが質問をすれば、答えを期待することになるぞ」とパイクアウェイ大佐は指摘した。

「当然です」

「ところが、きみは当然とは思っていないみたいじゃないか。ボブ・ローリンスンは、ラマットを飛びたつ前に、きみに何か話したのか？　アリの腹心の人間がいたとすれば、あの男がそうだった。さあ、それを聞かせてもらおう。あの男はなんと言ったんだね？」

「何についてでしょうか？」

パイクアウェイ大佐はぐいと相手の顔をにらみつけ、耳を掻いた。

「それならいい。これも箝口令、あれも喋ってはいかん。まったく、度が過ぎる！　わたしの言っている意味がわからないのなら、わからないでいい」

「そりゃ、何か――」エドマンドスンは、しぶしぶ、用心して言いだした。「何か重要なことを、ボブはわたしに伝えたかったのかもしれない、とは思います」

「ああ」パイクアウェイ大佐は、やっと瓶のコルク栓が抜けた時のような顔つきをした。「興味のある話だ。きみの知っていることを聞かせてもらおう」

「それがほんのわずかなのです。ボブとは一種の単純な暗号のようなものを作っていました。ラマットでは、電話はすべて盗聴されているとわかったからです。ボブは宮殿内でいろいろなことを耳にできる立場でしたし、わたしも時には役に立つ情報を伝えてやれることがありました。そこで、どちらかが電話をかけて、女の話を持ちだし、その女のことで〝この世のものではないような〟という言葉を使ったら、何事かが起きた、という意味だったのです」

「何か重要な情報があるという意味だね？」

「そうです。ボブは、ああした事件が起きた当日に電話をかけてきて、その言葉を使いました。わたしはいつも落ちあう場所で——ある銀行の前なのですが——二時に会うことにしましに。ところが、ちょうどそのあたりで暴動が勃発し、警察が道路を閉鎖してしまいました。そのためにどちらからも連絡がつけられなかったのです。その午後に、ボブはアリを乗せて飛びたちました」

「なるほど」とパイクアウェイは言った。「どこから電話をかけてきたかわからないかね？」

「わかりません。どこからでもかけられたわけですから」

「残念だ」彼はちょっと口をとざしていたと思うと、なにげなさそうにこんなことを訊いた。「きみはサットクリフ夫人を知っているかね？」

「ボブ・ローリンスンの姉さんのことですか？　もちろん、向こうで会いました。女学生の娘を連れてきていました。顔見知りという程度ですが」

「ボブ・ローリンスンは姉さんと非常に親しいようだったかね？」

エドマンドスンはちょっと考えた。

「いいえ、そうは言えないように思います。姉さんのほうはずっと年も上でしたし、姉さんぶったところの多すぎる人でしたから。ボブは義兄にあまり好感を持っていませんでした――いつも、横柄なばか者だと言っていました」

「そのとおりだ！　この国の名前の知れた実業家の一人なのだが――あの連中ときたら、鼻もちならぬ横柄さだからなあ！　それでは、きみは、ローリンスンは姉に重要な秘密をうち明けていそうにない、と思うわけだね？」

「なんとも言いかねますが――うち明けてはいないように思えます」

「わたしにもそう思える」とパイクアウェイ大佐は言った。

彼はため息をついた。「ところで、サットクリフ夫人と娘とは、迂回航路の船で帰途についている。明日、〈イースタン・クイーン〉号でティルベリイに入港するわけだ」

彼は一、二分黙りこんだまま、目では向かいあっている青年をじっくり観察していた。やがて、腹を決めたかのように、片手を差しだし、きびきびした声で言った。

「来てくれてありがとう」

「ほとんどお役に立てなくて残念です。わたしにできることは何もございませんか？」

「ない。ないように思う」

ジョン・エドマンドスンは出ていった。

さっきの遠慮深そうな青年が引きかえしてきた。

「あの男をティルベリイにやって、姉に知らせを伝えさせてもいいと思ったのだ」とパイクアウェイは言った。「弟の友人でもあるし。だが、やめることにした。融通のきかんタイプだ。ああいうのが外務省式訓練なのだ。臨機応変型ではない。あの何とかいう男を派遣することにしよう」

「デレクですか？」

「そうだ」パイクアウェイ大佐は、満足そうにうなずいた。「きみもわたしの考えることがよくわかるようになってきたじゃないか」

「これでも全力をつくしているつもりです」

「つもりだけでは充分じゃない。成功しなきゃいかん。最初にロニイをよこしてくれ。あの男に担当させる仕事がある」

2

ロニイという青年が部屋へ入ってきた時には、パイクアウェイ大佐はまたしてもうとうとしていたようだった。青年は、背の高い、色の浅黒い、筋骨の逞しい男で、陽気な、少々生意気なところの見える態度の持ち主だった。

パイクアウェイ大佐は、一、二分じろじろと青年を見ていたと思うと、にやりと笑った。

「どうだ、女学校へ入りこむ気はないか？」と彼は訊いた。

「女学校ですって？」青年は眉をつり上げた。「これは珍しいことですねえ！　女学生たちが何をたくらんでいるのですか？　化学の授業で爆弾の製造でも？」

「そんなことじゃない。非常に優秀な上流学校なのだ。メドウバンク校だよ」

「メドウバンクですって！」青年は口笛をならした。「信じられませんね！」

「そういう生意気な口をきくのはひかえて、わたしの言うことをよく聞け。ラマット国の故アリ・ユースフ殿下の従妹であり、唯一の近親にあたるシャイスタ王女が、この次の学期からメドウバンク校へ移られることになった。今まではスイスの学校におられたのだ」

「わたしはなにをするのですか？　その王女を誘拐しろとでも？」

「とんでもない。近い将来、その王女が関心の的になられそうに思えるのだ。きみには今後の成りゆきを見張ってもらいたい。今のところは漠然とした言い方をするしかない。わたしにも、どういうことが起きるか、どんな人間が登場してくるか見当がつかないの

だが、われわれの好ましくない連中が乗りだしてくるようだったら、報告してくること

……見張り役がきみの仕事だ」

青年はうなずいた。

「見張るとして、どうやって入りこみますか？　絵の教師にでもなりますか？」

「外来講師も全部女性なのだ」パイクアウェイ大佐は品さだめでもするような目つきで相手を見ていた。「きみを園丁にでもしたてるしかあるまいと思う」

「園丁に？」

「きみはたしか園芸のことは多少知っていたはずだな？」

「ええ、知っていますとも。若い頃に一年間、《サンデイ・メイル》紙の〈あなたの庭〉欄を受けもっていたのですから」

「ばかなことを！」とパイクアウェイ大佐は言った。「あんなものは問題にもならん！　わたしだって、何ひとつ知らなくても、園芸欄ぐらいなら受けもてるぞ——けばけばしい写真いりの種苗店のカタログや、園芸百科辞典から抜きがきすればいいだけだ。ああいうせりふならお手のものだ。〝今年はひとつ伝統を破ってみることにして、あなたの花壇にほんものの熱帯調をかなでさせてごらんになってはいかがでしょう？　愛らしいアマベリス・ゴシッポリヤに、サイネンシス・マカ・フーリアのすばらしい中国産の新

雑種など。鮮かな、はにかみをおびた美しさの、シニストラ・ホパレスの一株をお試しになるのも一興でしょう。たいして栽培の困難なものではなく、西風を防ぐ塀のそばにお植えになれば立派に育ちます〟」彼はちょっと言葉をきり、にやにや笑った。「すべてたわごとだ！　ばかなやつらがそういうものを買って植え、早霜に襲われて枯らしてしまい、やはりニオイアラセイトウやワスレナグサをつくったほうがよかったと悔むのがおちだ！　そんなことじゃなくて、わたしの言うのは実地の仕事だ。手につばして、鍬を使い、堆肥のことにもくわしく、骨折りを惜しまず根おおいをやり、オランダ鍬だろうとどんな鍬だろうと、使いこなし、スイート・ピーのためにはうんと深いうねを掘るといったような力仕事だ。きみはそういうことがやれるかね？」

「そんなことぐらい、子供の頃からずっとやってきていますよ！」

「もちろん、やってきているはずだ。わたしはきみのお母さんを知っているのだからな。それじゃ、これで話は決まったわけだ」

「メドウバンク校では、園丁が入用なのですか？」

「要るにきまっているさ。英国では、どこの庭園でも人手不足だ。わたしが立派な推薦状を書いてやる。見ていろ、向こうから飛びついてくるから。まごまごしてはいられないぞ。夏季学期は二十九日から始まるのだから」

「庭仕事をやり、目を見開いている、それでいいのですね？」

「そのとおり。へんに色気づいたティーンエージャーにモーションをかけられても、応じたりするんじゃないぞ。あまり早くつまみだされたりしちゃ困るんだ」

彼は一枚の紙をつき出した。「どういう名前にしたい？」

「アダムがふさわしいでしょう」

「姓のほうは？」

「エデンはいかがでしょう？」

「まったくろくなことは考えないやつだ。アダム・グッドマンならぴったりだ。ジェンスンと相談して、履歴書を作りあげ、そのあとでばか話でも何でもするがいい」彼は腕時計を見た。「もうきみにかまっている暇はない。ロビンスン氏を待たせちゃわるいからな。もう着いていい頃だ」

アダムは（彼の新しい名前で呼ぶとすると）戸口へ行きかかっていたが、立ちどまった。

「ロビンスン氏ですって？」彼は不思議そうに訊いた。「あ、あの男がやってくるのですか？」

「そう言ったじゃないか」デスクの上のブザーが鳴った。「ほらやってきた。いつも時間に正確な男だよ、ロビンスン氏は」

「教えてくださいよ」アダムは好奇心にかられた声で言った。「あの男はほんとうは何者なのですか？　本名は何なのですか？」

「あの男の名前はロビンスンだよ」とパイクアウェイ大佐は言った。「わたしの知っているのはそれだけだし、ほかの者だって、それだけしか知らない」

3

部屋へ入ってきた男は、ロビンスンという名前だとは思えないような、そんな名前だったことがあるとも思えないような風采をしていた。デメトリアスとか、アイザックスタインとか、ペレンナといったような名前であってもよさそうだった——もっとも、特にそのどの名前がふさわしいとも言えなかったが。はっきりユダヤ人らしいとも言えなければ、ギリシャ人らしいとも、ポルトガル人らしいとも、スペイン人らしいとも、南米人らしいとも、言えなかったからだ。それにしても、一番事実らしくないのは、彼がロビンスンという名前のイギリス人だということだった。彼は恰幅のよい、立派な服装の男で、黄色い顔に黒っぽい陰気な目と広い額、それにやや大きすぎるいやに白い歯をのぞかせた大きな口の持ち主だった。手は形がよく、いつもきれいに手入れしていた。ぜんぜんなまりのない、イギリス人のしゃべりかただった。

二人は、主権をふるっている君主同士のような態度で挨拶した。丁重な言葉をかわしあった。

ついで、差しだされた葉巻をロビンスン氏が受けとると、パイクアウェイ大佐は口をきった。

「ご親切に助力を申してでてくださってありがとうございました」

ロビンスン氏は葉巻に火をつけ、うまそうに味わってから言った。

「いや、いや。ちょっと気がついたものですからね――なにしろ、いろんなことがわたしの耳に入りますから。いろんな人間を知っているので、その人たちが何かとわたしに話すわけですよ。なぜかは知りませんがね」

パイクアウェイ大佐はその理由については触れなかった。

彼はこう言った。

「アリ・ユースフ殿下の自家用機が発見されたことは、たぶんお聞きでしょうね？」

「先週の水曜日にね」とロビンスン氏は言った。「ローリンスン青年が操縦していました。危険な飛行でした。ですが、あの墜落はローリンスンの過失ではなかったのです。あの飛行機には破壊工作がほどこしてあった――アクメッドという男――主任整備員をしていた男のしわざです。完全に信頼できる人間でした――少なくとも、ローリンスンはそう思っていました。ところが、そうではなかった。そいつは新政府で、すこぶる金の儲かる仕事にありついていますよ」

「やはり破壊工作だったのですな！　われわれには確実なことはわからなかった。悲しむべき事件です」

「さよう。あの気の毒な青年は――アリ・ユースフのことですがね――腐敗と裏切りに対抗するだけの力を備えていなかった。パブリック・スクールで教育を受けたりしたのが間違いだったのです――少なくともわたしはそう思います。しかし、われわれがいま関心を抱いているのは、あの青年のことではない。そうでしょう？　彼はもう過去の人物です。死んだ王様ほど使いものにならないものはない。あなたはあなた流に、わたしはわたし流に、亡くなった王たちがあとに残したものに関心を抱いている」

「と言いますと？」

ロビンスン氏は肩をすくめた。

「ジュネーヴにある多額の銀行預金、ロンドンにある多少の預金、自国内に持っていたかなりの資産。このほうは今では、あのすばらしい新政府に接収されていますがね。(おまけに、ぶんどった品の分配をめぐって仲間割れを起こしているという噂ですよ！）最後に、わずかばかりの個人的な持ち物」

「わずかばかりですって？」

「比較しての話ですよ。いずれにしても、かさは小さい。身につけて持ちはこぶには便利な品物です」

「われわれの知るかぎりでは、アリ・ユースフはそういう物は持っていませんでした」

「さよう。すでにローリンスン青年に手渡していたからですよ」

「その点は確かですか？」パイクアウェイは鋭い語気で問いつめた。

「確実だなどとは言えるものではありませんよ」とロビンスン氏は弁解するように答えた。「宮殿というところには、いろんな噂がたつものです。その全部が真実だとはかぎりませんが。しかし、そういった意味の非常に強い風評はありました」

「ローリンスン青年も持ってはいなかった――」

「それなら、何か別の手段で国外へ持ちだされたものと見てよさそうですね」とロビンスン氏は言った。

「ほかの手段というと？　何か見当がおつきですか？」

「ローリンスンは、宝石を受けとったあとで、町のカフェへ入っています。そこにいる間は、誰とも話をしていないし、人に近づいたようすもない。ついで、姉の滞在していたリッツ・サヴォイ・ホテルへ行っている。姉の部屋へ上り、二十分ばかりそこにいた。姉は外出していたのです。ついで、ローリンスンはホテルを出て、ヴィクトリイ広場にあるマーチャント銀行へ行き、小切手を現金に替えた。銀行を出た時には、騒動が始まっていた。学生たちが何かのことで騒いでいたわけです。広場の騒ぎが収まるまでにはかなりの時間がかかった。そのあとで、ローリンスンはまっすぐに飛行場へ行き、アクメッド軍曹と一緒に機体を点検しています。

アリ・ユースフは、建設中の新道を検分すると言って出かけ、滑走路までくると車を停めてローリンスンのそばへ行き、ダムや新しい公道の工事現場を空から見たいから、ちょっと飛行機を飛ばしてもらいたいと言った。二人は飛びたち、帰ってこなかった、というわけです」

「そこで、それらの事実からのあなたのご推測は？」

「何を今さら。あなたの推測と同じではありませんか。姉さんは外出していて、夕方まで帰りそうにないと聞かされたのに、なぜボブ・ローリンスンは二十分も姉の部屋で過ごしたのか？　置手紙はしているが、せいぜい三分もあれば書けたはずの手紙だった。

残りの時間は何に使ったのか？」

「姉の持ち物の中の適当な場所に、宝石を隠したというご意見なのですね？」

「そうとしか考えられないではありませんか？　サットクリフ夫人はそのおなじ日に、ほかの英国人たちと一緒に避難しました。娘さんを連れて、飛行機でアデンへ飛んだわけです。確か明日ティルベリイに着くはずです」

パイクアウェイはうなずいた。

「彼女を保護してあげなさい」とロビンスン氏は言った。

「保護するつもりです」とパイクアウェイは答えた。「その手配も整えてあります」

「あの人がその宝石を持っているとすると、危険な目にあう恐れがある」彼は目を閉じた。「わたしは暴力は大きらいです」

「暴力沙汰が起きそうだとお考えなのですね？」

「関心を持っている人間がいますからね。種々の好ましくない連中が——言わなくてもおわかりでしょうが」

「わかっています」とパイクアウェイも暗い声で答えた。

「もちろん、その連中はおたがい同士だましあうでしょう」

ロビンスン氏は頭を振った。「複雑なことになる」

パイクアウェイ大佐は、言葉に気をつけて訊いた。「この問題には、あなた自身も、何か——その——特殊な、利害関係をお持ちなのですか？」

「わたしはある利害関係者の一団を代表しているのです」とロビンスン氏は答えた。彼の声にはかすかに憤慨の語気が加わっていた。「問題の宝石のいくつかは、わたしの企業体を通じて、故殿下にお売りしたものなのです——すこぶる正当な価格で。その宝石を取りもどしたいと望んでいるわたしの代表している方がたは、亡くなった持ち主の是認を得られたはずの人たちだと言って差しつかえないでしょう。それ以上は申しあげたくありません。こういう問題は非常にデリケートですからね」

「しかし、あなたははっきりと善人《エンジェル》の側についておられるわけですね」パイクアウェイ大佐はにっこりした。

「ああ、エンジェルねえ！　そう——天使《エンジェル》の側ですよ」彼はちょっと言葉をきった。「それはそうと、ホテルのサットクリフ夫人とその娘さんのいた部屋の両側には、どういう人間がいたかご存知ですか？」

パイクアウェイ大佐はあいまいな顔つきをした。

「さあ、どうだったかな——そう、知っているような気がします。左側の部屋にいたのは、セニョーラ・アンジェリカ・デ・トレドという——スペイン人で——ええと、その土地のキャバレーに出演していたダンサーでした。おそらく厳密にはスペイン人とは言えないでしょうし、おそらくあまりうまいダンサーでもなかったでしょう。ですが、常連客には人気がありました。反対側の部屋には、教師たちの一団のうちの一人がいた、とか聞いていますが——」

ロビンスン氏は、さすがはと言うように、にこにこした。

「相変わらずですね。こちらが教えてあげるつもりで来てみると、たいていいつでも、あなたはもう知っておられる」

「いや、いや」とパイクアウェイ大佐は、謙遜して手を振った。

「われわれが力を合わせれば、いろんなことがわかりますよ」

二人の目が合った。

「われわれの情報に欠けているところがなければいいですがねえ——」ロビンスン氏はそう言いながら立ちあがった。

4　旅行者帰る

1

「いやねえ！」サットクリフ夫人は、ホテルの窓から外を覗くと、苛立った声を出した。「どうして英国へ帰ってくると、こういつでも雨が降っているのかしら。いっそう気がめいるじゃないの」

「わたしは帰ってきてよかったと思うわ」と、ジェニファーは言った。「街を歩いても、みんなが英語を喋っているんだもの！　それに、もう少ししたら、ほんものの午後のお《アフタヌーンテ》茶《イー》を楽しめるわ。バターやジャムをつけたパンに、ちゃんとしたケーキ」

「どうしてそんな島国根性のかたまりみたいな子に育ってしまったのかしら」とサットクリフ夫人は言った。「家にいた方がよかったなんて言うのだったら、はるばるペルシャ湾へ連れていった甲斐がひとつもないじゃないの？」

「そりゃ一、二ヵ月ぐらいだったら、外国暮らしもいいわよ」とジェニファーは言った。

「ただ帰ってきて嬉しいと言っただけ」

「さあ、邪魔をしないで。荷物を全部運びあげてくれたかどうか、たしかめなきゃ。戦争以来ずっと感じていることだけど、実際近頃の人間は不正直になってしまってるんだから。わたしが気をつけていたからよかったようなものの、でなかったら、あのティルベリイの男だって、わたしの緑色のバッグを持っていってしまったに違いないわ。まだほかにも、荷物のまわりをうろついていた人間がいたわよ。あとで、列車の中でも、その男の姿を見かけたわ。ああいうこそ泥は、船の入るのを待ちうけていて、船客がふらふらしていたり、船酔いにかかっていたりしたら、スーツケースをかっさらって逃げるつもりなのよ」

「お母さんたら、いつもそんなふうに考えるのね。人を見たら泥棒と思えと、同じ考えかただわ」

「たいていの人間は不正直だからよ」とサットクリフ夫人は暗い言い方をした。

「イギリス人は違うわ」とジェニファーは愛国心を発揮した。

「だから、なおいけないのよ」と母親は言った。「相手がアラブ人や外国人の場合は、そうじゃないけど、英国では警戒心をなくしているから、不正直者は仕事がしやすいのよ。さあ、数えるから邪魔しないでちょうだい。緑色の大型スーツケースに、黒色のに、茶色の小さなのが二つ、チャック付きのバッグ、ゴルフクラブ、ラケット、衣類袋、ズックのソフト・ケース――あら、あの緑色のバッグは？　ああ。ここにあったわ。それから、余分の物を入れるために向こうで買った錫製のトランク――これで、一つ、二つ、三つ、四つ、五つ、六つ――ああ、これでやれやれだわ。十四個とも全部揃っている」

「まだお茶にしちゃいけないの？」と、ジェニファーが言った。

「お茶？　まだやっと三時よ」

「だって、もうれつにお腹がすいたんだもの」

「しかたがないわね。ひとりで下へ降りて、注文できる？　お母さんはひと休みしなきゃどうにもならないし、今夜いる物だけでも出しておかなきゃならないんだから。お父さんが迎えに来られないなんてねえ。なにも、わざわざこんな日に、ニューカースル・オン・タインなんかで重要な重役会議を開かなくてもよさそうなものなのに。妻や娘のことを第一に考えるのがほんとうじゃないの。ことに三カ月も顔を見ていないんだから。ほんとうに一人で平気？」

「お母さんたら、いやだわ。いくつだと思ってるのよ？　ねえ、お金をもらえない？　イギリスのお金がぜんぜんないの」

彼女は母親の渡してくれた十シリングの紙幣を受けとり、あきれたような顔をして出ていった。

ベッドのそばの電話が鳴った。サットクリフ夫人はそちらへ行き、受話器を取りあげた。

「もしもし……ええ……ええ、サットクリフはわたしですけど……」

ノックの音がした。サットクリフ夫人は、「ちょっとお待ちください」とことわっておいて、受話器を置き、戸口へ行った。紺色の作業着を着た若い男が、小ぶりの工具袋を持って戸口に立っていた。

「電気工事の者ですが」と青年ははきはきとした声で言った。「こちらのお部屋の電灯のぐあいがよくないそうで、調べてみてくれと言われたものですから」

「ああそう――それなら……」

彼女はうしろへさがった。男は入ってきた。

「バスルームは？」

「そこを通っていった所――もうひとつの寝室の向こうよ」

彼女は電話に引きかえした。

「たいへん失礼しました……なんでしょうか？」

「わたしはデレク・オコナーというものです。そちらへおうかがいしたいのですが。弟さんのことなのです」

「ボブの？　では──何か消息が？」

「残念ながら──そうなのです」

「まあ……そのことでねえ……どうぞおいでください。三階の三一〇号です」

彼女はベッドに腰をかけた。どんな知らせを聞かされることになるかは彼女にはもう想像がついていた。

やがて、ドアをノックする音がして、彼女は一人の青年を迎えいれた。青年はこういう場合にふさわしい沈んだ態度で握手した。

「外務省からおいでくださったのですか？」

「わたしはデレク・オコナーという者です。ほかにはお知らせにあがれる人間がいなかったらしく、上司から、行ってこいと命じられたようなわけでして」

「どうぞおっしゃってください」とサットクリフ夫人は言った。「弟は死んだのですね。そうなのでしょう？」

「ええ、実はそうなのです。弟さんは、アリ・ユースフ殿下をお乗せして、ラマットから飛びたたれたのですが、山中に墜落なさったのです」

「なぜ今まで聞かせてもらえなかったのでしょう――どなたかが無線で、船に知らせてくださっても、よさそうなものですのに？」

「数日前まで、はっきりしたことがわからなかったのです。飛行機が行方不明になったということがわかっていただけでして。ですから、望みがまったくないわけではありませんでした。ですが、飛行機の残骸が発見された今となっては……即死でしたから、せめてその点だけは喜んでいただけるかと思いますが」

「殿下も亡くなられたのでしょうか？」

「そうです」

「すこしも意外とは思いません」とサットクリフ夫人は言った。声はいくぶんふるえていたが、充分自制心をたもっていた。「ボブが若死にすることはわかっていたのです。あんな無鉄砲な人間でしたものね――しじゅう新しい飛行機に乗ったり、誰もやらない曲芸飛行をやってみたりして。この四年間ほとんど顔も見せなかったし。ほんとうに人間の気性って変えられないものですわね？」

「ええ、そのようですね」と客もあいづちをうった。

「ヘンリーはしじゅう言っていましたわ、あの男は早晩惨死するに違いないって」彼女は夫の予言の正確さに、せめてもの暗い満足感のようなものを感じているようだった。

涙がひと雫頬をつたい、彼女はハンカチを探しながら、「ほんとうにショックですわ」と言った。

「そうでしょうとも——残念に思います」

「もちろん、ボブは、逃げようにも逃げられない立場でした」とサットクリフ夫人は言った。「殿下のお抱えパイロットの役目を引きうけていたのですものね。わたしだって、責任をのがれるがいい、などとは言わなかったと思いますわ。それに弟は腕のいいパイロットでもありましたしね。山にぶつかったにしましても、きっと弟の操縦ミスではなかったろうと思いますわ」

「ええ、あの方のミスでないことは確かです」とオコナーは言った。「殿下を脱出させるには、状況の如何を問わず、飛行機を飛ばすしか方法がなかったのです。もともと危険なフライトでしたが、最悪の事態になってしまった」

サットクリフ夫人はうなずいた。

「事情はよくわかりました。知らせに来てくださってありがとうございました」

「ほかにもちょっとお訊きしたいことがあるのですが」とオコナーは言った。「弟さんは、なにか奥さんにお預けになりませんでしたか？　英国へ持って帰ってほしいと言って」

「何か預けた？　それはどういう意味ですの？」とサットクリフ夫人は言った。「何か――包みを――小さな物を、英国へ持って帰って、誰かに手渡してほしいと託されませんでしたでしょうか？」

彼女は不思議そうに首を振った。「いいえ。なぜ弟がそんなことをしたとお思いなのですか？」

「あるとても重要な包みを、国へ持って帰らせるために誰かにお預けになったのではないかと、われわれは考えているのです。あの方は、あの日、ホテルに奥さんをお訪ねになりました――革命の起きた日に」

「それは知っていますわ。手紙を残していました。でも、それには何も書いてありませんでしたわ――その次の日にテニスだったかゴルフだったかをしようという、くだらないことだけで。あの手紙を書いた時には、その午後に殿下をお乗せして飛行するなどということは、夢にも思わなかったのだと思います」

「それだけしか書いてなかったのですか？」

「その手紙に？　そうですわ」

「その手紙は今お持ちでしょうか？」

「弟の書きのこした手紙を？　もちろん、持っていませんわよ。くだらない手紙だったのですもの。やぶいて棄ててしまいましたわ。なぜわたしがそんなものを大事にしていなきゃいけませんの？」

「べつに理由は」とオコナーは言った。「ただ、もしかすると、と思ったものですから」

「もしかすると、なんなのです？」とサットクリフ夫人は意地悪く問いつめた。

「何か——別の文言でも——隠してありはしなかったかと。つまり——」彼はにっこり笑った。「——見えないインキといったようなものもありますからね」

「見えないインキですって！」サットクリフ夫人はたまらなくいやそうに言った。「スパイ小説なんかに出てくるようなあれですの？」

「まあそういった種類のものですがね」とオコナーは多少あやまるような口調になった。

「そんなばかなことが。ボブはそんなものを使ったりするような人間じゃありません。そんなはずがないではありませんか？　弟はめったにお眼にかかれないくらい実際的な、常識を備えた人間だったのですもの」涙がまたひと雫彼女の頬をつたった。「わたしったら、バッグをいったいどこへやったのかしら？　ハンカチがなきゃ。たぶんもうひとつの部屋へ忘れてきたのだわ」

「わたしがとって参りましょう」とオコナーは言った。

彼はあいだの戸口を抜けたとたんに立ちどまった。スーツケースの上にかがみこんでいた作業着姿の若い男が、多少ハッとした様子で身体を起こし、彼と向きあったからだ。

「電灯の修理です」とその若い男はあわてて言った。「ここの電灯が故障しているものですから」

オコナーはスイッチをパチンとつけた。

「べつに故障してはいないじゃないか」と彼は愉快そうに言った。

「部屋の番号を間違えて教えられたのでしょう」と電気工は言った。

彼は道具袋をつかみ、すばやく戸口を抜けて廊下へ出た。

オコナーは顔をしかめ、化粧台に置いてあったサットクリフ夫人のバッグを持って引きかえした。

「ちょっと失礼します」と彼はことわって、受話器を取りあげた。

「こちらは三一〇号室だが。この部屋の電灯を調べさせるために電気工をよこしたかね？　ああ……ああ、このまま待つよ」

彼は待った。

「そんなことはないって？　やはりそうか。いや、べつに故障はしてないんだ」

彼は受話器をもどし、サットクリフ夫人のほうを向いた。

「この部屋の電灯はどれも故障してはいません。ホテル側の話では、修理に人をよこした憶えはないそうですよ」

「それじゃ、あの男は何をしていたのかしら？　泥棒かしら？」

「そうかもしれませんよ」

サットクリフ夫人はあわててバッグの中を調べた。「バッグの中のものは何もとられていないわ。お金もちゃんとあるし」

「奥さん、よく考えてみてください、確かに、弟さんに頼まれて、荷物の中に入れてお持ち帰りになった物はありませんか？」

「絶対にありません」とサットクリフ夫人は答えた。

「では、お嬢さんに――確かお嬢さんがご一緒でしたね？」

「ええ。いま階下でお茶をいただいていますわ」

「弟さんは、お嬢さんに、何かお預けになってはいないでしょうか？」

「そんなことはあるはずがありませんよ」

「もうひとつ考えられることがあります」と、オコナーは言った。「弟さんは、あの日、奥さんのお部屋で待っておられた時に、奥さんの荷物の中に何かを隠されたかもしれない」

「だって、ボブがそんなことをするはずがないではありませんか？　そんな理屈はずれなことってありますか」

「ところが、それほど理屈はずれなことでもないのですよ。アリ・ユースフ殿下が弟さんに何かをお預けになり、弟さんは、自分が持っているよりも、奥さんの持ち物の中に入れておくほうが安全だとお考えになったかもしれませんからね」

「わたしには、ありそうにもないことだと思えますわ」とサットクリフ夫人は言った。

「わたしに捜させてみていただくわけにはまいりませんでしょうか？」

「わたしの荷物の中を捜すんですって？　荷物をとくんですの？」あとのセリフは、泣きそうな声に高まっていた。

「そりゃ、たいへん厚かましいお願いだということは承知しています。ですけれど、これは非常に重大な問題かもしれないのです。もちろんわたしもお手伝いしますから」と彼はなだめるように言った。「母の荷造りをしてあげたことが何度もあるんですよ。おまえは荷造りがうまいとほめられたものです」

彼はパイクアウェイ大佐に重宝されている持ち前の魅力を存分に発揮した。

「しかたがありませんわ」とサットクリフ夫人も譲歩した。「あなたがそうまでおっしゃるのなら――ほんとうに重要なことなのでしたら――」

「実際、たいへん重要なことかもしれないのです。さあ、それでは」オコナーはにっこり笑いかけた。「始めようではありませんか？」

2

それから四十五分後、ジェニファーがお茶から帰ってきた。彼女は室内を見まわし、驚いて息をのんだ。

「お母さん、いったい何をしてたのよ？」

「荷物をといていたの」と母親は怒ったように言った。「今は、また荷物を詰めているんですよ。こちらは、オコナーさん。娘のジェニファーですの」

「どうして出したり、入れたりしているの？」

「理由は訊かないで」と、母親はぴしゃりと言った。「ボブ叔父さんが、何かをわたしの荷物に入れて持って帰らせたのではないか、と思っている人たちがいるみたいなの。ジェニファー、まさか叔父さんから何か渡されはしなかったわよね？」

「ボブ叔父さんが、わたしに何かを預けはしなかったかというの？　預かったりしていないわ。わたしの荷物までといたの?」

「何もかも開けてみたのですがね、何ひとつ見つからないので、またしまいこんでいるところなんですよ」とデレク・オコナーは愉快そうに言った。「奥さん、紅茶か何かをお飲みにならないといけませんね? 何か注文しましょうか? ブランディ・ソーダでも?」彼は電話のほうへ行った。

「おいしい紅茶を一杯いただきたいわ」とサットクリフ夫人は言った。

「ティー・タイムは最高だったわ」とジェニファーは言った。「バターつきパンに、サンドイッチに、ケーキ。まだそのあとで、サンドイッチのお代わりをもらったの。ウエーターに、かまわないかと訊いたら、どうぞと言うんだもの。おいしかったわよ」

オコナーは紅茶を注文し、ついで、サットクリフ夫人の持ち物の荷造りをかたづけたが、そのてぎわのいい仕事ぶりには、さすがの彼女もほめないではおれなかった。

「お母さんからほんとうによく躾られていらっしゃるとみえて、上手なものだわね」

「何でもやれる便利屋ですからね」とオコナーはほほえみながら答えた。

彼の母親はもうずっと前に亡くなっていて、荷造りや荷ときの腕前は、パイクアウェイ大佐に使われるようになってから、初めて身につけたものだった。

「奥さん、もうひとつだけ申しあげておきたいことがあるのですが、くれぐれもご用心願いたいのです」

「用心しろって？　どんなふうにですの？」

「それは、革命というやつは複雑怪奇なものでして、いろんな余波があるからですよ」と、オコナーはわざと曖昧な言い方をした。「ロンドンには長らくご滞在ですか？」

「あす田舎へ帰るつもりですの。主人が車に乗せて行ってくれるはずですから」

「それなら大丈夫ですね。しかし——慎重に行動されるようにお願いします。もしちょっとでも変わったことが起きましたら、すぐに警察へ電話してください」

「まあ！」とジェニファーが嬉しそうな声を上げた。「警察に電話。前から一度かけてみたかったのよ」

「ジェニファー、ばかなことを言うものじゃありません」と母親はたしなめた。

3

地方紙の記事からの抜粋

昨日当地方裁判所では、窃盗の目的でヘンリー・サットクリフ氏の邸宅に忍びこんだ男の裁判が行なわれた。サットクリフ家の人たちが一家そろって日曜の朝の礼拝に教会へ行っていたあいだに、夫人の寝室がかきまわされ、混乱をきわめていた事件である。同家の使用人たちは昼食の用意をしていたところだったせいか、まったく物音を聞きつけていなかった。犯人は逃げだそうとしたところを警察に逮捕された。どうやら何かに驚き、一物も盗らずに、逃げ出したようである。

犯人は住所不定、アンドリュー・ポールと名乗り、犯行を認めた。本人の自白によると、失業して金に困ったためのしわざということである。なお、サットクリフ夫人の宝石類は、身につけておられるもの以外は、全部銀行に預けてあった。

「あの応接室のフランス窓の戸じまりには気をつけろと、前から言っといたはずだ」サットクリフ氏は、一家が揃った席で文句を言った。

「だってヘンリー、わたしはこの三ヵ月外国旅行をしていたのよ。それに、泥棒が押しいる気になれば、必ず入る手段があるものだと、何かで読んだように思うわ」

彼女は、もう一度ちらとその地方新聞に目を走らせたと思うと、情なさそうにこうつけ加えた。

「〝使用人〟だなんて、いかにも堂々としているみたいね。ところが、実際は大違いで、エリス婆さんときたら、ほとんど耳が聴こえなくて、立ちあがるのがやっとといったありさまだし、日曜の朝には手伝いに来てくれるバードウェルの娘は、おつむが足りないときているんだから」

「わたしにはどうも不思議なのよ」とジェニファーが口をはさんだ。「警察はどうやって泥棒が入っているのを知って、ちゃんと駈けつけてつかまえられたのかしら？」

「泥棒が何も盗らなかったことのほうが不思議だよ」と母親は言った。

「ジョアン、その点は確かなのかい？　最初、少々あやふやな口ぶりだったじゃないか？」と彼女の夫はなじるように訊いた。

　夫人はうんざりしたようなため息をもらした。

「そんなことはすぐに答えられるものじゃないわよ。寝室の中はめちゃくちゃだったんだから——そこらじゅうにいろんな物が投げ散らしてあるし——ひきだしはひっぱり出して、ひっくりかえしてある。何もかも調べてみなきゃ、はっきりしたことが言えるはずがないじゃないの——そう言えば、一番上等のジャカマール・スカーフが見えなかったような気がするわ」

「お母さん、ごめんなさい。あれはわたしよ。地中海で船の上で飛ばしちゃったの。わたしが借りていて。話すつもりで忘れていたわ」

「しようがないわね。お母さんにことわりなしに持ちだしちゃいけないと、何度言ったらいいのよ？」

「ねえ、プディングをもう少し食べてもいい？」ジェニファーは話をそらそうとした。

「いいわよ。ほんとうにエリスは料理がうまいわね。あんなに大声で怒鳴らなきゃならないだけの値打ちはあるわ。それにしても、ジェニファーは学校でくいしんぼうすぎると思われやしないか、心配だわ。メドウバンクは普通の学校じゃないんだから、気をつけるのよ」

「わたし、メドウバンクへはあまり行きたくないわ」とジェニファーは言った。「いとこがあそこへ行っていたという女の子を知っているけど、ひどい学校だと言ってたわ。ロールス・ロイスの乗り降りの時の作法だの、女王陛下の昼食のご相伴にあずかった時の作法だのばかりを、教えているんだって」

「いいかげんにしなさい、ジェニファー」と母親は言った。「あなたにはそのありがたさがよくわからないようだけど、メドウバンクに入学を許されるなんて、この上なしの幸運よ。バルストロード校長はどんな女の子でもお入れになるわけではないんだから。あなお父さんの重要な地位と、ロザモンド伯母さんのおかげがあったからこそなのよ。あなたはこの上もない幸運にめぐまれたのよ。それにね」と彼女はつけ加えた。「女王陛下の昼食のご相伴にあずかれるようなことがあった場合にも、作法を知っていたら都合がいいじゃないの」

「だって、女王陛下は、礼儀作法なんか知らない人たちとだって――アフリカの酋長だの、競馬の騎手だの、アラブ人の族長《シェイク》だのと――昼食をともにしなきゃならない場合がたびたびあると思うわ」とジェニファーは言いかえした。

「アフリカの酋長ほど、洗練された行儀作法を身につけている者はないんだぞ」最近ちょっとガーナへ商用で行ってきたばかりの父親が言った。

「アラブ人の族長だってそうよ。ほんとうに礼儀正しいんだから」と母親も口を添えた。

「お母さん、族長の祝宴によばれた時のことを忘れたの?」と、ジェニファーは言った。「族長が羊の目玉をくり抜いてお母さんに差しだした時に、騒ぎたてないで食べるようにって、ボブ叔父さんにこづかれていたじゃない? バッキンガム宮殿で小羊の丸焼きが出た時に、族長がそんな風にしたら、女王陛下だってきっとドキッとされるんじゃないかしら?」

「ジェニファー、もうたくさんよ」と母親は言って、話をうちきった。

4

住所不定のアンドリュー・ボールが家宅侵入罪で三カ月の禁固刑を宣告された時、その地方裁判所の法廷のうしろのほうで目立たないように傍聴していたデレク・オコナーは、大英博物館の番号へ、電話をかけた。

「捕えた時には、何も持っていませんでしたよ」と彼は言った。「時間は充分に与えてやったのですがね」

「何者だった？　われわれの知っているやつか？」

「ゲッコーの一味だと思います。小物《こもの》ですよ。こういう種類の仕事をさせるために雇ったやつでしょう。大して頭はないが、徹底した仕事ぶりだということです」

「それで、おとなしく判決を受けたというわけか？」電話の向こう側では、パイクアウェイ大佐が話しながら、にやりと笑った。

「そうです。まっとうな道を踏みはずしたばか者の典型といったかっこうです。大きな組織なんかと関係がありそうには見えませんよ。もちろん、そこがあの男のとりえなんでしょうがね」

「そいつも何も見つけだせなかったわけか」パイクアウェイ大佐は考え声になった。「きみにも見つけだせなかった。どうやら、見つけだそうにも、物がないみたいじゃないか？　ローリンスンがあれを姉の持ち物の中に隠したというわれわれの考え方は、間違っていたらしいな」

「ほかの連中も同じように考えているらしいですがね」

「実際、あそこまで一目瞭然となると……ことによると、われわれにそう思いこませるための策略だったのかもしれないぞ」

「ありうることですね。ほかに何か可能性は？」

「いくらでもあるよ。あれはまだラマットにあるのかもしれない。おそらく、リッツ・サヴォイ・ホテルのどこかに隠されているのだろう。でなきゃ、飛行場へ行く途中に、ローリンスンが誰かに渡したかだ。でなきゃ、ロビンスン氏のほのめかしていたあの話に、根拠があるのかもしれない。あの話の女が、自分のものにしたのかもしれないからな。でなきゃ、サットクリフ夫人が、何も知らないで、ほかの無用になったものと一緒に、船から紅海へ放りこんでしまったということも考えられる。

それが、一番いいけりのつき方かもしれないな」と彼はしんみりとつけ加えた。

「そんなばかな、あれだけの値打ちのものを」

「人間の生命も尊いものなんだぞ」とパイクアウェイ大佐は言った。

5　メドウバンク校からの手紙

ジュリア・アップジョンから母親への手紙。

お母様へ
　ようやくここに落ちつき、すっかり学校が好きになっています。やはり今学期から入ったジェニファーという女の子がいて、その子といつも一緒にいます。二人ともテニスが大好きだからなの。その子は相当うまいのよ。サーブがきまったときなんか、まったく凄いんだけど、たいていはそれがきまらないの。ラケットをペルシャ湾まで持っていったから、ひずんだのだろうと言っているわ。向こうはおそろしく暑いんですって。ジェニファーはあの革命の起きた当時に行ってたのよ。スリルを感じなかった？　と訊いたら、そんなことはないと言ってたわ。何も見なかったんですって。大使館か何かに連れていかれたために、見損なったらしいの。

バルストロード校長は穏やかそうだけど、相当こわい人なの——こわくもなれるという意味よ。こちらが新しい生徒だと、寛大に扱ってくださるわ。かげでは、みんな牡牛《ブル》だの、あの威張りや《バリー》が、だのと言っているのよ。わたしたちはリッチ先生に英文学を教わっているのだけれど、この先生はまたすごいのよ。興奮すると、髪がバラバラと落ちてくるんだもの。奇妙なんだけど、妙にこっちの心をかきたてるような顔をしていて、この先生にシェイクスピアを読んで聞かせてもらうと、作品がぜんぜん違った生き生きとしたものになってくるわ。この前も、イアーゴのことや、イアーゴの感じていた気持ちについて、話してくださったわ——嫉妬のこともよ、それがどんな風に人の心をむしばみ、しまいには狂気に駆りたてて、自分の愛している者を傷つけたい気持ちを起こさせるかを。みんなゾッとさせられたわ——ジェニファーだけは例外よ。あの子はどんなことにも平気なんだから。リッチ先生には地理も教わっているの。前は地理って退屈な学科だと思っていたけど、リッチ先生に教わってみると、そうじゃないのね。今朝はスパイス貿易のことや、当時は物が腐りやすかったために、スパイスが必要だったのだというような話をしてくださったわ。

　ローリイ先生について美術の講義も受けているの。この先生は週に二回来られるんだけど、ロンドンのいろんな画廊へ連れていってくださることもあるわ。フランス語はブランシュ先生。この先生は教室の秩序を保つのがあまりうまくないのよ。ジェニファーに言わせると、フランス人はだめなのですって。べつに怒ったりはならないけど、てこずっておられるらしいの。〝まったくあなたがたにはまいるわね！〟と、おっしゃるわ。スプリンガー先生はいやな人よ。体育の先生なの。しょうが色の髪をしていて、身体があつくなってくると、におうんだもの。チャドウィック（チャディ）という先生もいらっしゃるわ――この学校の創立当時からの先生なのですって。数学の担当で少々気むずかしい人だけど、いい先生だわ。それから、歴史とドイツ語を教えておられるヴァンシッタートという先生。この人は気の抜けた二代目バルストロード先生というところだわ。

この学校には外国の女の子もずいぶん来ているのよ。イタリア人が二人に、ドイツ人が何人かに、愉快なスウェーデン人に（この人は王女か何からしいの）、トルコ人とペルシャ人のハーフの女の子。この人は、例の飛行機墜落事故で亡くなったアリ・ユースフ殿下と結婚するはずになっていたのだと、本人は言っているけど、ジェニファーに言わせると、そんなことはうそっぱちで、シャイスタは従妹か何かにあたるものだから、いとこ同士は結婚するものと思われているので、そんなことを言っているだけなのだという話よ。ユースフ殿下には結婚する気なんかなかったと、ジェニファーは言っているわ。ほかに好きな人がいたのですって。ジェニファーはいろんなことを知っているけど、めったに話してはくれないのよ。

お母さんは、もう間もなく旅行に出発するのよね。この前みたいに、パスポートを忘れたりしちゃだめよ!!! それからね、事故が起きた場合のために、救急箱を持っていくこと。

ジュリアより

ジェニファー・サットクリフから母親への手紙。

お母様へ

この学校は実際には、そういやなところでもないわ。思ったよりも楽しんでいます。天気も快晴つづきなの。昨日は〈良い性質は極端にまで発揮してもいいか?〉という題で作文を書かされました。なんと書いていいかまったく考えつけなかったわ。来週の題は〈ジュリエットとデズデモナの性格を比較せよ〉なの。（前者はシェイクスピアの『ロミオとジュリエット』、後者は『オセロ』の女主人公）これもばかげている気がするわ。新しいラケットを買ってもらえる？　昨年の秋にガットを張り替えてもらったのはわかっているけど——でも、すっかりゆるんできた感じなの。たぶんひずんだのね。ギリシャ語を習いたいの。いいかしら？　外国語が大好きなの。来週は何人かと一緒にロンドンへバレエを観に行きます。《白鳥の湖》。ここの食事はとてもおいしいの。昨日はお昼にチキンが出たし、お茶の時間には自家製のおいしいケーキを食べました。

もうほかにはおしらせすることも思いうかばないわ——あれからもう泥棒は入りませんか？

ジェニファーより

最上級生の監督生マーガレット・ゴア・ウェストから母親への手紙。

お母様へ

その後変わったこともありません。今学期はヴァンシッタート先生についてドイツ語を学んでいます。バルストロード先生は引退されて、ヴァンシッタート先生があとを継がれるという噂がたっていますが、そんな噂が出だしてからもう一年以上になりますし、きっとうそなのだろうと思っています。チャドウィック先生に訊いてみたら（いくらわたしでも、直接バルストロード先生に訊く勇気はありませんものね！）けんもほろろな返事でした。絶対にそんなことはない、噂なんかに耳をかすものではない、って。火曜日にバレエを観に行きました。《白鳥の湖》。あの夢幻的な感じ、言葉になんか表わせませんわ！

イングリット王女はとても愉快な人ですよ。すごく青い目、でも、歯に歯列矯正具をつけていますわ。ドイツ人の新しい生徒も二人入ってきました。上手に英語を喋ります。

リッチ先生も元気になって戻ってこられました。先学期は休んでおられたので淋しかったですわ。新任の体育の先生はミス・スプリンガーという人です。いやに独裁的なので、誰もあまり好意を持っていません。でも、テニスのコーチはうまいものですわ。新しい生徒の一人のジェニファー・サットクリフはいいプレイヤーになりそうですの。バックハンドが少し弱いけど。その子と大の仲好しにジュリアという生徒がいます。わたしたちはその二人に新米《ジェイズ》というあだ名をつけているんですよ！

二十日にわたしを連れだすことを忘れないでくださいね。運動会は六月十九日です。

マーガレットより

アン・シャプランドからデニス・ラスボーンへの手紙。

親愛なるデニス
　今学期の第三週までは暇がとれそうにもないわ。休みがとれたら一緒にお食事しましょうね。土曜か日曜でないと無理だと思うけど。いずれ連絡するわ。
学校の勤めも案外おもしろいものよ。でも、女教師になるのだけはまっぴら！
わたしなんか気が変になるに決まっているもの。

アンより

ミス・ジョンスンから妹への手紙。

親愛なるエディス
　こちらはべつに変わったこともありません。毎回思うけど、夏季学期はいいものだわ。庭も美しいし、ブリッグズ爺さんの手伝いに新しい園丁も来てくれました—

——それも、若くて元気そうな男なの！　顔だちもいいので、それだけは困りものだけれど。女学生たちには分別がないだけにね。

バルストロード先生はその後引退のことは口にされないので、思いとどまってくださったのではないかと思っています。ヴァンシッタート先生が校長になれば、今まで通りではないに決まっています。わたしもひき続いて勤める気にはなれそうにありません。

ディックや子供たちによろしく、オリヴァーやケートに会ったら、あの人たちにも。

エルスペス

マドモワゼル・アンジェール・ブランシュから、ボルドー局止め、ルネ・デュポンへの手紙。

親愛なるルネ

こちらは万事順調です。わたしは楽しんでいるとは言えないけど。ここの生徒は教師に従順ではないし、行儀もよくはないわ。でも、バルストロード校長には、そんな文句を言わないほうがいいと思うの。あの人を相手どる時にはこっちもよほど警戒しなきゃ！

今のところ、おしらせするほどのこともありません。

〈はえ《ムウシュ》〉より

ミス・ヴァンシッタートから友人への手紙。

親愛なるグローリア

夏季学期も順調にはじまりました。新しい生徒たちも満足していい子ばかりです。外国から来た生徒たちもなれてきたようです。わたしたちの王女様は（スウェーデンのほうではなくて、中東のほうです）向学心に欠けておられるようだけれど、これはしかたのないことでしょう。態度はすこぶるチャーミングです。

新任の体育教師のミス・スプリンガーは失敗です。生徒たちもきらっているし、生徒たちに高圧的な態度をとりすぎます。なんといっても、ここは普通の学校ではないのですからね。体育の成績なんかで浮き沈みはしません！　この人はいやに詮索ずきでもあって、やたらに個人的な事柄を訊きすぎます。そういうことはひどく神経にさわるものですし、育ちの悪さを示してもいます。新任のフランス語教師のマドモワゼル・ブランシュは人好きのする人ですけど、マドモワゼル・ドピュイの水準には達していませんわ。

学期始めの日には、もう少しで危いところだったのですよ。レディー・ヴェロニカ・カールトン・サンドウェイズが完全に酔っぱらってやって来たのですもの！チャドウィック先生が見つけて連れ出してくださらなかったら、すこぶる不愉快なことが起きたかもしれませんわ。双子のお嬢さんたちはあんなにいい娘さんたちですのにねえ。

バルストロード先生からは、将来のことについてのはっきりした声明はまだありません。でもあの方の態度から判断すると、腹を決めておられるように思います。メドウバンク校は実際に立派な学校なのですから、その伝統を受けついでゆくことには、わたしも誇りを感じることでしょう。

エレノアより

いつもの連絡網を通じて送られてきた、パイクアウェイ大佐への手紙。

とんだ危険の中に放りこまれたものですよ！　ほぼ百九十人もの女性のいる施設に、屈強な男といえばぼくひとりなのですからね。

王女様は豪勢な供ぞろいでやって来ましたよ。つぶしたイチゴのような色とパステル・ブルーのキャデラックに、民族衣裳を着たいかにもアラブ人顔の男と、パリの最新流行の衣裳が歩いているようなその夫人と、そのジュニア版（つまり、王女様）とが乗りこんで。

その翌日学校の制服に着替えた時には、ちょっと見分けがつきかねましたよ。彼女と親しくなるのはわけなさそうです。もう向こうからその気がまえを見せてきました。優しい無邪気そうなようすで、いろんな花の名前をぼくに訊ねられたのですが、そこへ、そばかすのある、赤毛の、クイナみたいな声をした女ゴルゴン（ギリシャ神話に出てくる怪物）が押しかけてきて、ぼくのそばから王女様を連れさってしまいました。王女様は嫌がっていたのに。前から聞いているところでは、ああいう東洋の娘たちは、ヴェールの陰でつつましやかに育てられてきたはずですね。ところが、あの東洋娘は、どう見ても、スイスでの学校生活のあいだに少々世俗的な経験を積んできているらしいですよ。

さっきのゴルゴン、別名ミス・スプリンガー、つまり体育教師が、ぼくに文句を言いに戻ってきました。園丁は生徒に話しかけてはならないことになっている、とかなんとかね。今度はこっちが無邪気そうに驚いてみせる番でした。〝先生、すみませんでした。あのお嬢さんはこのヒエンソウを何だとお訊ねになったのです。きっとあの方のお生まれになった土地では、こういう花は作らないのでしょう〟ゴルゴンはわけなしに軟化し、しまいには作り笑いでも浮かべそうでしたよ。バルストロード校長の秘書のほうは、そううまくゆきませんでした。すましこんだ田舎娘というタイプです。フランス語の女教師のほうが協調的です。外見はまじめくさったおずおずした女のようですが、実際にはそれほどおずおずしてはいません。陽気なくっくっ笑いの三人組とも仲良しになりました。パミラに、ロイスに、メアリという名で、姓のほうはわかりませんが、いずれも貴族の出です。ミス・チャドウィックという、何にでも気のつく老女教師が、しじゅうぼくに警戒の目を向けていますから、正体がばれないように用心しています。

ボスのブリッグズ爺さんは、かたくなな人物で、何かというと昔はこうだったと言いますが、そのなつかしい昔には、どうやら五人の園丁のうちの四番目に位置していたらしいのですがね。何かにつけて、たいていの人のことでも文句ばかり言っていますが、バルストロード校長には心から信服しているようです。ぼくもそうなのです。あの人は非常に愛想のいい態度でちょっと話しかけてはくれましたが、こちらの正体を見抜かれているような、何もかも見すかされているような恐怖を感じました。

今までのところは、不吉な徴候は何も起きていませんが――先のことはわかりませんが、ぼくは今後に期待をかけています。

6 最初の頃

1

職員室では互いの近況報告が行なわれていた。外国旅行のこと、観た芝居のこと、訪れた美術展のこと。スナップ写真が手から手へまわされた。日がたつと、着色すかし絵になるおそれのあるしろものだった。写真マニアたちは皆、自分の写真は見せたがるが、他人の写真を見せられるのはまぬがれようとした。

やがて、話は個人的な事柄から離れていった。新築の室内競技場についての批判も出れば、賛嘆の言葉も出た。立派な建物だという点ではみんなの意見が一致したが、当然誰もがなんらかの模様替えを試みたい考えを持っていた。

ついで、新顔の生徒たちについての簡単な批評が交されたが、大体好評だった。

二人の新任の教師にも愛想のいい言葉が向けられた。ブランシュ先生は前にも英国へいらしたことがあるのか？　フランスのどのあたりのお生まれなのか？

マドモワゼル・ブランシュは丁寧に答えはしたが、控えめだった。

ミス・スプリンガーは、はるかに積極的だった。

彼女は熱をこめて断定的な話し方をした。まるで、講演していると言ってもいいほどだった。題目は、スプリンガー先生の優秀さ。彼女が同僚としていかに珍重されたか。校長がいかに彼女の助言を感謝して受けいれ、その助言に従って予定を作りなおしたか。

ミス・スプリンガーは気配りのできるたちではなかった。聞かされている者たちの苛々したようすには気がつかなかった。結局、ミス・ジョンスンが穏やかな口調でこう訊ねるしかなかった。

「それにしても、あなたの着想が、いつも――その――価値どおりに、受けいれられたろうとは思えませんけれどね」

「そりゃ、人間は恩知らずな目にあう覚悟は持っていなきゃなりませんよ」とミス・スプリンガーは言った。既にかん高くなっていた彼女の声が、いっそうかん高くなった。「問題は、人はあまりにも卑怯だという点です――事実に直面しようとはしません。常に自分の鼻さきにあるものを見たがらないことが多いのです。わたしはそんなふうではありません。わたしはまっすぐに要点に向かっていきます。わたしは一度ならず鼻もちならない醜聞を掘りだしました——明るみにさらけだしてやったのですわ。わたしはいい鼻を持っているのですよ——いったん嗅跡をかぎつけたとなると、のがしません——獲物を追いつめるまではね」彼女は上機嫌で大きな笑い声を立てた。「わたしの意見では、何も隠しごとのない生活をしている者でなければ、教師をすべきではないと思います。秘密を持っている人がいたら、すぐに見てとれますよ。そうですとも！　皆さんだってびっくりなさいますよ、わたしの探りだした他人の秘密をいくつか話してあげたら。他人は誰も夢にも思わないようなことなのですもの」

「あなたはそういう経験を楽しんでいらっしゃるのですのね？」とマドモワゼル・ブランシュが言った。

「そんなことはありませんよ。自分の義務を果たしているだけですわ。ですが、応援してはもらえませんでした。恥ずべき怠慢です。ですから、辞職したのです——抗議の意味でね」

彼女はぐるりとみんなの顔を見まわし、またしても高らかに笑った。

「ここの学校には、秘密を持っておられる方なんかいないと思いますがね」と彼女は陽気に言った。

誰もおもしろがっている者はなかった。だがミス・スプリンガーはそんなことに気がつくようなタイプの女性ではなかった。

2

「バルストロード先生、ちょっとお話ししたいことが」

ミス・バルストロードはペンを置き、寮母のミス・ジョンスンの上気した顔を見あげた。

「どうぞ、ジョンスン先生」

「あのシャイスタという生徒——エジプトかどこかの生まれだという女の子のことなのですけど」

「というと？」

「あの子の——その——下着のことなのです」

ミス・バルストロードは呆れたが、眉をつり上げるだけにとどめた。

「あの子の——胸当てのことなのです」

「あの子のブラジャーにどこかいけないところでも？」

「それが――普通の型のものではないのです――はっきり言いますと、押さえこむようにはなっていないのです。まるで――その――押しあげるようになっていて――それも、不必要なまでに」

ミス・バルストロードは唇をかみしめて、笑いを押しころした。ミス・ジョンスンと話している時にはよくあることだった。

「わたしが行って調べてみることにしましょう」と彼女はおもおもしく言った。

そこで、ミス・ジョンスンが掲げて示す問題の不適切な用具の、ものものしい検分が行なわれ、シャイスタも興味の目でそれを見まもっていた。

「こんなふうに、ワイヤーで――その――持ちあげる仕組みなのです」とミス・ジョンスンはとても容認できないという口調で言った。

急にシャイスタが勢いこんで説明しだした。

「だって、わたしの胸はあまり大きくないんですもの――充分な大きさとは言えないんです。充分に女らしくは見えないのです。女の子にとっては重要なことなのですから――女らしく見せることが、男の子じゃないということを」

「それはまだ先のことです。あなたはまだ十五歳じゃありませんか」とミス・ジョンスンは言った。

「十五といったら――もう女ですわ！　それに、わたしはもう一人前の女のように見えると思いますけど？」

彼女はミス・バルストロードに訴えかけ、バルストロードは真剣な表情でうなずいた。

「ただ、わたしの胸が、それがどうも貧弱なのです。ですから、それほど貧弱には見えないようにしたいのですわ。わかってくださいますか？」

「よくわかります」とミス・バルストロードは言った。「あなたのものの考え方も理解できます。しかしね、この学校では、あなたのまわりにいるのはほとんどがイギリス人の少女たちなのですし、イギリスの娘たちは、十五歳では、まだ女にならない場合のほうが多いのです。わたしは、この学校の生徒たちには、ひかえめなお化粧のしかたをし、自分の成長の段階に応じた服装をすることを望んでいます。あなたの場合は、パーティーに出るか、ロンドンへ行く時の服装の際にだけ、ブラジャーをつけることにしてはどうかと思います。学校内で毎日つけるのはやめるのです。この学校はスポーツが盛んですし、体育の授業もあって、そのためには楽に動けるように、身体を自由にしておく必要があります」

「ありすぎますわ――走ったり跳んだりが」とシャイスタは不服そうに言った。「それに体育の授業。わたし、スプリンガー先生がきらいです――いつも、〝もっと速く、もっと速く、のろのろしないで〃と言うんですもの。疲れてしまうんです」

「シャイスタ、もうおよしなさい」とミス・バルストロードは、権威をこめた声でたしなめた。「お家の方たちは、英国の習慣を学ばせるために、あなたをこの学校へよこされたのですよ。ああいう運動はあなたの顔色をよくするためにも、あなたのバストを発達させるためにも、非常に役立つはずなのです」

シャイスタを授業へと帰すと、彼女は興奮しているミス・ジョンスンにほほえみかけた。

「たしかにあの子は、もう充分に成熟しているわね。ちょっと見ると、もう二十を越しているといっていいくらい。実際、本人もそのくらいの歳のつもりでいるのかもしれないわ。例えばジュリア・アップジョンなどと同じ年だと思えというほうが無理なのですよ。知的には、シャイスタよりははるかに成長しているけれど、肉体的には、ジュリアはまだブラジャーを着ける必要もないくらいなのだから」

「みんながジュリア・アップジョンのようであってくれたらいいのですがね」とミス・ジョンスンは言った。

「わたしはそうは思いませんね」とミス・バルストロードはきっぱりと言った。「みんな似たような少女ばかりの学校なんて、この上もなく退屈じゃない」

退屈、彼女は、聖書についての作文の採点に戻ってからもそのことを考えつづけた。さっきからその言葉が繰りかえし頭に浮かんでくるのだ。退屈……

彼女の学校にないものがひとつあるとすれば、それは退屈というものだった。校長になってからというもの、彼女は一度も退屈さを感じたことがなかった。うち勝たねばならない困難も生じれば、予想しない危機、父母や生徒たちに対する苛立ち、使用人たちの反抗も起きた。彼女はまだ萌芽のうちに災厄に対処し、災厄を勝利に変えた。すべてが刺激的で、興奮を感じさせてもくれる最高にやりがいのある仕事だった。それだけに、今でも、決心をかためてはいても、学校を去りかねているわけだ。

身体もすこぶる健康だった。チャディ（あの忠実なチャディ！）と一緒に、ひとにぎりほどの生徒を集め、非凡な先見の明を持っていたある銀行家の後援を得て、この大事業を始めた当時にも劣らないほど頑健だと言ってもよかった。学問的に認められているという点では、チャディのほうが彼女より上だったが、この学校を全ヨーロッパに知れわたるほど著名な学校にするだけの計画をたて、それを実行に移す自由な頭の働きを持っていたのは、彼女のほうだった。彼女は常に実験を恐れたことがなかったが、チャディのほうは、着実に、なんの興奮もなく、自分の知っていることを教えるだけで満足していた。チャディの最高の業績は、常にそこにいてくれたことだった。身近で、忠実な盾として、必要な時にはすぐに救いの手を差しのべてくれた。今学期の始業日のレディー・ヴェロニカの場合のように。あの人の堅実さを土台にしてこそ、これだけの刺激的な大建築が建設できたのだ、とミス・バルストロードはつくづく思った。

とにかく、物質的な見地からは、二人とも、学校のおかげで立派に暮らしてきていた。いますぐ引退したにしても、どちらも、余生を楽に暮らせるだけの収入は保証されていると言ってよかった。わたしが引退した場合、チャディもやめたがるだろうか？　ミス・バルストロードは考えるともなくそんなことを考えてみた。おそらく、やめたがりはしないだろう。きっと、あの人にとっては、この学校が自分の家みたいなものに違いない。あの人は、引きつづき、忠実に、信頼できる人間として、わたしの後継者のあと押しをしてくれるに違いない。

それというのも、ミス・バルストロードは決心をかためていたからだった――後継者を作らなくてはならない。最初のうちは自分と共同で学校運営にあたらせ、やがて一本立ちさせることだ。退く時を知るということ――これは人生の大きな必要事のひとつだ。自分の力が衰えはじめ、統制力に陰りが見えないうちに、活力の衰えを、努力の継続に直面するだけの気持ちの欠如を感じはじめないうちに、去っていくことだ。

ミス・バルストロードは作文の採点を終わり、アップジョンという生徒が独創的な頭の持ち主だということを心にとめた。ジェニファー・サットクリフはまったくと言っていいほど想像力に欠けてはいるが、事実を把握する能力には非凡な才能を見せていた。もちろん、奨学資金生クラスのメアリ・ヴァイスは——すばらしい記憶力のよさを持っている。それにしても、なんという退屈な少女だろう！ 退屈——またその言葉が出てきた。ミス・バルストロードはその言葉を頭から追いはらい、秘書を呼んだ。

彼女は手紙の口述を始めた。

ヴァランス様。ジェーンが耳の病気にかかってしまいました。医師の診断書を同封します——云々。

フォン・アイゼンガー男爵。ヘルスターンがイソルデ役を演じるそのオペラに、ヘードヴィヒを観劇に行かせる件は、確かにおとりはからいできると思います——

一時間がまたたくうちに過ぎた。ミス・バルストロードはめったに言葉につまるようなことはなかった。アン・シャプランドはメモ用紙に鉛筆を走らせつづけた。

非常に優秀な秘書だ、とミス・バルストロードは心の中でつぶやいた。ヴェラ・ロリマーよりもまさっている。厄介な娘だった、あのヴェラは。あんなに急に仕事をおっぽりだしたりして。神経衰弱だと本人は言っていた。何か男がらみに相違ない。たいていは男の問題なのだから。あきらめた気持ちで、ミス・バルストロードはそんなふうに思った。

「これで全部よ」最後の言葉を口述し終わると、ミス・バルストロードはそう言って、ホッと吐息をもらした。

「くだらないことを随分しなきゃならないものだわね」と彼女は言った。「父母に手紙を書くのは、犬に餌をやるようなものだわ。口を開けて待ちかまえているひとつひとつの口に、慰めの決まり文句を放りこんでやるんだから」

アンは笑いだした。ミス・バルストロードは値踏みするような眼で彼女を見た。

「あなたはなぜ秘書の仕事を始めたの？」

「自分でもよくわかりませんわ。べつにこれといってやりたいこともありませんでしたし、たいてい誰もが、なんとなくたどり着くような種類の仕事ですものね」

「単調な仕事だとは思わない？」

「わたしは今まで運が良かったのだと思いますわ。ずいぶんいろんな仕事についてきました。考古学のマーヴィン・トッドハンター卿のところへ一年間おいていただき、その次には、シェル石油のアンドリュー・ピーターズ卿のもとに勤めました。しばらく女優のモニカ・ロードの秘書をしていたこともあるのです――あの時はまったくてんやわんやの忙しさでしたわ！」彼女は思いだし笑いをした。

「近頃のあなたがたのような若い女性には、そういう傾向が強いわね。しじゅう職業を変えてばかりいる」とミス・バルストロードは感心しないという口ぶりで言った。

「実を言いますと、わたしはどんな仕事にも長くはついていられないのです。病気の母がおりまして。時々、少々――その――扱いにくくなるのです。そういう時には、わたしが家へ帰って、看病してやらなきゃならないのです」

「なるほどね」

「それにしましても、わたしにも職を転々とする傾向がありそうですわ。物ごとを続けてゆく素質がありませんから。職場を変えるほうが、はるかに退屈さをまぬがれるように思います」

「退屈……」またしてもその運命的な言葉に出くわし、ハッとして、ミス・バルストロードはつぶやいた。

アンは驚いて彼女の顔を見た。

「気にしないでね」とミス・バルストロードは言った。「時おりひとつの言葉が繰りかえし繰りかえし出てくることがあるでしょう。それだけのことなのだから。教師になってみようとは思わない？」と彼女は多少の好奇心を持って訊いてみた。

「すみません。でも好きにはなれないと思いますわ」とアンは正直に答えた。

「なぜ？」

「ひどく退屈な――ああ、失礼しました」

彼女は狼狽して言葉を途切らせてしまった。

「教えるということは少しも退屈な仕事ではありませんよ」とミス・バルストロードは力をこめて言った。「この世の中でも、これほど刺激的な仕事はないくらい。引退したら、さぞ淋しくなるだろうと思うわ」

「でも、ほんとうに――」アンは彼女の顔を見つめた。「引退しようとお考えなのですか？」

「もう決めたことなの――そのつもりよ。そりゃまだ一年くらいは――もしかすると二年くらい――先の話だけれどね」

「でも――なぜですの？」

「学校に自分の最善のものを捧げてしまったからなの――学校からも、その最善のものをくみとってしまったしね。わたしは次善のものなんか欲しくはないわ」

「学校はお続けになるのでしょうね？」

「もちろん。いい後継者もあることだから」

「ヴァンシッタート先生ですか？」

「あなたも、必然的にあの人と決めてしまっているのね？」ミス・バルストロードはきっとアンを見やった。「興味深いことだわ——」

「本当は、そんなことを考えてみたわけではないのです。先生がたの話を聞きかじっただけなのです。でも、あの方なら、立派に続けていらっしゃると思いますわ——校長先生の敷かれたレールに沿って。それに、きわだった容姿の方でもありますしね、おきれいで、堂々としていらっしゃるし。そういうことも重要なのではありません？」

「そりゃそうなの。そうね、エレノア・ヴァンシッタートならふさわしい人物に違いないわね」

「あの方なら、校長先生の残して行かれた所から続けておいでになりますわ」アンはそう言いながら、持ち物をまとめた。

だが、わたしはそれを望んでいるだろうか？　アンが出ていくと、ミス・バルストロードは心の中で自問自答した。わたしの残した所から続けてもらうことを？　確かにエレノアならそうしそうだ！　ぜんぜん新しい実験も試みなければ、革命的なことは何もやらないだろう。わたしがメドウバンクを今のような学校に育てあげたのは、そんなふうにしてではなかった。賭けにも出た。多くの人を怒らせもした。おどしもし、すかしもして、ほかの学校の前例に従うことを拒否した。今後もこの学校がその方針に従ってくれることを、わたしは望んでいるのではないか？　誰かがこの学校に新たな生命を注ぎこんでくれることを。誰か精力的な性格の持ち主が……例えば――そう――アイリーン・リッチのような。

だが、アイリーン・リッチは若すぎるし経験も足りない。それにしても、刺激的な人柄だし教える才能を持っているし、アイデアも豊富だ。あの人なら、絶対に退屈な人間にはなるまい――ばかな、こんな言葉は頭から追いはらわなければいけない。エレノア・ヴァンシッタートも退屈な人間ではない……

ミス・チャドウィックが入ってきたので、彼女は顔を上げた。

「ああ、チャディ。あなたが顔を見せてくれてほんとうに嬉しいわ！」

ミス・チャドウィックは少々おどろいたようすだった。

「なぜなの？　何か起きたの？」

「問題はわたしにあるのよ。自分で自分の心がわからないのよ」

「あなたらしくないわねえ」

「そうね。今学期はうまくゆきそう？」

「うまくゆく、と思うわ」ミス・チャドウィックの言葉には確信の無さそうな響きがあった。

ミス・バルストロードはすぐに詰めよった。

「どうしたのよ。隠さないで言ってちょうだい。何があったの？」

「なんでもないの。本当になんでもないのよ、オノリア。ただね——」ミス・チャドウィックは額に皺を寄せ、まるで当惑したボクサー犬のような顔つきをした——「感じなのよ。ほんとうに、これと言って指させるようなことはなんにもないわ。新しく入って来た子たちは皆いい生徒たちばかりだし。マドモアゼル・ブランシュには、わたしはあまり好感が持てないけど。そう言えば、マドモアゼル・ドビュイもわたしは好きになれなかったけど。ずる賢くてね」

ミス・バルストロードは、この批判には、大して注意を払わなかった。チャディはいつもフランス人教師をずる賢いと非難する傾向があった。

「いい教師ではないわね」と、ミス・バルストロードは言った。「ほんとうに意外だわ。あんなにいい推薦状が来ていたのにね」

「フランス人には教えるということができないのね。ぜんぜん規律が保てないわ」とミス・チャドウィックは言った。「それから、スプリンガー先生も大した人物ではないわね！　やたらに跳ねまわってばかりで、名前だけではなく、性質までも跳ねる者《スプリンガー》らしいわ……」

「でも、教師としては優秀よ」

「それはそうね。一流だわ」

「新しい先生たちにはいつも不安な感じにさせられるものなのよ」とミス・バルストロードは言った。

「そうねえ」とミス・チャドウィックも熱心にあいづちをうった。「きっとそれだけのことだと思うわ。それはそうと、今度来たあの園丁はずいぶん若いのね。近頃では珍しいことだわ。園丁というと、年寄りだと思うほどなのに。困ったことに、ハンサムだわ。警戒を怠らないようにしないとね」

二人の女教師はこっくりとうなずきあった。彼女たちは、美青年が思春期の少女たちの精神に及ぼす破壊的な影響を、誰よりもよく承知していたからだ。

7 風向き

1

「そう悪い仕事ぶりじゃねえなあ。悪かねえよ」とブリッグズ爺さんはけちなほめ方をした。

彼は新米の助手の耕しぶりに及第の印《はん》を押してやっているところだった。若い者をうぬぼれさせちゃよくないぞ、と彼は考えていた。

「いいか、仕事を一気にやろうとしちゃいかん」と爺さんは言葉をついだ。「じっくりやることだ。じっくりやってこそ、うまくゆくってものだからな」

青年は、爺さんの仕事のテンポに比べると、自分の仕事ぶりが目立ちすぎるのだなと理解した。

「ところで、ここにゃきれいなアスターを植えるつもりなんだよ」とブリッグズは話を続けた。「あのお方は、アスターがきらいなんだが——おれは知らん顔をしてやるんだ。女というやつはへんな気まぐれを起こすものだが、こっちが知らん顔をしていると、十中八、九までは、向こうも気がつかないものだよ。もっとも、あのお方は気がつくほうの人間だがな。これだけの学校を経営しているんだから、そっちで頭がいっぱいのはずなんだが」

ブリッグズの話にやたらに出てくる〝あのお方〟という言葉が、ミス・バルストロードを指すのだということは、アダムにもわかった。

「そういや、ついさっきお前の話していた相手は誰だったんだい？」とブリッグズは疑わしそうに訊いた。「お前が植木鉢小屋へ竹を取りに行った時のことだよ」

「ああ、ここの生徒さんだよ」とアダムは答えた。

「ほう。ありゃ二人いるイタリア人生徒のうちの片方じゃなかったかい？　だったら、気をつけたほうがいいぞ。イタリア女なんかにちょっかいを出すもんじゃない。おれは経験があるんだからな。第一次大戦の時に、イタリア女と知りあったことがあるんだが、あの時、今のおれほどの心得があったら、もっと用心したに違いねえよ。だからだよ」

「別に悪いことをしたわけじゃないさ」アダムはわざとむっとしたような態度をよそおった。「あの子は、暇つぶしに、一つ二つの花の名前を訊いただけなんだから」

「それにしてもだ。気をつけるんだぞ。生徒さんに話しかけられる身分じゃないんだからな。あのお方に文句を言われるぞ」

「おれはなにも悪いことをしちゃいないし、言っちゃいけないようなことを言ってもいないさ」

「なにも、お前がそんなことをしたと言ってるんじゃないんだ。だがなあ、ここにゃあれだけの数の若い女が閉じこめられていて、気持ちをそらせてくれるような絵の先生さえもいないときているんだからな――とにかく、気をつけたほうがいいぞ。それだけのことなんだ。おや、くそばばあがやって来やがるぞ。何かまためんどうなことを言いつけやがるに決まってるんだ」

ミス・バルストロードが足ばやに近づいてきた。

「おはよう、ブリッグズ。おはよう、ええと――」

「アダムです」

「ああ、そうそう、アダムね。この畑をきれいに耕してくれたようね。ブリッグズ、むこうのテニス・コートの金網がはずれかかっているのよ。直しておいてね」

「ようがすとも。さっそく行ってみます」

「ここへは何を植えるつもりなの？」

「そうですなあ。わしが考えてたのは——」

「アスターはだめよ。ポンポンダリヤ」ミス・バルストロードは、ブリッグズにしまいまで言わせず、そう言い捨ててさっさと立ち去った。

「やって来ては——仕事を言いつけやがる」とブリッグズは言った。「だが、頭は相当きれる人だぞ。ちゃんと仕事をしておかなかったら、すぐに気がつく。それからなあ、おれの言ったことを忘れねえで、気をつけるんだぞ。イタリア女やほかの連中のことをなあ」

「おれに文句があるなら、すぐにこっちは腹をきめるよ。仕事口はいくらでもあるんだから」とアダムはふくれっ面で言った。

「近頃の若い者は皆そうだ。人の言うことを聞こうともしねえ。おれはただ用心しろと言ってるだけじゃねえか」

アダムは相変わらずふくれっ面をしてはいたが、また仕事に取りかかった。

ミス・バルストロードは小径を校舎のほうへ引きかえした。彼女はちょっと顔をしかめていた。

ミス・ヴァンシッタートが、反対の方向からやって来た。

「暑くなってきましたわね」とミス・ヴァンシッタートは声をかけた。

「ほんと、息苦しいほどむし暑いわね」ミス・バルストロードはまた顔をしかめた。

「あの青年に——若いほうの園丁に——気がついて？」

「いいえ、べつに」

「あの青年は——なんだか——変わったタイプのように思えるわ」とミス・バルストロードは考え顔で言った。「このあたりでは見ないタイプ」

「きっと、オックスフォードの学生が、小遣いかせぎに来ているんでしょうよ」

「顔だちもいいのよ。生徒たちが注目しているわ」

「いつもの問題ですわね」

ミス・バルストロードはにっこりした。「生徒たちの自由と、厳重な監督とを、かね備えさせる——そう言いたいんじゃないの、エレノア？」

「そうですわ」

「わたしたちはなんとかやっているわ」とミス・バルストロードは言った。

「それはそうですわね。メドウバンクでは、まだ一度もスキャンダルを起こしたことがないんじゃありませんの？」

「一、二度は起こしかかったわ」とミス・バルストロードは言ったと思うと、笑いだした。「学校を経営していると、退屈な瞬間なんてぜんぜんないわね」彼女は言葉をついだ。「エレノア、あなたはここにいて退屈さを感じたことがあって？」

「いいえ、一度も」とミス・ヴァンシッタートは答えた。「ここでの仕事は刺激的ですらあるし、わたしは満足していますわ。これだけの偉大な事業をなしとげられたのですもの、あなたは大きな誇りと幸福感が持てますわね」

「わたしも、自分ながら、うまくやってきたとは思っているわ」とミス・バルストロードは感慨深そうに言った。「もちろん、どんなことでも、こちらの最初に予想していたとおりにはならないものだけれどもね……」

「ねえ、エレノア」彼女は急に語調を変えた。「かりに、わたしじゃなくてあなたがこの学校を経営しているとしたら、何を変えたい？　遠慮なく言ってみて。参考にしたいの」

「何ひとつ変えるつもりはないですわ」とエレノア・ヴァンシッタートは答えた。「この学校の精神も、全体の組織も、完全に近いもののように思えますもの」

「同じ方針にのっとってやっていく、という意味なの？」

「もちろんそうですわ。これ以上のすぐれた方針があるとは思えませんもの」

ミス・バルストロードはちょっとのあいだ黙りこんでいた。心の中では、こんなふうに考えていた。この人は、わたしを喜ばせるために、ああ言ったのだろうか。人の心のうちというものはわからないものだから。何年も、どんなに親しく暮らしていたにしても。きっとこの人も、本心を言ってはいないに違いない。多少でも創造力のある人間なら、改革を加えたいと思うに決まっているのだから。それにしても、口に出してそう言うのは、如才ない振るまいではないという考えが働いたのかもしれない……それに、如才なさということは非常に重要なことなのだ。父母を扱うにも、生徒たちを扱うにも、教師たちを扱うにも。エレノアはたしかに如才ない。

彼女は、声に出しては、こう言った。「しかし、是正してゆく必要が常にあるのじゃないかしら？　思想やライフスタイルの変遷とともにね」

「ああ、それはそうですわ」とミス・ヴァンシッタートは言った。「人は、一般に言われているように、時代とともに変わってゆかなきゃならないものなのですから。でも校長、ここはあなたの学校ですし、あなたがここを今のようなかたちになさったのですし、あなたの伝統がこの学校の真髄ですわ。伝統は非常にだいじなものだと思うのですけれど、そうじゃありませんかしら？」

ミス・バルストロードは何も答えなかった。彼女は取りかえしのつかない言葉を口に出しかかって、迷っていたのだった。共同経営者としてやらないかという誘いが宙に浮いているかたちだった。ミス・ヴァンシッタートも、育ちのよさから気がつかない振りをしてはいても、それを意識していたに違いない。ミス・バルストロードは、なぜその言葉を口に出すのをためらっているのか、自分でもよくわからなかった。なぜ明言したくないのだろうか？　恐らく、支配力を放棄するのがいやなのだ、と渋々認めた。もちろん、内心では、ここに留まることを望んでおり、学校の経営を続けていきたいと考えていた。それにしても、エレノアほどのふさわしい後継者はありえないのではないか？　あんなに頼りになる、あんなに信頼できる人は。もちろん、その点では、チャディも同じだ――あんなに信頼できる人はないくらいだ。それでいて、著名な学校の校長としてのチャディは、想像にえがくことなどできそうにない。

〝わたしはいったい何を望んでいるのだろうか？〟と彼女は心の中でつぶやいた。〝なんというううんざりするような人間なのかしら！　優柔不断などということは、今までわたしの欠点の中にはなかったのだけれど〟

遠くでベルが鳴った。

「ドイツ語の授業がありますから」とミス・ヴァンシッタートは言った。「教室へ行かなきゃなりませんわ」彼女は、速い、それでいて威厳のある足どりで、校舎のほうへ向かった。ミス・バルストロードがゆっくりとそのあとを追って歩きだすと、横の小径から急に飛びだしてきたアイリーン・リッチともうすこしで衝突しそうになった。

「あっ、校長先生、失礼しました。見えなかったものですから」相変わらずくずれた束髪から髪がはみだしていた。ミス・バルストロードは、今さらのように、この奇妙な、情熱的な、人の心におし迫るようなところのある若い女の、みにくいながらも味のある骨組の顔に目をひかれた。

「あなたも授業があるの？」

「ええ、英語の——」

「あなたは教えることを楽しんでおられるようね」とミス・バルストロードは言った。

「教えることが大好きですわ。この世でも、一番魅惑のある仕事ではないかと思います」

「なぜ？」

アイリーン・リッチはとつぜん身を固くした。片手で髪をかき上げた。考えこんでいるらしく、眉を寄せた。

「興味のある問題ですわね。真剣にはそのことを考えてみたことがないみたいですわ。なぜ教えることが好きか？　それは、自分がえらい人間のように思えるからかしら？　いや、いや……そういう解釈ではあまりにひどすぎますわね。それよりも、魚釣りのほうに似ているような気がします。どんな獲物を釣りあげることになるか、どんなものを海から引きあげることになるか、こちらには判らない。その反応の質の問題だと思います。反応があった時には、すっかり興奮させられます。もちろん、そうたびたびあることではありませんけれど」

ミス・バルストロードは満足げにうなずいた。やはり思ったとおりだ！　この人は何かを持っている！

「あなたもいずれは自分で学校を経営するようになるわね」と彼女は言った。

「そうなればいいですわ」と、アイリーン・リッチは言った。「ほんとうに実現したいと思います。わたしの一生の夢ですから」

「もうどんなふうに学校をやってゆくか、構想はできているんじゃないの？」

「誰でもアイデアは持っていると思いますわ」とアイリーン・リッチは言った。「おそらく、それも、大部分は空想的なもので、完全に失敗に終わるでしょう。もちろん、ひとつの冒険でしょうからね。ですけれど、やってみるしかありませんわ。経験から学ぶしかないと思っています……残念ながら、他人の経験をもとにしただけでは、やってゆけないですものね？」

「実際、それだけではだめね」とミス・バルストロードも言った。「人生では、自分で間違いをおかしてみるしかないわね」

「人生では、それでいいのですわ」とアイリーン・リッチは言った。「人間は起きあがって、もう一度やり直すことができますものね」両わきに垂れていた彼女の両手が、自然にぎゅっと握り拳を作った。顔の表情もきびしくなった。と思うと、急にその表情がゆるみ、笑いが浮かんだ。「でも学校は、いったん崩れてしまったら、それを建て直して、もう一度やり直すわけにはまいりませんわね？」

「あなたがメドウバンクのような学校を経営しているとしたら、改革なり——実験なりを、やってみようと思って？」

アイリーン・リッチは困ったような顔をした。「それは——それは難しくて、なんとも答えかねますわ」と彼女は言った。

「つまり、改革したいというわけね」とミス・バルストロードは言った。「遠慮なしに、思ったとおりのことを言ってみて」

「人は常に、自分自身のアイデアを実行したがるものだと思いますわ」とアイリーン・リッチは言った。「うまくいくとは限りません。失敗するかもしれません」

「それでも、冒険してみる価値があるというわけね？」

「常に、冒険は、やってみるだけの価値があるのではありませんかしら？　少なくとも、充分な情熱を抱いている事柄については、という意味ですけど」

「あなたは不安定な人生を送ることもいとわないのね。そうなの……」とミス・バルストロードは言った。

「わたしは常に不安定な人生を送ってきたように思いますわ」彼女の顔に影がよぎった。

「そろそろ失礼します。生徒たちが待っていますから」彼女は急いで去っていった。

ミス・バルストロードは、彼女のうしろ姿を見おくりながらたたずんでいた。彼女がまだそうやって考えに耽っている時に、ミス・チャドウィックが彼女を探しに急ぎ足でやってきた。

「ああ！　ここだったのね。あちらこちら探しまわっていたのよ。アンダースン教授からさっき電話があったわ。今度の週末にメロウさんを連れだしたいが、かまわないだろうか、ということなの。こんなにすぐでは校則に反することは知っているが、急に遠くへ行くことになったものだから、という話だったわ——なんでも、空色の洗面器《アジュール・ベイスン》とか言ったように聞こえたけど」

「アゼルバイジャン」とミス・バルストロードは考えに没頭したまま、無意識に答えた。

「経験不足。その点が冒険だわ」と彼女はひとりごとを言った。「チャディ、今なんと言ったの？」

ミス・チャドウィックは用件を繰りかえした。

「シャプランドさんに、いずれこちらからお電話しますからと、答えさせておいて、あの人にも、あなたを探しに行かせたのよ」

「許可しますと、返事しておいてくれない。これは特例として認めますと」とミス・バルストロードは言った。

ミス・チャドウィックは彼女の顔に鋭い目を走らせた。

「オノリア、何か心配ごとがあるのね」

「そうなの。自分で自分の心がよくわからないのよ。わたしらしくないのよ——だから動揺しているの……自分のしたいことはわかっているのよ——けれども、必要な経験に欠けている人間に譲りわたすのは、学校に対して公正なやり方ではない気がするのよ」

「わたしとしては、引退するなどという考えは棄ててほしいわ。あなたの居場所はこの学校よ。メドウバンクはあなたを必要としているわ」

「チャディ、あなたにとって、メドウバンクはほんとうに大切なのね？」

「英国には、ほかにこんな学校はないわ」とミス・チャドウィックは言った。「わたしたちは、あなたもわたしも、これを創立したことを誇りにしていいのよ」

ミス・バルストロードは愛情をこめて彼女の肩に手をまわした。「それはそうね、チャディ。あなたのことを言えば、あなたはわたしの心のよりどころなのよ。メドウバンクのことでは、何ひとつとしてあなたの知らないことはない。わたしに劣らずこの学校を愛してくれているわ。それは大切なことなのよ」

ミス・チャドウィックは嬉しさに顔を紅潮させた。オノリア・バルストロードが胸のうちを明かすのは、珍しいことだったからだ。

2

「こんなものでは、プレイできっこないわ。だめよ」

ジェニファーは絶望してラケットを放りだした。

「まあ、ジェニファーったら、大げさね」

「バランスなのよ」ジェニファーはまたラケットを拾いあげて、試しに振ってみた。

「バランスがとれていないのよ」

「わたしの古ぼけたのよりはずっとましだわ」ジュリアは自分のラケットと比べてみた。

「スポンジみたいなんだから。聞いてよ、この音」彼女はガットの部分を指ではじいた。

「張り替えさせるつもりだったんだけど、お母さんが忘れてしまったのよ」

「それでも、わたしならこっちのほうをとるわ」ジェニファーはジュリアのラケットで一、二度素振りを試みた。

「わたしはあなたのほうがいいと思うわ。少なくとも、ちゃんとボールが打てるだけマシよ。あなたさえよけりゃ、とっかえてもいいわよ」

「それじゃ、決まり。とっかえよう」

二人の少女は、それぞれの名前が書いてある小さなシールをはがし、相手のラケットに貼りなおした。

「やっぱり返してって言っても無駄だからね」とジュリアは警告するように言った。

「わたしの古ぼけたスポンジが気にいらないなんて言ったたって、だめよ」

3

アダムは、陽気に口笛を吹きながら、テニスコートのまわりに金網を張っていた。室内競技場のドアが開いて、例の小柄でさえないフランス人女教師、マドモワゼル・ブランシュが顔を覗かせた。彼女はアダムの姿を見て、おどろいたようだった。ちょっとためらっていたと思うと、また内側へ引っこんだ。

「いったい何をたくらんでいるのやら？」とアダムはつぶやいた。マドモワゼル・ブランシュがさっきのような態度を見せさえしなかったら、何かをたくらんでいるなどとは思いつきもしなかったろう。ところが、彼女は、すぐに推測をめぐらしてみたくなるような、うしろめたい顔つきをしていた。やがて、彼女はまた外へ出てきて、うしろ手にドアを閉め、そばを通りかかる時に立ちどまって話しかけてきた。

「あら、金網を修理しているのね？」

「そうなのです」

「ここには、立派なコートや、プールや、室内競技場まであるのねえ。おお、スポーツ《ル・スポール》！　あなたがたイギリス人はスポーツ《ル・スポール》を重視しているのねえ？」

「ええ、まあそういうことになりましょう」

「あなたもテニスをやるの？」彼女は、品定めでもするように、いやに女性的な、かすかな誘いをこめたまなざしで彼を見やった。アダムはまたしてもこの女性に疑惑を感じた。この人は、メドウバンク校のフランス語教師としてはどこかふさわしくない気がした。

「いいえ」と彼はうそをついた。「テニスはやりません。その暇がなかったのです」

「それじゃ、クリケットを？」

「そりゃ、子供の頃はやりました。たいていの者がやりますよ」

「今まであまり暇がなくて、見てまわれなかったのよ」とアンジェール・ブランシュは言った。「今日は天気もいいし、室内競技場を見学してみたいと思ったわけ。フランスで、学校を経営している友人たちに、手紙で知らせてやるつもりなの」

またしてもアダムは少々不審に思った。よけいな説明に聞こえる。まるで室内競技場にいたことを弁解しているようだった。だが、そんなことをする必要はないはずではないか？　校内じゅう、どこへでも好きな所へ行く正統な権利を持っているのだから。ましてや園丁の見習いふぜいに弁解する必要などないはずだ。おかげで、彼の頭にはまたしてもいろんな疑問が起きた。いったいこの若い女は室内競技場で何をしていたのだろうか？

彼はつくづくとマドモワゼル・ブランシュの顔を見た。この女のことをもう少し知っておくほうがよさそうだ。彼は、微妙に、意識的に、態度を変えた。やはり敬意のこもった態度ではあったが、さほど敬意がこもっているようでもなかった。彼は、彼女が魅惑的な若い女性であることを視線で彼女に伝えた。

「女学校に勤めておられると、時には、少々退屈に感じられるでしょうねえ」と彼は言った。

「そうね、あまりおもしろくはないわね」

「でも、休める日もあるのでしょう？」とアダムは言った。

ちょっと間があいた。まるで彼女は、自分自身と押し問答をしているかのようだった。やがて、彼の感じでは多少残念そうに、彼女は意識的に二人のあいだの距離をひろげた。

「そうよ、たっぷり休みをもらっているわ」と彼女は答えた。「この学校は勤務条件が非常にいいのよ」彼女はちょっと顎をしゃくって、「さよなら」と言ったと思うと、校舎のほうへ去っていった。

「きみは室内競技場でなにか企んでいたんだぞ」とアダムはつぶやいた。

彼女の姿が見えなくなるまで待って、仕事の手をとめ、室内競技場へ行って中を覗いてみた。彼に見てとれるかぎりでは、何も変わったことはなさそうだった。「それにしても、あの女は何かたくらんでいたに違いないんだ」

また外へ出たところに、思いがけなくアン・シャプランドが立ちはだかっていた。

「校長先生はどこか、ご存知ない？」と彼女は訊いてきた。

「校舎へお帰りになったと思います。さっきはブリッグズと話しておられましたが」

アンは眉をひそめていた。

「室内競技場で何をしていたの？」

アダムは多少虚をつかれたかたちだった。こいつはいやに疑いぶかい女だなあ、と彼は思った。彼は、声にも多少不遜な調子をまじえて、こう言った。

「ちょっと中を見せてもらおうと思ったのです。べつに見てわるいことはないでしょう？」

「自分の仕事を続けるほうがよろしくない？」

「テニスコートのまわりの金網は、もうちょっとで終わるところなんです」彼は振りかえって、背後の建物を見あげた。「これは新しく建てたものなのでしょう？　きっとずいぶん金がかかったことでしょう。ここの生徒さんたちは、何もかも、最上のものを持たせてもらえるわけですねえ？」

「あの人たちは、それだけのお金を払ってるわ」とアンは無愛想に答えた。

「目の玉の飛び出るほどの授業料だという話ですね」とアダムも調子を合わせた。

彼は、自分でもなぜかはよくわからなかったが、この女を傷つけるなり、困らせるなりしてみたいという欲望を感じた。彼女はいつも、いやに冷静で、いやに自信たっぷりにかまえている。この女を怒らせてみたら愉快だろうと思った。

だが、アンは彼にそうした満足を与えてはくれなかった。彼女はただこう言っただけだった。

「金網張りを片づけたほうがいいわよ」そして、さっさと校舎のほうへ引きかえしていった。途中までくると、彼女は歩をゆるめ、振りかえった。アダムがせっせと金網張りの仕事をしていた。彼女は、そのアダムの姿から室内競技場のほうへ、当惑したような視線を投げた。

8　殺人

1

ハースト・セント・サイプリアン警察署の夜勤当番だったグリーン巡査部長があくびをしていると、電話が鳴った。彼は受話器に手を伸ばした。一瞬後には、彼の態度は一変していた。すぐに彼は用箋にメモをとりだした。

「はあ？　メドウバンク？　そう――お名前は？　綴りを言ってください。S―P―R―I―N―G―〈すもも〉《グリーンゲイジ》のGですな？　E―R。スプリンガー。ええ。そうです。現場は乱さないように気をつけていてください。すぐに誰かをそちらへやりますから」

ついで彼は、時をうつさず、指示されているとおりの処置を、つぎつぎととっていった。

「メドウバンク校だって？」報告がケルシー警部のところへ廻ってくると、彼は言った。

「そいつは女学校だろう？　殺《や》られたのは誰だ？」

「女性体育教師の死か」ケルシーは考え顔になった。「駅の売店に並んでいるスリラー小説のタイトルみたいだなあ」

「何者のしわざでしょうかね？」と巡査部長は言った。「ちょっと考えられないような事件です」

「体育の先生にだって、恋愛沙汰ぐらいはあるかもしれないさ。死体の発見された場所はどこだって？」

「室内競技場だそうです。たぶん、体育館のしゃれた呼び名でしょう」

「そうかもしれないなあ。体育館での女体育教師の死か。なんだかスポーツ味たっぷりな犯罪みたいじゃないか？　撃ち殺されていたんだったな？」

「そうです」

「ピストルは見つかったのか？」

「いいえ」

「興味のありそうな事件だ」ケルシー警部は、そう言うとともに、部下を集め、職務を遂行しに出かけた。

2

メドウバンク校の玄関のドアは開いており、そこから明かりが流れだしていて、ミス・バルストロードが玄関まで迎えに出てきた。このあたりの人間はたいていそうだが、彼も彼女の顔は見知っていた。この混乱と不安の瞬間でも、さすがにミス・バルストロードは自分を失っている様子はなく、事態を一手に把握し、教職員たちの指揮にあたっていた。

「捜査課の警部のケルシーというものです」と警部は自己紹介した。

「警部さん、まず何からお始めになりますか？　室内競技場へ行ってごらんになりますか。それとも、事情を聞くほうを先になさいますか？」

「医者を連れてきていますから、彼とわたしの部下二人を、遺体の場所に案内していただけるのなら、わたしはちょっと先生とお話ししたいのですが」

「承知しました。わたしの部屋へおいでください。ローワン先生、お医者さまやほかの方たちをご案内していただけません？」ついで、彼女はこう言いそえた。「ここの教師の一人に、現場をそのまま保存するように見張らせております」

「ありがとうございます」

ケルシーは、ミス・バルストロードのあとについて、彼女の部屋へ入った。「第一発見者はどなたですか？」

「寮母のジョンスン先生です。生徒のひとりが耳が痛いと言うものですから、寝ないでそばに付きそっていたのです。そのうちに、カーテンがちゃんと閉まっていないのに気がつき、閉めに立っていったところ、午前一時という時間ですから、明かりのついているはずのない室内競技場に、明かりが見えたのです」ミス・バルストロードはぼそりと言葉を切った。

「なるほど」とケルシーは言った。「ジョンスン先生は今どちらに？」

「ここにおりますが、お会いになりますか？」

「いずれあとで。どうぞお続けください」

「ミス・ジョンスンは、やはりここの教師の、ミス・チャドウィックを起こしに行きました。二人は調べに行ってみることにしました。二人が横のドアから出ようとした時に、銃声が聞こえたので、けんめいに室内競技場のほうへ駈けていきました。着いてみると――」

警部はさえぎった。「ありがとうございました、バルストロード先生。お話しのように、ジョンスン先生にお会いできるのなら、あとはその方から、うかがうことにします。ですがその前に、被害者のことを多少お聞かせ願いたいのですが」

「名前はグレイス・スプリンガーです」

「長らくこちらに勤めておられたのですか？」

「いいえ。今学期から来てもらっていた人なのです。前の体育の先生はオーストラリアで職につかれることになり、お辞めになったものですから」

「そのスプリンガーという人のことは、前からご存知だったのですか？」

「あの方の推薦状は立派なものでした」とミス・バルストロードは答えた。

「それじゃ、それまでは、個人的にはご存知なかったわけですね？」

「そうです」

「今度の悲劇をとつぜん引きおこした原因についてですが、なにか、漠然としたことでもけっこうですが、思いあたる節はありませんか？　彼女はふさぎこんではいませんでしたか？　何か恋愛上のもつれでも？」

ミス・バルストロードは首を振った。「わたしの承知しているかぎりでは、何も。さしでがましい言いかたですが」と彼女は言葉をついだ、「そんなことはありえないという感じを受けました。そういう種類の女性ではなかったのです」

「人は見かけによらないものですよ」とケルシー警部は陰気な声で言った。

「それでは、ジョンスン先生を連れてきましょうか？」

「ええ、よろしかったら。その方の話を聞きおわったら、その体育——いや、ええと、何とおっしゃいましたかな——室内競技場でしたか？——そちらへ行ってみましょう」

「今年新築したものなのです」とミス・バルストロードは言った。「場所はプールの近くでして、スカッシュのコートや、その他の特別設備も備わっております。ラケットや、ラクロスやホッケーのスティックなども、しまっておけるようになっていますし、水着の乾燥室もあるのです」

「スプリンガー先生は、夜間に、室内競技場へ行く必要があったのですか？」

「そんなことは、ぜんぜん」とミス・バルストロードはきっぱりと答えた。

「ありがとうございました、校長。それでは、ジョンスン先生に会ってみることにします」

ミス・バルストロードは部屋を出てゆき、寮母を連れてもどってきた。ミス・ジョンスンは、死体を見つけたあとの気持ちを落ちつかせるために、ブランディをかなり飲まされていた。そのせいで多少いつもよりお喋りの度がましていた。

「こちらは捜査課のケルシー警部さん」と、ミス・バルストロードは紹介した。「エルスペス、気持ちをしっかりもって、起きたとおりのことをお話ししてくださいね」

「恐ろしいことですわ」と、ミス・ジョンスンは言った。「ほんとうに恐ろしい。こんなこと、生まれて初めてですわ。ほんとうに初めてですのよ！　信じられませんでしたわ。しかも、スプリンガー先生が！」

ケルシー警部は勘の鋭い男だった。何か異常と思える言葉なり、追求に値いする言葉なりを耳にすると、自分のほうからわき道にそれるようなことをしていた。

「すると、なんですね、殺されたのがスプリンガー先生だったことが、あなたには非常に奇妙に思えたわけですね？」

「ええ、まあ、そう言えばそうですわ。なにしろ、その——逞しい人だったのですもの。それはもう元気のいい。強盗の一人や二人ぐらい——ひとりでも取りおさえられそうなほどの女性だったのですから」

「強盗ねえ？　ふむ」と、ケルシー警部はつぶやいた。「室内競技場には、何か盗まれそうなものでも置いてあったのですか？」

「さあ。なかったと思います。そんなものがあったとは思えませんわ。そりゃ、水着やスポーツ用具はありましたけど」

「なるほど、こそ泥の失敬しそうなしろものばかりですね」とケルシーもあいづちをうった。「錠前を破って入るほどのしろものではなさそうだ。そう言えば、ドアはこじ開けられていたのですか？」

「さあ、実のところ、調べてみようとも思いつかなかったものですから」とミス・ジョンスンは答えた。

「わたしたちが行った時には、ドアが開いていましたし、それに――」

「こじ開けられてはいませんでしたわ」とミス・バルストロードが口をはさんだ。

「なるほど。鍵を使っているわけですね」ケルシーはミス・ジョンスンの顔を見まもりながら、こう訊いた。「スプリンガー先生はみんなに好かれていましたか？」

「さあ、それはちょっとお答えしかねますわ。なんといっても、亡くなった方ですもの」

「すると、あなたはお好きではなかったわけですね」ケルシーはミス・ジョンスンの微妙な心づかいを無視して、のみこみのいいところを見せた。

「誰だって、あの人がそう好きになれたろうとは思えませんわ」とミス・ジョンスンは言った。

「高びしゃな態度の人でしたからね。相手の言うことにも平気でずけずけと反対する人でした。でも、たいへんやり手でしたし、自分の仕事を非常にまじめに考えておられたように思います。そうじゃございません、校長先生?」

「たしかにね」とミス・バルストロードは答えた。

ケルシーは答えを求めてたどっていた脇道から話を本道に戻すことにした。「それでは、ジョンスン先生、事件のありのままをお聞かせください」

「ジェーンという生徒が、前から耳をわずらっていたのですけど、ひどい痛みに襲われて目をさまし、わたしのところへやって来ました。わたしは手当てをしてやり、ベッドへ連れていってみると、窓のカーテンが風でバタバタしていますし、どうやらそっちのほうから風が吹きこんでいるようでしたから、今夜だけは、この部屋の窓を閉めておいたほうがよさそうだと考えたのです。もちろん、生徒たちはいつも窓を開けたままで寝ることになっているのです。外国から来た生徒たちは時々文句を言いますが、わたしはいつも——」

「そんなことは、今のところ、どうでもいいことですよ」とミス・バルストロードが注意した。「この学校の健康管理についての一般原則なんか、ケルシー警部には興味のないことでしょうからね」

「ああ、それはそうですわね」と、ミス・ジョンスンも言った。「とにかく、今も申しましたように、窓を閉めに行ってみると、驚いたことに、室内競技場に光が見えました。

非常にはっきりした光でしたから、見間違うはずはありませんでした。しかも、その光が動きまわっているように思えました」

「つまり、電灯がついていたのではなくて、懐中電灯かなにかの光だったわけですね？」

「ええ、ええ、そうだったに違いありませんわ。わたしはすぐに、〝まあ、誰か知らないけど、こんな夜中に、何をしているのだろう？〟と思いました。むろん強盗のことなんかは頭に浮かびませんでしたわ。そんなことは、あなたもさっきおっしゃったように、とっぴすぎますものね」

「何だとお思いになったのですか？」とケルシーは訊ねた。

ミス・ジョンスンはちらとミス・バルストロードの顔に目を走らせた。

「そうですね、べつに、これという考えが浮かんだというわけでは。つまり、その、なんとも想像もつかなかったのじゃないかと――」

ミス・バルストロードが口をはさんだ。「たぶん、ジョンスン先生は、生徒の一人がこっそり誰かに会いに行っているのかもしれないとでも、思われたのでしょう。そうでしょう、エルスペス？」

ミス・ジョンスンが息をのんだ。「そりゃ、一瞬そんな考えも浮かびましたわ。たぶん、イタリア人生徒の一人じゃないかと。イギリスの女生徒に比べると、外国人生徒はずっと早熟ですものね」

「そんな偏狭なことを言っちゃだめよ」とミス・バルストロードは言った。「イギリス人生徒だって、あいびきをしようとした例が何度もあったじゃないの。あなたの頭にそういうことが浮かんだのはごく自然だし、わたしだって同じだったろうと思うわ」

「話を続けてください」とケルシー警部は言った。

「そこで、わたしは、チャドウィック先生のところへ行って、いっしょに見に行っていただくのが一番いいと思ったのです」ミス・ジョンスンが話を続けた。

「なぜチャドウィック先生なのですか？」とケルシーは訊きかえした。「何か特にその先生をえらばれた理由でも？」

「それはですね、バルストロード先生を煩わせたくなかったのと、バルストロード先生を煩わせたくない場合には、チャドウィック先生のところへ話しに行くのが、ここの習慣みたいになっているからなのです。チャドウィック先生は古くからおられる方ですし、経験も積んでおられますから」

「とにかく、あなたはチャドウィック先生を起こしに行かれた。そうですね？」

「そうですわ。あの方も、すぐに行ってみる必要があるという意見に賛成でした。着替えている暇はありませんでしたから、セーターとオーバーをひっかけて、横のドアから出ました。その時なのです。ちょうど小径に出た時に、室内競技場から銃声が聞こえました。そこで、わたしたちは、けんめいに小径を走っていきました。わたしたちもばかだったと思うのですけど、懐中電灯を持っていくのを忘れたものですから、足元もよく見えなくて。一度や二度はつまずきもしましたが、相当早く駈けつけました。ドアは開いていました。スイッチを押して電灯をつけてみると――」

ケルシーはさえぎった。「それでは、あなたがたが着いたときには、光は見えなかったわけですね。懐中電灯も、そのほかのどんな光も？」

「ええ。中はまっ暗でした。電灯をつけてみると、あの人がいました。あの人は――」

「そこのところはけっこうです」とケルシー警部はやさしく言った。「ご説明には及びません。これから行って、自分の目で確かめてきますから。走っていかれる途中では、誰にもお会いになりませんでしたか？」

「会いませんでした」

「逃げだす足音も聞こえませんでしたか？」

「ええ、何も聞こえませんでした」

「校舎にいた人で、ほかにも誰か、銃声を聞きつけた人はいませんでしょうか」とケルシーは、ミス・バルストロードのほうを見て訊いた。

彼女は首を振った。「誰も。わたしの知るかぎりでは、今のところ聞いたと言っている者は一人もおりません。室内競技場はかなり離れていますし、銃声だって、注意を惹くほどのものだったかどうか、疑わしい気がします」

「室内競技場のほうに面した部屋だったら、どうでしょう？」

「無理だと思いますわ。わざわざ聞き耳を立てていた場合はべつですけれど。きっと、目をさまさせるほどの大きな音ではなかったろうと思います」

「いや、ありがとうございました。そろそろ室内競技場へ行ってみることにします」とケルシー警部は言った。

「わたしもおともしましょう」とミス・バルストロードは言った。

「わたしも、ご一緒しましょうか？」とミス・ジョンスンが訊いた。「なんでしたら、まいりますが。物ごとを避けてまわっていたのでは、どうにもなりませんものね。いつも思うんですけど、人間は、何事が起きようと、それに直面しなくてはいけないし——

——」

「お気持ちは感謝しますが、それには及びません」とケルシー警部は答えた。「これ以上あなたに緊張を強いるようなまねはしたくはありませんから」

「ほんとうに恐ろしいことですわ」とミス・ジョンスンは言った。「あの人があまり好きではなかっただけに、なおさらやりきれない気がしますわ。げんに、昨晩も、職員室で口論したばかりなのです。わたしは、体育も度が過ぎると、結果がよくない場合もあると——ことに、身体のきゃしゃな生徒には、と主張したのです。すると、スプリンガー先生は、そんなばかなことはない、そういう生徒にこそ体育が必要なのだ、と言うんですよ。鍛えあげて、別人のように仕立てあげてやると言ったんですの。わたしは、あなたは何でも心得ているつもりかもしれないけれど、実際はそうではないのだ、と言ってやりましたわ。なんと言っても、わたしは専門の訓練を受けている人間ですし、虚弱な身体や病気のことにかけては、スプリンガー先生よりもはるかに知識を持っていますものね——いえ、過去形で話すべきね。そりゃ、平行棒や、鞍馬や、テニスのコーチのことなら、スプリンガー先生はなんでもご存知に違いありませんけれどね。でも、こんなことになってみると、あんなこと言わなきゃよかったと後悔しますわ。人間って、何か恐ろしいことが起きると、あとになってそんなふうに感じるものらしいですね。わたしは、ほんとうに自分を責めているんです」

「まあそこへお掛けなさい」とミス・バルストロードは、彼女をソファーに落ちつかせた。「じっと座っていて、身体を休めて、ささいな口論のことなんか気にしないことよ。

あらゆる問題についておたがいの意見が合ったりしたのでは、人生は退屈なものになってしまうわ」

ミス・ジョンスンは、座りこんで頭を振っていたと思うと、やがてあくびをした。ミス・バルストロードはケルシーのあとを追って廊下に出た。

「ブランディを少し多めに飲ませたものですから」と彼女は弁解めいた口調で言った。「少々お喋りになっているんですよ。でも、混乱しているわけではないようですわね？」

「ええ、何が起こったかの説明は、はっきりしていました」とケルシーも言った。

ミス・バルストロードは校舎の横のドアに案内した。

「ジョンスン先生とチャドウィック先生が出ていかれたというドアは、ここですか？」

「そうです。ここからなら、小径がまっすぐにシャクナゲの間を抜けていっていて、室内競技場の前へ出られるのです」

警部は強力な懐中電灯を持ってきていたので、二人はすぐに煌々と明かりがともる建物に着いた。

「立派な建物ですね」ケルシーは室内競技場を見ながら言った。

「相当費用がかかりました」とミス・バルストロードは答えた。「でも、わたしどもにはそのくらいの余裕はあるのです」と彼女は平然とつけくわえた。

開いているドアは、かなり広い部屋に通じていた。そこには、それぞれ生徒たちの名札をつけたロッカーが置いてあった。一方のはしには、テニス・ラケットや、ラクロス用のスティックのスタンドが置いてあった。横のドアはシャワー室や更衣用の仕切り部屋に通じていた。ケルシーは中へ入る前にちょっと立ちどまった。二人の部下がせわしなく動きまわっていた。写真係はちょうど写真撮影を終えたところで、しきりに指紋の採取にかかっていたもうひとりの男が、顔を上げて声をかけてきた。

「床《ゆか》の上をまっすぐ横切ってください。さしつかえありません。こちらのはしはまだ調べおわっていませんけれど」

ケルシーは死体のそばに膝をついている警察医のほうへ歩みよった。ケルシーが近づくと、医師は顔を上げた。

「一メートル離れたところから撃たれている」と医師が言った。「弾丸は心臓を貫通している。ほぼ即死だったにちがいない」

「そうですか。死後どのくらいでしょう?」

「だいたい一時間かそこらだろう」

ケルシーはうなずいた。彼はゆっくりと歩きまわり、一方の壁を背に、番犬のようにきびしい顔つきで立っているミス・チャドウィックの背の高い姿に目を向けた。五十五歳前後だな、と彼は判断した。秀でた額、頑固そうな口もと、白いもののまじった乱れた髪、ぜんぜんとり乱している様子は見えない。ありきたりの日常生活では見すごされる存在かもしれないが、いざという時には頼りになるタイプの女だ、と彼は思った。

「チャドウィック先生ですか？」彼は訊いてみた。

「そうです」

「あなたがジョンスン先生と一緒に来られて、遺体を発見されたのですね？」

「そうです。その時もあの人は今と同じ状態でした。もう息が絶えていました」

「時間は？」

「ミス・ジョンスンに起こされた時に腕時計を見たのですが、一時十分前でした」

ケルシーはうなずいた。ミス・ジョンスンの言っていた時間と一致する。彼はつくづく死体を見おろした。彼女の鮮やかな赤髪は短く刈ってあった。顔にはそばかすがあり、顎は目だって突きでていて、肉のうすい、スポーツ・ウーマンらしい身体つきだった。ツイードのスカートに、厚手の黒っぽい色のセーターを身につけていた。素足にはいている靴は、丈夫一点ばりの短靴だった。

「凶器はあったか？」とケルシーは訊いた。

部下の一人が首を振った。「ぜんぜん見あたりません」

「懐中電灯のほうはどうだ？」

「あの隅にひとつありました」

「指紋は？」

「ついてはいましたが、被害者のものでした」

「すると、懐中電灯を持っていたのはこの女だったわけだな」ケルシーは考えこんだ。

「彼女は懐中電灯を持ってここへ来た――なぜだ？」それは自問でもあり、幾分かは部下への、幾分かはミス・バルストロードとミス・チャドウィックへの質問でもあった。結局彼はミス・チャドウィックに質問を集中することにしたようだ。「なにか思いあたることでも？」

ミス・チャドウィックは首を振った。「いっこうに。もしかすると、ここに何か忘れ物をして――今日の午後か夕方にでも――それをとりに来たのかもしれませんね。でも、真夜中ですから、それもちょっと変ですわねえ」

「もしそうだったとすると、よほどだいじなものだったに違いない」とケルシーは言った。

彼はあたりを見まわした。片隅のラケット・スタンドのほかは、何も動かされている形跡がなかった。スタンドは、乱暴に引き出されたようだった。ラケットが何本も床にちらばっていた。

「きっと、あの人も、ジョンスン先生と同じように、ここの明かりに気がつき、調べに来たのかもしれませんわ。そう考えるのが一番妥当なような気がします」とミス・チャドウィックは言った。

「たぶんおっしゃるとおりでしょう。ひとつだけ、ささいな疑問が残りますがね。彼女はひとりでこんな所へやってきたりするでしょうか？」

「そりゃ来ますわ」とミス・チャドウィックはなんのためらいもなく答えた。

「しかし、ジョンスン先生はあなたを起こしに行っておられますよ」とケルシーが指摘した。

「それはわたしも知っています。わたしだって、明かりを見つけた場合は、同じようにしたろうと思いますわ」とミス・チャドウィックは言った。「きっとバルストロード先生なり、ヴァンシッタート先生なりを、起こしたに違いありません。ですが、スプリンガー先生は違いますよ。自信たっぷりだったはずですからね——むしろひとりで侵入者を相手どるほうを選ばれたろうと思いますわ」

「もうひとつお訊ねしたいことがあるのですが」と警部は言った。「あなたがジョンスン先生と横のドアを通られた時、あのドアには鍵がかかっていなかったのですか?」

「ええ、かかっていませんでした」

「してみると、スプリンガー先生が鍵をあけたままにしておいたのでしょうか?」

「当然そうとしか考えられませんね」とミス・チャドウィックは答えた。

「そうすると、こういう推定になりますね」とケルシーは言った。「スプリンガー先生は、この体育館——いや、室内競技場ですか——それはまあ何と呼ぶことにしてもいいですが——に明かりがついているのを見て、調べに来られ、中にひそんでいた何者かに撃ち殺された」彼は入口にじっと立っているミス・バルストロードのほうへくるりと向きなおった。「先生はこれで筋が通っているとお思いですか?」

「筋が通っているとは、どうにも思えませんね」とミス・バルストロードは答えた。

「わたしも最初の部分はそう推定していいと思います。ミス・スプリンガーは、ここに明かりが見えたので、自分だけで調べるつもりで出てこられた。それは充分にありうることでしょう。けれども、あの人に邪魔をされた人間に撃たれたというのは——その点はどうも理屈に合わないように思えます。かりに、ここには何の用もないはずの人間が入りこんでいたとしても、逃げだすか、少なくとも逃げようとするのが当然でしょう。ピストルを持って、夜のこんな時間に、こんなところに忍びこんだりする人間がいますかねえ？　そんなことは、ばかげた話だとしか思えませんわ。ばかげていますよ！　ここには盗む価値のあるものなんか何もないのですからね。ことに、人殺しをしてまでも盗む価値のあるものは」

「つまり、何かのことで密会している現場を、スプリンガー先生に見とがめられたと考えるほうが妥当だというわけですか？」

「そのほうが自然だし、何よりも妥当な説明ですわ」とミス・バルストロードは言った。「それにしても、それではやはり殺人の事実の説明がつきませんわね？　ここの女生徒たちはピストルを持ちあるいたりしませんし、あの子たちが密会しそうな若い男たちだって、ピストルを持っているとは思えませんから」

ケルシーもその点は同意見だった。「持っていたところで、せいぜい飛びだしナイフ程度でしょうな」と、彼も言った。「もうひとつの可能性も考えられますね」と彼は言葉をついだ。「たとえば、スプリンガー先生のほうが男と会いに出てきて――」

ふいにミス・チャドウィックがくすくす笑いだした。「そんなことが。スプリンガー先生にかぎってありえないわ」

「必ずしも恋人とのあいびきとは限りませんよ」と警部はにこりともしないで言った。

「わたしの言うのは、この殺人は計画的なものであり、何者かがスプリンガー先生を殺す意図を抱いて、ここで落ちあう約束をし、撃ち殺したのではないかということなのです」

9　鳩のなかの猫

1

ジェニファー・サットクリフから母親への手紙。

お母様

きのうの晩、ここで殺人事件が起きました。体育の先生のミス・スプリンガーが殺されたのです。真夜中のできごとで、警察が来て、今朝はみんなに何かと訊いてまわっています。

チャドウィック先生から誰にも喋っちゃいけないと言われましたけど、お母様にはお知らせしたほうがいいかと思って。

ジェニファー

2

メドウバンク校は有名校だっただけに、警察署長が直接出馬することになった。型どおりの取り調べが続けられている間に、ミス・バルストロードのほうも安閑とはしていなかった。彼女は、個人的に親しい新聞界の大立者と内務大臣に、電話をかけた。こうした巧みな工作のおかげで、この事件は新聞にはごく小さく報じられただけだった。ある女性体育教師が学校の体育館で死体となって発見された。死因は銃弾によるものだか、過失かどうかはまだ確定していない。この事件についてのたいていの記事は、学校側を擁護するようなものばかりで、まるで体育の教師ともあろうものがそんな状態で撃ち殺されるなど、この上ないへまなことだと言わんばかりだった。

アン・シャプランドは保護者への手紙の口述筆記に多忙な日をすごした。ミス・バルストロードは生徒たちに口止めをすることに無駄な時間は費やさなかった。そんなことをしてみても、時間の浪費に終わることを知っていたからだった。いずれは程度の差こそあれ明けすけな報告が、心配している両親や保護者たちのところへ行くに決まっていた。彼女は、今度の悲劇についての自分の偏見のない筋のとおった説明が、生徒たちからの手紙と同時にとどくようにしようと考えたわけだ。

その午後おそくには、彼女は警察署長のストーン氏やケルシー警部と秘密会議を開いた。警察側も、新聞にできるだけ事件を軽く扱わせることには、全面的に賛成だった。彼らとしても、邪魔されることなしに、内密裡に捜査が進められるからだ。

「バルストロード先生、とんでもないことが起きましたねえ。まったく残念に思います」と署長は言った。「学校のほうでも、さぞ——さぞお困りでしょうねえ」

「そりゃ、殺人事件なんかに起きられたのでは、どんな学校でもまいりますよ」とミス・バルストロードは答えた。「でも、今はそんなことを言ってみても始まりません。今までにもいろんな嵐を切りぬけてきたのですから、今度もなんとか切りぬけられると思います。わたしの希望するのは、一時もはやく事件が解決されることだけですわ」

「むろん、手間どるはずはないと思いますが」とストーンは言って、ケルシーのほうを向いた。

ケルシーは言った。「被害者の前歴がわかると、役に立つかもしれないのですが」

「ほんとにそうお思いですの？」とミス・バルストロードはそっけなく訊きかえした。

「恨みを抱いていた人間がいるかもしれませんから」とケルシーは言ってみた。

ミス・バルストロードは返事もしなかった。

「先生はこの学校が何か事件に関係があるとお考えなのですか？」と署長は訊いた。

「ほんとうは、ケルシー警部もそう考えておられるのです」とミス・バルストロードは言った。「ただ、わたしに遠慮して、おっしゃらないだけだと思いますわ」

「わたしもメドウバンク校に関係のある事件だとは思っています」と、警部はのろのろと言った。「スプリンガー先生にも、ほかの人たちと同じように、自由に使える時間があったのですからね。その気になれば、誰とでも、好きなところで会う約束ができたはずです。それなのに、真夜中の体育館を選ぶなんて、どうもおかしいじゃありませんか？」

「バルストロード先生、学園内を捜査してもよろしいでしょうか？」と署長は訊いた。

「かまいませんとも。ピストルか何かをお捜しになるおつもりなのでしょう？」

「はい。凶器は、外国製の小型ピストルでした」

「外国製のねえ」とミス・バルストロードは考え顔で言った。

「ご存知の範囲では、教職員か、生徒のうちに、ピストルのたぐいのものを持っているものはおりませんか？」

「わたしの知っている限りでは、絶対におりません。生徒たちが誰も持っていないことは確実と言えます。学校に着くとともに、荷物はといてやることにしていますから、そんなものがあれば、目につくでしょうし、相当問題になるはずですから。ですが、警部、その点についてはどうぞお好きなようになさってください。今日は部下の方たちが校庭を捜索しておられたようですね」

警部はうなずいた。「そうなのです」

彼は言葉をついだ。「ほかの先生がたにも会ってみたいと思っています。どなたか、われわれに手がかりになるようなことを、スプリンガー先生の口から聞いておられるかもしれませんから。でなきゃ、あの人の奇妙な態度に気がついておられるかも」

彼は、ちょっと間をおいてから、また言葉をついだ。「おなじことは、生徒さんたちについても、言えるかもしれません」

ミス・バルストロードは言った。「今夜、お祈りのあとで、生徒たちにちょっと話をするつもりです。スプリンガー先生の死に関係のありそうなことを知っている者がいたら、わたしのところへ話しにくるように言おうと思っています」

「それはいいお考えですね」と署長は言った。

「ですが、これだけは頭に入れておいていただきたいのですが」とミス・バルストロードは言った。「生徒の中には、些細な出来事を大げさに話したり、悪くすると、作り話を持ってきたりして、自分を重要人物のように見せたがる者がいるかもしれないのです。少女というものは奇妙なことをしますからね。もっとも、あなたがたもそういった自己宣伝癖は扱い慣れていらっしゃるでしょうけれど」

「ええ、そりゃ出くわした経験はあります」とケルシー警部は言った。ついで彼はこうつけたした。「それでは、教職員の人たちの名簿を貸していただけませんか」

3

「警部、室内競技場のロッカーは全部調べおわりました」

「それで、何か見つかったかね？」

「いいえ、これといったものはひとつも見つかりませんでした。いくつかには、奇妙な物が入れてありましたが、われわれの線とは無関係なものばかりでした」

「どれにも鍵はかけてなかったろうね？」

「はあ。鍵がかかるようにはなっていますが、鍵はロッカーの中に放りこんであるだけで、どれもかけてはありませんでした」

ケルシーは考えこみながら、むきだしの床を見まわした。テニスのラケットやラクロス用のスティックは、もとどおりにきちんとスタンドに並べてあった。

「さてと、ぼくは校舎へ行って、教職員たちに会ってみることにしよう」と彼は言った。

「内部の者のしわざとはお思いになりませんか？」

「ありうることだ」とケルシーは答えた。「チャドウィックとジョンスンという二人の女教師と、耳をわずらっていたジェーンという生徒以外は、誰ひとりアリバイがない。理論上はベッドで眠っていたということになるが、それを確証できる者がひとりもいないのだ。生徒たちはそれぞれ個室を持っているし、教職員たちはもちろんのことだ。バルストロード校長自身も含めて、誰でも、スプリンガーと落ちあうことができたはずだし、ここまでスプリンガーのあとをつけてくることもできたはずだ。それが何者であるにせよ、あの女を撃ち殺しておいて、茂みを抜けてこっそり横のドアへ引きかえし、騒ぎが起きた時には、そ知らぬ顔でベッドに横たわっていることもできたはずだ。厄介なのは動機だよ。そうなんだ」とケルシーは言った。「動機だ。この学校で、われわれのぜんぜん知らない事件が何か起きているのでなきゃ、動機らしいものがひとつもなさそうに思える」

彼は室内競技場を出て、ゆっくりと校舎に向かって歩きはじめた。もう勤務時間は過ぎていたが、老園丁のブリッグズが花壇にちょっと手を加えていて、警部が通りかかると、身体を起こした。

「おそくまで精が出るね」ケルシーは笑顔を向けた。

「ああ」とブリッグズは言った。「若え者たちは、庭づくりがどういうものだか、知っちゃいねえんでね。八時にやってきて、五時に引きあげる——そんなことでいいと思ってやがるんでさあ。天気のことも考えなきゃいけねえし、日によっちゃ、まるっきり庭に出なくてもいい場合もあれば、朝の七時から夜の八時まで働く日もありまさあ。それも、庭を愛し、その見てくれに誇りを持っている場合のことですがなあ」

「この庭は誇りを持ってもよさそうだなあ」とケルシーは言った。「近頃ではここまで立派に手入れされている庭は見たことがないよ」

「近頃というのは、おっしゃるとおりですなあ」とブリッグズは言った。「ところが、わしは恵まれてましてな。屈強な若いのが一人、わしの下について働いてくれるんでさ。ほんの子供も二人いるが、この連中は大して役には立たねえ。近頃の若えやつらは、たいていこんな仕事には来たがりませんよ。みんな工場へ行きたがる。でなきゃ、背広を着て、事務所で働きたがる。土くれで手をよごしてこつこつ働くのが嫌いときてやがる。ところが、今も言ったとおりに、わしは恵まれてましてな、元気な男が自分から進んで働きに来てくれてるんでさあ」

「最近入ったのかね？」

「今学期の始めからでさあ。アダムという名前でしてね、アダム・グッドマンというんでさあ」

「そんな男はいっこうに見かけなかったようだが」とケルシーは言った。

「今日は休ませてくれと言ってきたんで、休ませてやりましたよ。あんたがたがそこいらじゅう踏んでまわってるんじゃ、今日は仕事にゃなりますまいからなあ」

「誰からもその男のことを聞かされていない」とケルシーは不愉快そうに言った。

「聞かされなかったって、そりゃどういうことです？」

「僕の貰った名簿にのっていないんだよ。ここに勤めている人間の名簿のことだがね」

「それにしても、明日にゃ会えまさあ。旦那の役に立つようなことをしゃべってくれるとは思えねえけどね」

「そいつはわからんさ」と警部は言った。

今学期の始めに、自分から志願して入ってきた屈強な若い男？　ケルシーは、はじめて多少うさんくさいものに出くわした気がした。

4

生徒たちはその晩もいつものように、祈りを捧げるために列を作って講堂へ入ってきたが、祈りが終わると、バルストロード校長が片手を上げて、彼女たちが立ちあがろうとするのを止めた。

「ちょっと皆さんにお話ししておきたいことがあります。皆さんも知っているとおり、スプリンガー先生が、昨夜室内競技場で撃たれました。あなたがたの中で、この一週間のうちに何か見たり聞いたりした方は――スプリンガー先生のことで、これはおかしいと思ったことだとか、スプリンガー先生のおっしゃったことや、スプリンガー先生についてて誰かほかの人の言ったことで、多少でも事件に関係がありそうだと思うことがあれば、わたしに知らせてほしいのです。今夜、時間は何時でもかまいませんから、わたしの部屋へ話しに来てもらいたいのです」

生徒たちがぞろぞろと講堂を出ていく中、ジュリア・アップジョンが溜息をついた。

「ああ、ほんとうに何か知ってたらいいんだけどなあ。でも、なんにも知らないわねえ、ジェニファー？」

「そうよ、もちろんなんにも知らないわ」とジェニファーは言った。

「スプリンガー先生って、あんなに普通に見えたのに」とジュリアは悲しそうに言った。

「謎めいた殺されかたをするなんて、とても思えないほど普通にね」

「そんなに謎めいた事件だとは思わないわ。ただの強盗よ」とジェニファーは言った。

「きっと、わたしたちのテニスのラケットを盗みに来たのね」とジュリアは皮肉まじりに言った。

「きっと誰かがあの先生を脅迫していたのよ」とほかの生徒の一人が期待のこもった口調で言った。

「なんのことでよ?」とジェニファーは言った。

だが、スプリンガー先生を脅迫するたねを思いつける者は一人もいなかった。

5

ケルシー警部は、教職員からの事情聴取を、まずミス・ヴァンシッタートから始めた。ととのった美しさを持った女だ、と彼は心の中で評価した。たぶん四十か、四十を少し出たところだろう。背が高く、がっしりした身体つきで、白いもののまじった髪を品よくととのえている。どこか自分の地位の高さを意識している感じのある、威厳と落ち着きをそなえている。どことなくバルストロード校長を彷彿させられた。どうみても、女校長タイプだ。にもかかわらず、ミス・バルストロードはミス・ヴァンシッタートにないものを持っている、と彼はつくづく思った。ミス・バルストロードには人の意表をつくようなところがある。だが、ミス・ヴァンシッタートは、こちらの思いがけないことなどやりそうには思えなかった。

型どおりの質問と答えとが続いた。結局、ミス・ヴァンシッタートは何も見てもいなければ、気づいてもおらず、聞いてもいないことがわかった。スプリンガー先生は、仕事にかけては優秀な方でした。そりゃ、あの方の態度には少々ぶっきら棒なところがありましたが、気にさわるほどではありませんでした。魅力的な人間だとは言えないでしょうが、体育の先生にそのような人柄は不必要です。実を言うと、魅力のある先生ではないほうがいいのです。女生徒たちが熱を上げたりしては困りますからね。結局、ミス・ヴァンシッタートは、何も実のある情報ももたらさずに部屋を出ていった。

「見ざる、聞かざる、思わざる。まるで三猿ですね」と、ケルシー警部の助手役をつとめていた、パーシー・ボンド巡査部長が言った。

ケルシーはにやにや笑った。「確かにそういったところだなあ」

「女の先生というやつは、どうも苦手ですよ」とボンド巡査部長は言った。「子供のとき以来、ずっとおっかないんです。すごくおっかない先生がいたものですから。いやに横柄で、おまけに気どり屋ときていたもので、何を教えようとしているのか、さっぱりわかりませんでしたよ」

次に登場した女教師はアイリーン・リッチだった。まったくの醜女、というのがケルシー警部の第一印象だったが、やがて彼は、この人にはある種の魅力があるようだ、と考えなおした。彼は型どおりの質問を始めたが、答えのほうは彼が予期していたような型どおりのものではなかった。アイリーン・リッチは、スプリンガーのことで、ほかの人間の言ったことや、スプリンガー本人の言った言葉にも、特に気のついたことは何もない、と答えたが、そのあとで、警部の予想もしていなかったことを言いだした。彼はこう訊いたのだった。

「あなたのご存知のかぎりでは、あの人に個人的な恨みを抱いていた者は一人もありませんか?」

「ええ、ありません」と、アイリーン・リッチはすぐに答えた。「恨みなんか持てるはずもありません。それがあの人の悲劇だったのだと、わたしは思っています。人に憎んでもらえない人間だということがね」

「それはいったいどういう意味なのですか、リッチ先生？」

「つまり、彼女は殺してやりたいような気持ちを起こさせる人ではなかった、ということです。彼女の行動も、人柄も、すべて表面的なものでした。あの人は他人にいやな思いをさせはしました。言い争いになることも、しょっちゅうでしたが、そんなことはべつに意味もないことだったのです。深い意味なんかありませんでした。こんなことを言っても、理解していただけるかどうかわかりませんが、あの人は、彼女自身が原因で殺されたのではないと、わたしは思っていますわ」

「やはりどうもぼくにはわかりかねますがね、リッチ先生」

「つまりですね、銀行強盗が押しいったような場合には、彼女は出納係をしていて殺されたりしかねない人ですけれど、その場合も、出納係として殺されたのであって、グレイス・スプリンガーとしてではないはずです。あの人を葬ってしまいたいと思うほど、切実に、彼女を愛したり憎んだりする人間があろうとは思えません。恐らくあの人も、無意識にしても、そのことを感じとってはいたでしょうし、そのために、あんなふうにおせっかいやきになってもいたのでしょう。人のあら探しをし、規則を押しつけ、何か他人が不正なことをしていると、それを探りだして、さらけだすというふうに」

「こそこそかぎまわっていたわけですか？」とケルシーは訊いた。

「いえ、かぎまわるのとも違いますわ」アイリーン・リッチは言葉を選んだ。「足音を忍ばせてこそこそうろつき、立ち聞きをする、といったようなタイプではありませんでした。ですが、自分の理解できないことが行なわれているのを見つけると、とことんまで追求してみないではおかなかったでしょう。必ずその根元を突きとめもしたでしょう」

「なるほど」彼はちょっと言葉をきった。「あなたもあの方があまり好きではなかったわけですね、リッチ先生？」

「彼女のことなんか考えてみたこともなかったような気がします。あの人はただの体育教師でした。ああ！　これは、誰に対してにせよ、ひどい言いかたですわね！　ただこれだけの人間だとか、しょせんあれだけの人間だなんて！　でも、彼女自身も、自分の職業については、そんなふうでしたわ。仕事を立派にやることがあの人の誇りでした。仕事に楽しみを見いだしてはいませんでした。テニスがうまくなれそうな生徒や、何かのスポーツに特に抜きんでそうな生徒を見つけても、そう嬉しそうでもありませんでした。そういうことを喜んだり、得意がる、というふうではなかったのです」

ケルシーは不思議そうに彼女の顔を見た。これは、若いのに変わった女だ、と彼は思った。

「あなたはたいていのことに、独自の考えをお持ちのようですね、リッチ先生」

「ええ。そうかもしれません」

「メドウバンクにはどのくらいお勤めなのですか？」

「まだ一年半とちょっとです」

「今まではなんの事件も起きなかったのですか？」

「メドウバンクにですか？」彼女はびっくりしたような声を出した。

「そうです」

「ぜんぜん。今学期までは何もかも順調でしたわ」

ケルシーはその言葉にとびついた。

「今学期には、何かよくないことがあったのですか？　まさか今度の殺人事件のことを言っておられるのじゃないのでしょう？　あなたは何かほかの――」

「べつにわたしは――」と彼女は言いかかって、止めた――「ええ、ほかのことのようですわ――でも、それはまるでつかみどころのないことなのですけれど」

「かまいません。続けてください」

「バルストロード先生が、近頃ずっとふさぎこんでいらっしゃいます」とアイリーンはのろのろと言った。「これがひとつの事実です。あなたには、そんなことはわからないだろうと思いますわ。ここの人間も、ほかには誰も気がついてもいないでしょう。でも、あたしにはわかりました。不幸せなのはなにもあの方だけではありませんよ。ですが、あなたがおっしゃってるのはそんなことではないのでしょうね？　そういうことはただの気持ちの上の問題だけですから。狭いところで一緒に暮らし、ひとつことばかり考えすぎていると、よくそんなふうになるものですわ。あなたのお訊ねの意味は、特に今学期に何か正常ではないと思えることがあったか、ということですわね。そうなのでしょう？」

「そうです」とケルシーは、興味をそそられて彼女の顔を見た。「そのことなのです。その点はどうですか？」

「確かにこの学校にはよくないことが起きていると思います」とアイリーン・リッチはのろのろと言った。「なんだかここの人間ではない者が、わたしたちの中に混じっているような感じなのです」彼女は警部の顔を見あげて、にっこりし、笑いだしそうになったかと思うと、こう言った。「鳩の群れのなかの猫、まあそういった感じですの。わたしたちが、ここの者すべてが鳩で、そのわたしたちの中に猫が入りこんでいる。けれども、わたしたちの目にはその猫が見えない」

「そいつはどうも漠然としすぎていますね、リッチ先生」

「ええ、そうですわね？　まったくばかみたいな話ですわ。それはわたしにもよくわかっているんです。たぶんわたしの言いたいのは、何かが、何か些細なことが起きたのに気がついていながら、自分の気がついていることの内容がよくわかっていない、ということなのでしょう」

「誰かある特定の人物についてですか？」

「いいえ、今も言ったように、そこが問題なのです。誰のことなのか自分にもわかりません。要約して言えることは、この学校には何者かが――何らかの意味で――場違いな人間がいる！　何者かがいて――それが誰かはわたしにもわからないが――わたしに不安な気持ちを起こさせる。それも、わたしがその人を見ている時ではなくて、こっちがその人から見られている時なのです。彼女がこちらを見ている時だけ、そのえたいの知れない何かが現われるからなんです。まあ、わたしときたら、ますますつじつまの合わないことばかり言いだしますわね。それに、いずれにしても、これはただの感じにすぎませんわ。あなたのお望みのような事実ではありませんわ。証拠にはならないことなのですから」

「そうですね」とケルシーも言った。「証拠にはなりませんね、まだ、今のところは。

しかし、興味のあるお話でしたし、あなたのその感じがもっとはっきりしたものになってきたら、その時にはまた喜んで聞かせていただきましょう」

彼女はうなずいた。「ええ、なんといっても、深刻な問題だからでしょう？　げんに人が殺されたのに——わたしたちにはその原因もわからないし——犯人は何キロも離れた所にいるかもしれないし、もしかすると、この学校の中にいるかもしれないのですからね。おまけに、その場合は、凶器のピストルか何かもこの学校内にあることになります。そんなことを考えていると、あまりいい気持ちじゃありませんわね？」

彼女は軽く会釈をして出ていった。ボンド巡査部長が口を出した。

「ちょっといかれてる——そうはお思いになりませんか？」

「いや、そうは思わないね」とケルシーは言った。「いわゆる感受性の鋭い人なのだろうと思う。まだ目で見ないうちから、部屋のなかに猫がいることを感じとるようなたぐいの人だよ。アフリカの種族に生まれていたら、呪術医になっていたかもしれないなあ」

「悪事を嗅ぎだしてまわるっていう、あれですか？」とボンド巡査部長は言った。

「そのとおりだよ、パーシー」とケルシーは言った。「ぼくがこれからやろうとしているのも、まさにそういう仕事だ。具体的な事実にぶつかった者が一人もいないんだから、ぼくが歩きまわって嗅ぎだすしかない。さて、次はあのフランスの女にしよう」

10 奇想天外な話

マドモワゼル・アンジェール・ブランシュは見たところ三十五歳ぐらいだった。ぜんぜん化粧はしていなくて、暗褐色の髪をきちんと束ねてはいたが、いっこうに似合ってはいなかった。飾りけのないスーツを着ている。

マドモワゼル・ブランシュは、今学期からメドウバンクで働きはじめたと説明した。次の学期にもここに残るかどうか、はっきりとは言いかねるとも答えた。

「人殺しの起きるような学校にいるのは、気持ちのいいものではありませんからね」と彼女は感心しなさそうな口ぶりだった。

それに、校内にはどこにも盗難警報器が備えつけてないらしい――これは実に危険なことだ。

「泥棒の目をひくような貴重品なんかないじゃありませんか」

マドモワゼル・ブランシュは肩をすくめた。

「そんなことわかるものですか。何しろここへ来ているような女生徒たちですもの、中には大金持ちの家の者もいますわ。そういう生徒は何か莫大な価値のものを身につけているかもしれません。泥棒がそれを知ったら、ここなら仕事がしやすいと考えて、忍びこみますよ」

「生徒が高価なものを持っているとしても、体育館に置いたりはしていないはずですよ」

「どうしてそれがわかりますか?」と、マドモワゼルは言った。「あそこにはロッカーがあるじゃありませんか。生徒たちの」

「運動用具や何かをしまっておくためだけのものですよ」

「そりゃ、そんなふうに思われてはいますわ。ですけど、運動靴のつま先にだってなんでも隠せるし、古ぼけたセーターやスカーフのなかにくるんでおくことだってできますわ」

「どういう種類のものをですか、ブランシュ先生?」

だが、マドモワゼル・ブランシュにも、これというものは思いつけなかった。

「どんな甘い父親だって、娘にダイヤの首飾りを学校へ持っていかせる者はいませんよ」と警部は言った。

マドモワゼル・ブランシュはまたしても肩をすくめた。

「たぶん、何かちがった種類の貴重品、たとえば甲虫石《スカラベ》だとか、蒐集家ならうんとお金を出しても手に入れたがるような品物ですわ。考古学者を父親に持つ生徒も一人いますからね」

ケルシーはにやりとした。「あまり現実性があるとも思えませんね、ブランシュ先生」

彼女は肩をすくめた。「わたしだって、ちょっと思いついたことを言ってみただけですわ」

「どこかほかの英国の学校でも教えておられたことがあるのですか、ブランシュ先生？」

「しばらく前に、北部で一度だけ。たいていはスイスやフランスで教えていました。それから、ドイツでも。自分の英語にみがきをかけるため、イギリスへ来たいと思いました。ここには友だちもいます。その友だちが病気になり、バルストロード先生が至急に後任を見つけたがっておられるから、自分のあとを継がないか、と言ってくれました。だからやって来たのです。でも、大して好きにはなれませんわ。今も言ったように、長くいられそうにもありませんわ」

「なぜ気に入らないのですか？」と、ケルシーはくいさがった。

「ピストルの弾が飛んでくるようなところはいやですよ」とマドモワゼル・ブランシュは言った。「それに、子供たちも、礼儀を心得ていませんわ」

「もう子供という歳ではないのではありませんか？」

「まるで赤ん坊みたいなのもいますし、二十五歳と言ってもいいような生徒もいますわ。種々雑多なのです。ずいぶん自由も許されていますしね。わたしはもっと規律の厳しい学校のほうが好きですわ」

「スプリンガー先生とはお親しかったのですか？」

「実際にはぜんぜん知らないも同然でした。無作法な人でしたから、わたしはなるべく言葉をかわさないようにしていたのです。からだもごつごつしているし、そばかすだらけだし、声といったら胴間声《どうま》でした。まるで、イギリス女のカリカチュアみたい。しょっちゅうわたしに失礼な態度をとるので、それがいやでした」

「例えば、どういう場合にですか？」

「わたしがあの人の室内競技場へ行くのをいやがりました。あの人はあの競技場にそんなふうな感情を持っているらしいんです——いや、持っていたと言うのでしたね——あれは自分の競技場だというふうに！　わたしは興味を持っていたので、ある日、そこへ行きました。今まで一度も入ってみたことがないし、あれは新しい建物です。部屋の配置や設計が立派にできているので、わたしはただ見てまわっている。すると、スプリンガー先生が、あの人がやってきてこういうんです。〝こんな所で何をしているんですか？　ここはあなたの来るところじゃありませんよ〟わたしに向かってそんなことを言うんです——この学校の教師であるわたしに！　わたしをなんだと思ってるんでしょう。生徒だとでも？」

「なるほどね、それじゃ腹が立つのももっともですね」とケルシーはなだめるように言った。

「まるで豚の作法だ、と言っていいですわ。しかも、そのあとで、こんなふうに怒鳴るんです。〝鍵を持ち逃げしないでちょうだい〟こっちはあわをくいますわ。ドアをぐいと開けたときに、鍵が落ちたので、わたしはそれを拾いあげたのです。あの人が失礼なことを言うものだから、それをもとのところへ戻しておくのを忘れました。それだのに、あの人は、わたしが鍵を盗むつもりででもいるように、うしろから怒鳴りつけるんです。あの競技場があの人の室内競技場なのと同じで、鍵もあの人の鍵なのでしょう」

「そいつは少々奇妙ですね」とケルシーは言った。「あの人が体育館にそんな感情を抱いていたというのは。それではまるで、あれがあの人の私有財産みたいだし、まるで何かをあそこに隠していて、それを人に見つけられるのを恐れていたみたいだ」彼は試しにちょっとさぐりをいれてみたのだったが、アンジェール・ブランシュは笑い声を立てただけだった。

「隠すったって——あんなところに何が隠せます？　ラブレターでも隠しているとお思いですの？　あの人は、ラブレターを書いてもらったことなんか一度だってないに決まっています！　ほかの先生がたは、少なくとも礼儀はわきまえています。ミス・チャドウィック、あの人は保守的で、口うるさいほうです。ミス・ヴァンシッタート、あの人はたいへん親切な、思いやりのある立派な婦人です。ミス・リッチ、あの人は少し頭が変だと思うけど、親しみのもてる人です。若い先生たちは感じのいい人たちばかりですわ」

アンジェール・ブランシュは、なお二、三の重要でもない質問を受けたのち、ひきさがった。

「怒りっぽい女ですね」とボンドは言った。「フランス人はみんな怒りっぽいほうだけど」

「それにしても、興味深い」とケルシーは言った。「ミス・スプリンガーは彼女の体育館——いや、室内競技場だったかな？——とにかく、あそこを人がうろつくのをきらっていた。いったいどういうわけだ？」

「たぶんあのフランス女に監視されているとでも思ったのでしょう」とボンドは言ってみた。

「それにしても、なぜ、そんなふうに思ったりするんだ？　アンジェール・ブランシュに何かを探りだされるのを恐れているのでもなきゃ、あの女に監視されたって問題ないじゃないか？」

「あとには誰が残っていたかなあ？」ついで彼は言いたした。

「若手の先生二人、ミス・ブレイクとミス・ローワン、それからミス・バルストロードの秘書です」

ミス・ブレイクは、人のよさそうな丸顔の、若くてひたむきな女性だった。植物学と物理を教えていた。役に立ちそうな情報はほとんど持っていなかった。ミス・スプリンガーとは顔を合わせたこともあまりないし、彼女に死をもたらした原因についても、ぜんぜん想像もつかないと答えた。

ミス・ローワンは、心理学の学位の持ち主だけあって、表明するだけの見解を持っていた。彼女は、ミス・スプリンガーの死は自殺とみていい可能性が大いにある、と言った。

ケルシー警部は驚いて眉をつりあげた。

「なぜですか？　あの人はふさぎこんででもいたのですか？」

「あの人は攻撃的な性格の持ち主でした」ミス・ローワンは身を乗りだし、眼鏡の分厚いレンズごしにじっと覗きこむようにした。「おそろしく攻撃的でした。わたしはそこに深い意味が含まれていたとみなします。あれは、劣等感を隠すための、自己防御的心理過程だったのです」

「わたしの今までに聞いた事実はすべて、あの人がたいへんな自信家だったことを示していますがね」とケルシー警部は言った。

「自信がありすぎましたよ」とミス・ローワンは意味ありげに言った。「あの人自身の述べた言葉のいくつかも、わたしの推定の正しさを立証しています」

「たとえば？」

「あの人は、人間は〝見かけどおりではない〟ことを、ほのめかしていました。ここへ来る前に勤めていた学校で、誰かの〝仮面をはいでやった〟とも言っていました。ところがそこの校長は偏見を抱いていて、あの人の探りだした事実を本気で聞こうとしなかった。ほかの数人の女教師も、あの人に言わせれば、〝自分に反感を抱いていた〟のだそうです。

警部さん、それが何を意味するかおわかりでしょう?」ミス・ローワンは、興奮して身を乗りだしたとたんに、もう少しで椅子からころげ落ちそうになった。ゆたかな黒っぽい髪がほつれて、顔に垂れさがってきた。「被害妄想の始まりですわ」

ケルシー警部は、ミス・ローワンの推定は正しいかもしれないが、自分としては、ミス・スプリンガーが、少なくとも一メートル以上離れたところから自分の身体に弾丸を撃ちこみ、しかもそのあとで、ピストルを跡かたもなく消滅させるという芸当をどうしてなし得たか、それをご説明願えないかぎりは自殺説を受けいれかねると、いんぎんに答えた。

ミス・ローワンは、警察が心理学に対して偏見を持っていることを知らぬ者はありませんよ、と辛辣にやり返した。

そのあとで、彼女にかわってアン・シャプランドが入ってきた。

ケルシー警部は、彼女の小ざっぱりしたOLらしい姿に好意の目を向けながら、口をきった。「さて、ミス・シャプランド、あなたはこの事件にどんな光を投げかけてくださいますか?」

「残念ながら、ぜんぜんお役に立てそうにもありませんわ。わたしは自分の部屋を持っているものですから、先生がたともあまり顔を合わせることがないのです。今度の事件はまるで信じられないような出来事でした」

「どういう点で信じられないのですか？」

「そうですね、第一に、スプリンガー先生が撃たれたりなすったということ。たとえば、何者かが、体育館に押しいり、あの方がその正体を突きとめに行かれたとしましょう。それはありうることだと思うのですが、それにしても、体育館なんかに押しいる人間がいますでしょうかね？」

「少年たちが、恐らくはこの土地の若い者たちだろうが、何か備品を失敬しようと思ったのかもしれないし、いたずら半分にやったことだったのかもしれませんよ」

「そうだとすると、スプリンガー先生は、〝あなたたちはこんなところで何をしているのです？　さっさと出ていきなさい〟と叱りつけたでしょうし、その連中も出ていっただろうと、わたしには思えるんですが」

「スプリンガー先生は、室内競技場に対して、何か特別な態度をとっておられるといったような、感じを受けたことはありませんか？」

アン・シャプランドはわけがわからないという顔つきをした。「態度ですって？」

「つまりですね、あの人は、あれを特に自分の領分と見なしていて、ほかの人たちが、あそこへ行くのを嫌がってはいませんでしたか？」

「いいえ、わたしの知っている限りでは、そんなことはありませんでした。そんなはずもないではありませんか？　この学校の建物のひとつなのですから」

「あなたご自身では何も気づかれなかったわけですね？　あなたが行った時に、彼女に文句を言われたとか――そういったことはなかったわけですね？」

アン・シャプランドは首を振った。「わたしは、せいぜい二度くらい行ったことがあるきりなのです。そんな暇もありませんしね。一度か二度は、バルストロード先生から生徒へのことづてを頼まれて行ったことがあります。それだけですわ」

「スプリンガー先生は、マドモワゼル・ブランシュがあそこへ行くことをきらったそうですが、そういうことはご存知じゃありませんか？」

「ええ、聞いたことがありませんわ。ああ、そうそう、そう言えば聞いたような気がします。いつでしたか、ブランシュ先生が何かのことですごく不機嫌になっておられたことがありました。もっとも、あの方は少々怒りっぽいほうですけれどねえ。いつかなんかも、美術室へ入っていったところ、絵の先生に何か言われたとかで、憤慨しておられたことがありました。もちろん、することがあまりないせいもあるんです――ブランシュ先生はね。一科目――フランス語ですが、教えておられるだけですし、時間を持てあましておられるのでしょう。それに――」彼女はちょっと言いよどんだ。「それに、少々、詮索好きな人でもあるようですしね」

「あの人が室内競技場へ入りこんだ時に、誰かのロッカーの中をかきまわしたといったようなことも、ありそうな気がしますか？」

「生徒のロッカーを？　そうですねえ、ありえる気がしますわ。あの方ならおもしろ半分にやりかねませんもの」

「スプリンガー先生もあそこにロッカーを持っていたのですか？」

「ええ、それはもちろんですわ」

「そのロッカーの中を、マドモワゼル・ブランシュがかきまわしているところを見つけたとしたら、スプリンガー先生はさぞ腹を立てるでしょうねえ？」

「かんかんになりますよ！」

「スプリンガー先生の私生活については、何かご存知じゃありませんか？」

「知っている人なんかいないと思います」とアンは答えた。「だいいち、あの人に私生活なんかありましたかしら？」

「そのほかには、何か——例えば、室内競技場について——まだ聞かせてもらっていないことはありませんか？」

「そうですねえ——」アンはちょっとためらった。

「どうぞ、ミス・シャプランド。言ってみてください」

「ほんとうになんでもないことなんですけど」とアンはおもむろに話しだした。「園丁のひとりが——ブリッグズじゃなくて、若いほうの男ですけど。いつでしたか、彼が室内競技場から出てくるところを見かけたのですが、あんな所へ入る用事なんかないはずなのです。もちろん、ただの好奇心だったのかもしれません——でなきゃ、ちょっと仕事をさぼる口実だったのかも——テニス・コートに金網を張る仕事をしていたはずなのですから。ほんとうはなんの意味もないことだったのでしょうけど」

「それにしても、あなたは覚えておられたわけだ」とケルシーは指摘した。「なぜですか？」

「それは——」彼女は眉を寄せた。「ああそうだわ。あの男の態度が少し変だったからですわ。反抗的でした。それに——この学校が生徒たちのための設備に大金を使っていることを皮肉りました」

「そういった態度ですか……なるほどね」

「べつになんの意味もないことだとは思いますけど」

「たぶんそうでしょうね——それにしても、頭にとどめておくことにしましょう」

「童謡ではないが、お藪のまわりをぐるぐるだ」と、アン・シャプランドが出て行くと、ボンドは言った。「とっかえひっかえ同じことばかり！　せめて使用人たちからは何か引きだしたいものですね」

ところが、その使用人たちからも、ほとんど情報は引きだせなかった。

「お若いの、わたしに何を聞いたって無駄ですよ」とギボンズ夫人というコックは言った。「だいいち、わたしにはあんたの言うことなんか聞こえないんだし、それに、何も知らないんだからね。ゆうべは、ベッドに入ると、いつになくぐっすり眠ってしまってね。あれだけの騒ぎがあったのに、なんにも知らなかったんですよ。誰も起こしてはくれないし、何にも聞かせちゃくれないんだからねえ」彼女は傷ついたような口ぶりだった。「やっと今朝になって聞かせてもらったしまつなんですよ」

ケルシーは大声を張りあげて二、三質問をしてみたが、なんの意味もない答えを得ただけだった。スプリンガー先生は今学期になって新しくきた人で、前任者のジョーンズ先生ほどにはみんなからも好かれてはいなかった。ミス・シャプランドも新しくきた人だが、感じのいい娘さんだ。ブランシュ先生はいかにもフランス人らしい人だ——ほかの先生たちもあの人には反感を持っていて、教室で生徒たちに何かひどいいたずらをやらせたらしい。「でも、わめき立てるようなタイプの人じゃありませんよ」とギボンズ夫人は言った。「前にいた学校じゃ、フランス人の女の先生はやけにわめきちらしていたものですわ」

使用人たちの大部分は通勤者だった。学校に寝泊りしているメイドがほかにもう一人いたが、その女は、ケルシーの訊ねることが聞こえはしたが、やはり何も知らなかった。さあ、わたしにはわかりません。なんにも知りません。スプリンガー先生はつっけんどんなところがありました。室内競技場のことは、そこに何が置いてあるのかもぜんぜん知りませんし、ピストルなんかどこでも見かけたことがありません。

こういう否定の返事ばかりを聞かされているところへ、ミス・バルストロードが入ってきた。「警部さん、生徒の一人があなたにお話ししたいことがあると言っています」と彼女は言った。

ケルシーはさっと顔をあげた。「ほう！　その子は何か知っているのでしょうか？」「その点は少々疑問ですがね」と、ミス・バルストロードは言った。「ご自身で直接話をしてごらんになったほうがいいと思います。外国人生徒の一人なのです。シャイスタ王女といって——イブラヒム大公の姪です。実際以上に自分をえらい人間のように思いたがる傾向があるようですが、そんなことは心得ておられるでしょう？」

ケルシーは、よくわかっているというように、うなずいた。そこで、ミス・バルストロードは出てゆき、浅黒い顔の、すらりとした中背の少女が入ってきた。

彼女は、切れ長の目で、とりすまして二人を見た。

「警察の方ですか？」

「そうですよ」ケルシーは笑顔をうかべた。「わたしたちは警察の者です。お掛けになって、スプリンガー先生のことで、ご存知のことを話してくださいませんか？」

「ええ、お話しします」

彼女は腰をおろし、身を乗りだして、芝居がかったようすで声をひそめた。

「前から学校を見張っている者がいるのよ。そりゃ、その連中ははっきり姿を現わしたりはしないけど、ほんとうにいるのです！」

彼女は意味ありげにうなずいてみせた。

ケルシー警部は、さっきミス・バルストロードの言った言葉の意味がわかったような気がした。この娘は自分を芝居の主人公に仕立てあげ――しかもそれを楽しんでいるのだ。

「なぜその連中はこの学校を見張ったりするのですか？」

「わたしがいるからよ！　わたしを誘拐したがっているの」

さすがのケルシーにもこの答えは予想外だった。彼は目を見はった。

「なぜあなたを誘拐したがるのですか？」

「決まってるじゃないの、わたしを人質にするためだわ。そのうえで、わたしの親戚からうんとお金をしぼりとるつもりなのよ」

「ああ――なるほどねえ」と、ケルシーは疑わしそうに言った。「ですが――まあ――かりにそうだとしても、そのことが、スプリンガー先生の死とどういう関係があるのでしょうか？」

「先生はその人たちのことを探りだしたにちがいないわ」とシャイスタは言った。「きっと先生は、その連中に、おまえたちの秘密をつかんだと言ったのだわ。その連中を脅迫したのよ。そこで、向こうでは、黙っていてくれたらお金をやると約束したんだと思うわ。それを先生は信じたのよ。だから、その連中がお金をわたすと言った室内競技場へ出かけていって、撃ち殺されたというわけよ」

「しかし、まさかスプリンガー先生が人を脅迫して金を受けとったりするとは思えませんがね」

「学校の先生なんて――体育の先生なんて――おもしろい仕事だと思って？」シャイスタは、ばかにしたように言った。「先生なんかしているよりは、お金を手に入れて、旅行をしたり、したい放題のことをするほうが、どんなにいいかわからないじゃないの？ことにスプリンガー先生みたいに、きれいでもなくて、男の人に振りむいてももらえないような女性なら、なおさらだわ！　ああいう人は、ほかの人間よりもずっとお金に心を惹かれるに決まってるじゃないの？」

「そうですね——それは——わたしにはなんとも言えませんが」とケルシーは言った。

そういう見解を聞かされたのは生まれて初めてだった。

「それは——その——あなたがご自身でお考えになったことですか？」と彼は言った。

「スプリンガー先生が、そういう種類のことをあなたにおっしゃったわけではないのでしょうね？」

「スプリンガー先生の言ったことといったら、〝伸ばして、曲げて〞だの、〝もっと速く〞だの、〝のろのろしないで〞なんてことだけだわよ」とシャイスタは腹立たしそうに言った。

「なるほど——いやそうでしょう。ところで、さっきの誘拐の話は、ご自分で想像しているだけかもしれないとはお思いになりませんか？」

シャイスタはたちまちむっとした顔になった。

「あなたなんか、なんにもわからないんだわ！　わたしの従兄《いとこ》はラマット国のアリ・ユースフ殿下よ。殿下は、革命が起きた時に、殺されたのよ。革命から逃がれようとなさって。わたしは、成人したら、殿下と結婚することになっていたのよ。それだけでも、わたしが重要人物だということがわかりそうなものじゃないの。ことによると、ここに潜入しているのは共産主義者かもしれないわ。それも、誘拐するためじゃないかもしれない。わたしを暗殺するつもりなのかもしれないわ」

　ケルシーはますますうさんくさそうな顔つきになった。

「それは少々とっぴすぎはしませんか？」

「そんなことが起きるはずがないと思っているのね？　起きるに決まってるわよ。共産主義者ときたら、極悪非道な連中なんだから！　そんなことぐらい、誰だって知っているわ」

　彼がまだ疑わしそうな顔つきをしているので、彼女は言葉をついだ。「ことによると、あの連中は、わたしがあの宝石のありかを知ってると思っているのかもしれないわ！」

「宝石といいますと？」

「従兄《いとこ》はたくさんの宝石を持っていたのよ。あの人のお父さまも持っていらしたわ。わたしの一族は、いつも宝石を蓄えているのよ。いざという時のためにね」

　彼女は当然のことのように話した。

　ケルシーは目を丸くして彼女の顔を見た。

「しかし、そういうことが、あなたと――でなきゃ、スプリンガー先生と――なんの関係があるんですか?」

「さっきも話したじゃないの! あの連中は、きっとわたしがその宝石のありかを知っていると思ってるんだわ。だからわたしを捕まえて、無理やりに言わせようとするに決まってるわ」

「あなたは実際にその宝石のありかをご存知なのですか?」

「もちろん知らないわよ。あの宝石は革命の際に消えてしまったんだもの。きっと悪者の共産主義者たちが奪ったんだと思うわ。でも、もしかすると、そうではないかもしれないしね」

「所有権はどなたにあるのですか?」

「従兄《いとこ》が亡くなった今では、わたしのものよ。殿下の一家にはもう男性は一人もいないんだから。叔母にあたるわたしの母も亡くなっているしね。従兄《いとこ》は、あれがわたしのものになることを望んだと思うわ。あの人が亡くならなければ、わたしと結婚したはずなんだもの」

「そういう取りきめになっていたのですか?」

「わたしはあの人と結婚するしかないじゃないの。いとこどうしなんだから」

「すると、その方と結婚なさったら、その宝石はあなたのものになるはずだったのですか?」

「そうじゃないのよ。わたしは新しい宝石をもらうことになるわ。パリのカルティエから取りよせるの。さっきからの話の宝石は、やはりいざという時に備えて、しまっておくことになると思うわ」

ケルシー警部は、まばたきをしながら、非常事態に備えるこの東洋的な保険方法を、自分の意識の中に沈みこませた。

シャイスタは活気づいてまくしたてていた。

「そういうふうなことなのだと思うわ。誰かがラマットからあの宝石を持ちだす。それは善良な人かもしれないし、悪人かもしれない。善良な人なら、その宝石をわたしのところへ持って来て、〝これはあなたのものです〟と言うわ。そして、わたしはその人にごほうびをあげるわ」

彼女は役になりきっておうようにうなずいてみせた。

これはなかなかの役者だ、と警部は思った。

「だけど、それが悪人だったら、宝石を自分のものにして、売りとばすに違いないわよ。でなきゃ、わたしのところへやってきて、こう言うわ、〝宝石をお返ししたら、どのくらい報酬がいただけますか?〟そのほうが得になると思ったら、返しにくるし——でなきゃ、返してなんかこないわよ！」

「しかし、現実には、誰もそんなことを言いに来ていないんでしょう？」

「そうよ」とシャイスタもそれは認めた。

ケルシー警部は腹をきめた。

「ご自分でもおわかりでしょうが、あなたのおっしゃることは、たあいのない話ばかりですよ」と、警部は愛想よく言った。

シャイスタは憤然として彼をにらみつけた。

「自分の知っていることを話してあげただけじゃないの」彼女は腹立たしそうに言った。

「それはそうですね——とにかく、たいへんありがとうございました。頭にとどめておくことにします」

彼は立ちあがって、彼女のためにドアを開けてやった。

「さすがに『アラビアン・ナイト』の話は出なかったな」と彼は、テーブルに戻ってくると、言った。「誘拐だの、莫大な価値の宝石だの！　次は何が登場してくるんだ？」

11　会　談

ケルシー警部が署へ帰ってくると、当番の巡査部長が言った。

「アダム・グッドマンという男が来て、お待ちしていますが」

「アダム・グッドマン？　ああそうか。あの園丁だな」

一人の青年が敬意を見せて立ちあがった。背の高い、色の浅黒い、ととのった顔だちの男だった。汚れたコーデュロイのズボンに古びたベルトを軽くしめ、いやに鮮やかな青い色の開襟シャツを着ていた。

「わたしにご用がおありということでしたから」

彼の声はがさつで、近頃の多くの青年のように多少粗野なところがあった。

ケルシーはただ、「そうなんだ、ぼくの部屋へきてくれ」とだけ言った。

「わたしは殺人事件のことなんかなにも知りませんよ」とアダム・グッドマンは仏頂づらをして言った。「わたしにはなんの関係もないことだ。ゆうべは家へ帰って、寝てたんですからね」

ケルシーは、ただあいまいにうなずいただけだった。

彼は自分のデスクのまえに腰をおろし、青年にも、身ぶりで、向かい側の椅子に腰をかけるようにうながした。私服の若い警官がひとり、二人のあとからひかえめな態度で入ってきて、少し離れたところに腰をおろした。

「さて」とケルシーは言った。「きみはグッドマン――」彼はちょっとデスクの上のメモに目をやった――「アダム・グッドマンだね？」

「そのとおりです。ですが、その前にお目にかけたいものがあります」

アダムの態度は豹変した。今はもう粗野なところも、むっとしたような調子もなくなっていた。穏やかな敬意のある態度だった。彼はポケットから何かを取りだし、デスクごしに渡した。ケルシー警部は、それを見るとともに、ほんのわずかに眉をつりあげた。ついで、彼は顔を上げた。

「バーバー、きみはいてくれなくてもいい」と彼は言った。

ひかえめな若い警官は立ちあがり、出ていった。警部はどうにか顔に表わさずにすませたが、実際にはおどろいていた。

「ああ」とケルシーは言った。彼はさぐるような視線をアダムの顔に向けた。「きみはそういう人間だったのかね？　それにしても、いったい——」

「女学校なんかで何をしているのか？」と青年は相手の質問のあとを引きとった。彼の声にはまだ敬意がこもっていたが、口元がほころぶのを止めることはできなかった。

「ぼくもこういう種類の任務につくのははじめての経験ですよ。どうです、園丁らしくは見えませんか？」

「このあたりではねえ。園丁といえば、たいてい年寄りだ。園芸のことは多少でも知っているのかい？」

「くわしいものですよ。何しろおふくろが園芸好きでしたからね、ああいうおふくろは英国の特産物ですね。おかげで、ぼくはおふくろの有能な助手になれるように育てあげられたんです」

「それで、メドウバンク校には、いったい何ごとが起きているんだね——きみを派遣しなきゃならないようなことというと？」

「実のところ、われわれにもわからないんですよ、メドウバンクに何が起きているのか。ぼくの任務は見張り役といったところなんです。いや、そうだったというべきですかね——ゆうべまでは。体育教師殺害事件。学校のカリキュラムには入っていそうにもありませんね」

「ああいうことも起きないとはかぎらないよ」とケルシー警部は言った。彼はため息をついた。「どんなことだって起きる可能性はあるんだ——どこにだってね。ぼくはそれを悟らされたよ。それにしても、今度の事件は少々常道を外れていたことはぼくも認める。この裏にはいったい何がひそんでいるんだね？」

アダムは事情を話して聞かせた。ケルシーは興味をもって聞きいった。

「あの娘には悪いことをしたな」とケルシーがぽつりと言った。——「だが、事実にしては、あまりにも奇想天外な話に聞こえるじゃないか。時価五十万ポンドないし百万ポンドの宝石だって？　いったい誰のものなんだね？」

「その点は厄介な問題なんですよ。その疑問に答えるために、国際法学者たちがすったもんだしなくちゃなりますまい——しかも、おそらくは意見が一致しない。この問題はいろんな角度から論じることができますからね。あの宝石類は三ヵ月前まではラマット国のアリ・ユースフ殿下のものでした。しかし、今はどうか？　かりにあれがラマット国内で見つかった場合は、現在の政府の所有に帰すでしょうし、政府もあれを確保する手を打つことでしょう。アリ・ユースフはあれを誰それに遺贈するという遺言状を書いていたかもしれません。その場合は、その遺言状がどこで執行され、それがほんものだと立証できるかどうかによってすべてが左右されるでしょう。あの宝石類はあの男の一家の所有に属するものかもしれません。しかし、この問題の本質は、かりにあなたなりぼくなりが道でそれを拾って、ポケットに入れてしまった場合、あの宝石は、実際上は、拾った人間のものになるという点にあるのです。言いかえれば、われわれからその宝石を取りあげうるような法的機構が存在するかどうか、ぼくは疑わしいと思うんです。もちろん取りあげようとはするでしょうが、国際法の複雑微妙さは信じられないほどですからね……」

「と言うと、実際上は、発見者、すなわち所有者というわけか？」とケルシー警部は訊いた。彼は困ったことだというように頭を振った。「どうも感心しないね」と彼は潔癖《けっぺき》家らしい言いかたをした。

「そうです。どうも感心しません」とアダムも力をこめて言った。「あれを狙っているのは、一組だけじゃないのです。しかも、目的のためには手段を選ばない連中ばかりときています。いろんな情報が入ってきているわけですよ。ただの流言かもしれないし事実かもしれないが、とにかくあの宝石は暴動の起きる直前にラマットから持ちだされたということです。持ちだした方法にいたっては、十あまりも違った説が飛んでいます」

「しかし、なぜまたメドウバンクが？　あの猫をかぶった王女様がいるからかね？」

「アリ・ユースフの従妹、シャイスタ王女。そうです。問題の品物を王女に渡すなり、王女と連絡をとるなりしようとする人間が出現するかもしれませんからね。この辺りには、われわれの目から見ると怪しい人物が、何人かうろついているのです。たとえば、グランド・ホテルに滞在しているコリンスキー夫人。国際ごみだめ株式会社と名づけてもいいような一団のうちでも、名うてのメンバーですよ。あなたのほうの線に引っかかる人物じゃないのです。いつも法律は遵守し、ちゃんとした生活をしていますが、役に立つような情報は、もらさず集めているやつです。それから、ラマットのキャバレーでダンサーをやっていた女もいます。報告によると、この女はある外国政府の手先だったということです。その女が今どこにいるかは、われわれも知りませんし、どういう顔をしている女かということですらわからないのですが、このあたりに来ているかもしれないという噂は耳に入っています。どうです、何もかもがメドウバンクを中心にしているみたいじゃありませんか？　そこへ、昨夜は、ミス・スプリンガーが殺されるという事件が起きたわけです」

ケルシーは考え顔でうなずいた。

「相当こみいっているようだね」と彼は感想を述べた。彼はちょっとのあいだ自分の感情とたたかっていた。「知ってのとおりに、そういうテレビに出てくるような事件は……いかにもとっぴすぎる――といった感じだからね……現実には起きるはずもないし、実際にも起きてはいない——正常な事態の中ではね」

「スパイ、強盗、暴行、殺人、裏切」とアダムもあいづちをうった。「みんなとほうもないことばかりです——しかし、そういう世界は実在していますよ」

「それにしても、メドウバンクに！」

ケルシー警部は、搾り出すような声で言った。

「おっしゃる意味はよくわかりますよ」とアダムも言った。「まさに大逆罪だ」

二人はちょっと黙りこんだが、やがてケルシー警部が訊いた。

「きみは昨夜の事件はどういうふうだったと思うね？」

アダムは、ちょっと余裕をおいてから、ゆっくりとこう言った。

「スプリンガーは室内競技場にいました——真夜中にねえ。なぜなのか？　われわれは、そこから出発しなければなりません。彼女がなぜ、夜のあんな時刻に、室内競技場なんかにいたのか、その点を解決しないことには、犯人を問題にしてみても始まりません。これだけは言えると思うのですが、あの人は、非のうちどころのない運動家らしい生活はしていても、寝つきはよくなかった。ふと、窓の外へ目をやると、室内競技場に明かりがついているのを見た——彼女の部屋の窓はそちらのほうに面していますか？」

ケルシーはうなずいた。

「あの人は逞しい、恐れを知らない若い女性でしたから、調べてみるつもりで出ていった。彼女に邪魔をされた人間は——いったいそいつは何をしていたのか？　それがわれわれにはわからない。しかし、彼女を撃ち殺すほど追いつめられていた」

今度もケルシーはうなずいた。

「われわれも同じような見方をしていたのだ」と、彼は言った。「しかし、ぼくはきみの言った最後の点にずっと頭を悩まされてきた。普通は殺すつもりで撃つものではない——殺す覚悟でやって来るものではない。ただし——」

「ただし、なにか大きな獲物をねらっている場合はべつだが、でしょう？　同感です！　ですが、今おっしゃったのは、罪のないスプリンガーが殺された、という場合ですね——自分の義務を遂行していて撃ち殺されたわけですから。ところが、もうひとつの可能性もありますよ。スプリンガーは、ひそかに情報をつかんで、メドウバンク校に奉職する、でなければ、雇い主たちに派遣されてやってくる——体育教師という資格を見込まれてね——彼女は適当な夜を待ってこっそり室内競技場へ入ってゆく（ここにもまたわれわれのつまずきの石の疑問が起きますね——いったいなぜなのか？）——何者かが彼女のあとをつける——でなければ彼女を待ちうけている——その何者かは、ピストルを持ってきており、それを使用する覚悟をきめている……ですが、ここでもまた、われわれは疑問にぶっつかる――なぜなのか？　なんのためなのか？　実際、あの室内競技場に何があるのでしょう？　あんな所にものを隠したりするとは思えませんがね」

「あそこに何も隠されてなかったことは保証できる。徹底的に調べてみたのだからね――生徒たちのロッカーも、ミス・スプリンガーのもねえ。いろんなスポーツ用品はあったが、みんなありきたりのものだし、用途もはっきりしている、それから、真新しい建物だ！　あそこには宝石類のようなものは何ひとつなかったよ」

「何があったにせよ、もちろんもう持ちだされている可能性はありますよ。犯人によってね」とアダムは言った。「もうひとつの可能性は、室内競技場が単に密会の場所に使われただけの場合です――ミス・スプリンガーなり、ほかの誰かなりによって。そのためにはすこぶる都合のいい場所ですから。校舎からはそこそこ離れていて、しかも遠すぎはしない。それに、誰かにそこへ行くところを見つけられたとしても、ただ、明かりが見えたように思ったからとかなんとか答えればすみますからね。かりにミス・スプリンガーが誰かに会いに行ったのだとしましょう――言い争いになって、彼女は撃たれた。あるいは、その変形ですが、ミス・スプリンガーは誰かが校舎から出ていくのを認めて、そのあとをつけ、彼女に見られるなり聞かれるなりしては都合の悪いことが行なわれているところへ踏みこんでしまった」

「生前の彼女には会ったことがない」とケルシーは言った。「だが、みんなの話から総合すると、詮索好きな女だったのかもしれないという印象を受けたのだがね」

「ぼくもそれがいちばん可能性の高い解釈ではないかと思いますね」とアダムも言った。「好奇心は猫をも殺すというわけです。そうだ、室内競技場が登場してくるのもそんな関係からでしょう」

「しかし、密会の現場をおさえたのだとすると――」ケルシーは言いよどんだ。

アダムは力づよくうなずいた。

「そうです。学校の中に、われわれの厳重な監視を必要とする人物がいるというわけです。まさに鳩の群れのなかの猫（〝鳩の群れのなかに猫を置く〟は騒ぎや面倒を起こすという意味の英国流の言いまわし）ですね」

「鳩の群れのなかの猫か」ケルシーはその言葉にハッとした。「あそこの先生の一人の、リッチという人も、今日そんなふうなことを言ってた」

彼は一、二分考えこんでいた。

「今学期になって新たに加わった教職員が三人いる」と彼は言った。「秘書のシャプランドに、フランス人教師のブランシュ、それから、言うまでもなく、ミス・スプリンガーだ。死んでしまった以上、彼女はそのうちから除いていい。鳩の群れのなかに猫がまじっているとすれば、あとの二人のうちのどちらかである公算が大きいわけだ」彼はアダムのほうへ目を向けた。「二人のどちらかという点について、何か意見は？」

アダムはちょっと考えこんだ。

「いつだったか、マドモワゼル・ブランシュが室内競技場から出てくるところを見つけました。なんだかうしろめたそうな顔つきをしていましたよ。してはならないことをしていたみたいな。それにしても、だいたいの感じでは——ぼくなら、もう一人のほうに狙いをつけますね。シャプランドに。あの女はいつでも落ちつきはらっていて、頭もいい。ぼくなら、あの女の過去を相当入念に洗ってみますがね。いったい何がおかしいんですか？」

ケルシーはにやにやしていた。

「あの女のほうでもきみに疑いをかけていたぞ」と彼は言った。「きみが室内競技場から出てくるところをつかまえた——君の態度が少々へんだと思ったってさ！」

「なんだって！　厚かましいにもほどがある！」アダムは憤慨した。

ケルシー警部はもとの威厳のある態度を取りもどした。

「問題はだね、この辺りの者はみんなメドウバンク校を誇りにしているということなのだ」と彼は言った。「あれは立派な学校だし、バルストロード先生も立派な女性だ。われわれが少しでも早く真相に到達できれば、それだけ学校のためにもなる。われわれの手で事件を解決し、メドウバンク校にきれいな健康証明書を出してあげたいものだ」

彼は言葉をきり、考え顔で、アダムのほうを向いた。「バルストロード先生にきみの正体を話しておく必要があると思う」と彼は言った。「口外するような人じゃない——その点は心配しなくてもいい」

アダムはちょっと考えて、やがてうなずいた。

「そうですね、現状では、それもやむをえないでしょう」

12 古いランプと新しいランプとの交換

1

ミス・バルストロードは、ほかのたいていの女性よりも優秀な人物であることを示す、別の才能も備えていた。彼女は人の言うことをじっと聞いていられるのだ。彼女はケルシー警部やアダムの言うことを黙って聞いていた。眉ひとつ動かさなかった。ついで、彼女はただひとことこう言った。

「驚くべきことですね」

あなたこそ驚くべき人物だと、アダムは思ったが、口に出しては言わなかった。

ミス・バルストロードはいつものとおりにすぐに要点へ話を持っていった。「それで、あなたがたは、わたしにどうしろとお望みなのですか？」

ケルシー警部は咳ばらいをした。

「実はこういうわけです。先生には何もかもおしらせしておく必要があると思ったのです――この学校のために」

ミス・バルストロードはうなずいた。

「わたしにとっても、当然学校が第一の関心事なのです。そうなるしかありません。わたしは生徒たちの安全に対して責任を負っている身ですからね――それよりも度合は小さいながら、教職員の安全に対しても。それから、この機会につけくわえておきたいのは、スプリンガー先生の亡くなられた事情をできるだけ世間に知らせずにすませられれば――わたしにとってはありがたい、ということです。これはまったくの身勝手な言い分です――もっとも、この学校自体が重要であるとは思っていますけれど――わたしにとってだけではなく。ですが、もし一切を発表する必要が生じた場合は、あなたがたとしてはそうなさるしかない立場だということは、わたしも充分に承知しています。しかし、その必要があるのでしょうか？」

「いや、今度の事件では、できるだけ発表をひかえるほうが都合がいいでしょう」とケルシー警部は言った。「検死審問も延期する予定になっていますし、警察では、単なる地方的な事件と見なしているというふうに発表するつもりです。不良少年どもが――この頃では非行少年と呼ばなくちゃいけないのですが――互いに拳銃を見せびらかし、やたらに撃ちたがっている。たいていはナイフを振りまわす程度だが、中には拳銃を手に入れている少年もいる。ミス・スプリンガーはその連中のふいを襲った。そのために彼らに撃たれた。だいたいそういったように発表したいのです――そうすれば、われわれもひそかに捜査が進められます。新聞にはやむを得ない程度の事実しかのらないようにします。ですが、もちろん、メドウバンクは有名な学校です。ニュースになりますよ。ましてやメドウバンク校での殺人事件となると、特ダネでしょう」

「その方面ではわたしもお手伝いできると思います」とミス・バルストロードはきびきびした口調で言った。「有力筋に無理がきかないでもありませんから」彼女はにっこりして何人かの名前をすらすらと並べた。その中には内務大臣や、新聞界の大立者が二人、英国教会の主教、教育大臣の名前も含まれていた。「わたしもできるだけのことはやってみます」彼女はアダムのほうを向いた。「異論はありませんか?」

アダムはすぐにこう答えた。

「もちろんです。われわれのほうは、常に内密にことが運べるほうがありがたいのです」

「ここの園丁をお続けになりますか?」とミス・バルストロードは訊いた。

「先生さえお差しつかえなければ、こちらのいたい所におれますからね。それに、なにかと目を配ることができる」

この時だけは、ミス・バルストロードの眉がつりあがった。

「まさか、まだ、これ以上の殺人が行なわれると予想しておられるわけではないでしょうね？」

「とんでもない」

「それを聞いて安心しました。どんな学校だって、一学期のうちに二度も殺人事件が起きたのでは、生き残れるかどうか、疑問ですよ」

彼女はケルシーのほうを向いた。

「室内競技場の捜査は終わりましたか？」

「終わりました。汚れひとつないほどきれいになっています——もっとも、われわれの目から見ての話ですがね。どういう理由で犯行が行なわれたにせよ——あそこにはもうわれわれの手がかりになってくれるようなものは何ひとつありません。通常の設備を備えたただの室内競技場というだけです」

「生徒たちのロッカーにも何もなかったのですか？」

ケルシーは苦笑した。

「実は——いろんなものが——本もありました——フランス語の——『カンディーダ』

という題の――それが――さし絵入りでしてね。高価な本です」

「ああ、あの子はそんなところにあれをしまっていたのですね！」とミス・バルストロードは言った。「ジゼル・ドウブレイでしょう？」

ケルシーのバルストロード校長への敬意がいっそう深まった。

「先生はなんでもお見とおしなのですねえ」

「『カンディーダ』を読んでも、べつに害はありますまい」とミス・バルストロードは言った。「あれは古典ですからね。わたしもある種のわいせつ書は没収しているのです。ところで、わたしの最初の質問に戻りましょう。おかげでこの学校が新聞ダネにされる心配はなくなりました。何か学校のほうで、あなたがたのお役に立てることはございませんか？　わたしのお手伝いできることでも？」

「ないと存じます、今のところは。ただひとつお訊きしてみたいのですが、今学期になって、何か不安に感じられたことはありませんか？　何かのことでか、でなければ、誰かのことで？」

ミス・バルストロードはちょっとのあいだ黙りこんでいたが、やがて、ゆっくりとこう答えた。「文字通り、よくわからないとお答えするしかありませんわ」

アダムはすぐに飛びついた。

「何かがうまくいっていないという感じをお持ちなのですね？」

「そう——そういった感じですわ。はっきりとしたものではないのです。誰のことだとか何がとか指摘することはできないのですけれど——ただ——」

彼女はちょっと口をつぐんだが、また言葉をついだ。

「聞きのがしてはいけなかったことを、何か聞きのがした、そういう感じなのです——いや、あの時そういう感じを持ったのです。わけをお話ししましょう」

彼女はアップジョン夫人のことや、レディー・ヴェロニカの思いがけない来訪に困らされた時のことを簡単に話した。

アダムは興味をそそられた。

「先生、その点をはっきりさせようではありませんか。アップジョン夫人は、玄関道の見渡せる窓から外を見ていて、誰か知人の姿を認めた。それだけなら、べつに問題はない。この学校には百人以上も生徒がいるわけですし、アップジョン夫人が、生徒の父母なり親戚の中に、自分の知人の姿を見かけたとしても不思議はないわけです。ところが、夫人は、その人物を見てびっくりしたらしいという、はっきりした印象を先生は持っておられる——びっくりしたどころか、その人物は、メドウバンク校なんかで出会おうとは夢にも思っていなかった人物だったということですね？」

「そうなのです。確かに、わたしはそういう印象を受けました」

「ところが、反対側の窓から酔態を演じている生徒の母親が見えて、先生はそのほうに注意を奪われて、アップジョン夫人の言っていたことを聞きのがされたわけですね？」

ミス・バルストロードはうなずいた。

「アップジョン夫人は何分間か喋っていたのですか？」

「そうです」

「先生がもう一度そちらへ注意をもどされた時には、彼女はスパイ活動のことを、自分が結婚前に、戦争中やっていたスパイ活動のことを話していたわけですね？」

「そうです」

「何か関連があるかもしれませんね」とアダムは考え顔で言った。「その人が戦争中に顔見知りになった人間。ここの生徒の両親か親族だったかもしれませんし、ことによると教員の誰かだったということも考えられますね」

「まさかうちの教職員が」とミス・バルストロードは異議をとなえた。

「ありうることですよ」

「アップジョン夫人に、連絡をとる必要がありそうだ」とケルシーが言った。「それも、できるだけ早く。夫人の住所はご存知でしょうね、バルストロード先生？」

「ええ、もちろん。ですが、たしか今は外国に行っているはずです。ちょっとお待ちください――調べてみますから」

彼女は机上のブザーを二度鳴らし、ついで、苛立たしそうに戸口まで行って、通りかかった生徒を呼んだ。

「ポーラ、ジュリア・アップジョンを探してきて」

「はい、校長先生」

「その生徒が来ないうちに逃げだしたほうがよさそうですね」とアダムは言った。「警部の捜査のお手伝いをしていたりしたのでは、不自然に見えるでしょうから。表むきは、素性を洗うために、警部がぼくをここへお呼びになった、ということにしておきましょう。今のところは怪しい点はないので、これで放免してもらう、というわけです」

「もう帰ってもいいが、おれに目をつけられていることを忘れるな！」とケルシーは、にやにやしながら、怒鳴った。

アダムは、戸口で立ちどまり、ミス・バルストロードに話しかけた。「ところで、ここでのぼくの地位を多少悪用してもよろしいですか？　つまり、そうですね、ここの先生の誰かと少しばかり親しくなりすぎたとしても？」

「ここの教師の誰とですの？」

「そう――例えば、マドモワゼル・ブランシュとでも」

「マドモワゼル・ブランシュ？　あなたは、あの人が――」

「彼女は多少退屈していそうですからね」

「ああ！」ミス・バルストロードは少々きびしい顔つきになった。「そうかもしれませんね。ほかには、誰か？」

「みんなにあたってみるつもりなんです」とアダムは陽気な声で言った。「生徒の誰かが抜けだして庭であいびきしたりするような困ったまねをしていることがわかっても、どうかぼくを信じていてください。ぼくの意図はどこまでも探偵的なのですから――そんな言葉があるとすれば」

「生徒たちが何か知っていそうだとお考えなのですね？」

「誰もが常に何か知っているものですよ」とアダムは言った。「本人は知っていることに気がついていなくともね」

「それはそうかもしれませんね」

ノックの音がし、ミス・バルストロードがそれに応えた。「どうぞ」

ジュリア・アップジョンが、ひどく息を切らして姿を現わした。

「お入りなさい、ジュリア」

ケルシー警部はうなるような声で言った。

「グッドマン、きみはもう帰っていい。向こうへ行って、自分の仕事を続けろ」

「おれはなんにも知らないと言ったじゃないか」とアダムはふくれっ面をして言いかえし、「いまいましいゲシュタポめ」とつぶやきながら出ていった。

「先生、息を切らしていてすみません」とジュリアは謝った。「テニスコートからずっと走ってきたものですから」

「そんなことはいいのよ。あなたのお母様の行先が知りたかっただけなの――どこへお手紙を出したら、ご連絡できるかしら？」

「ああ！　それでしたら、イザベル叔母さんに手紙をお出しになるしかないと思います。母は外国なんですの」

「あなたの叔母様の住所なら知っているわ。でも、お母様に直接連絡する必要があるのよ」

「それは、できるかどうか」ジュリアは眉をよせた。「母はバスに乗ってトルコのアナトリアへ行っているのです」

「バスに乗って？」ミス・バルストロードは唖然とした。

ジュリアが勢いよくうなずいた。

「母はそういうことが好きなんです。それに、そのほうがずっと旅費もかからないですし。あまり楽じゃないけど、母はそんなことは苦にしないんです。だいたい三週間ぐらいで、ヴァン（東トルコの山中にあるヴァン湖畔の古い町）に着くんじゃないかと思います」

「ああそう——わかりました。ところでね、ジュリア、お母様は、戦争中軍の仕事をしておられた頃のお知合いとここで会ったというようなことを、何か話していらした？」

「いいえ、聞かなかったように思います。ええ、確かに聞いていませんわ」

「お母様は諜報活動をしておられたのだったわねえ？」

「ええ、そうですの。そんなことが大好きだったらしいんです。わたしには、それほどスリルのある仕事だったとも思えないんですけどね。何も爆破したわけでもないし、ゲシュタポに捕えられたこともないし、足の爪をはがされたこともないんです。そういうことはなんにもしていないんですもの。スイスで仕事をしていたらしいんです——それとも、ポルトガルだったかしら？」

ジュリアは弁解するようにつけたした。「昔の戦争話なんか、聞いていると退屈なんです。だから、いつもちゃんと聞いていなかったみたいで」

「いいのよ、ありがとう。用事はそれだけよ」

「呆れましたわ！」ジュリアが出ていくと、ミス・バルストロードは言った。「バスでアナトリアへ行ったなんて！　あの子ったら、まるで母親が、七十三系統のバスで、マーシャル・アンド・スネルグローヴ店に買い物にでも行ったみたいな言いかたでしたわね」

2

ジェニファーは、少々不機嫌な顔つきで素振りをしながら、テニスコートを離れた。今朝の練習で、サーブのダブル・フォールトが多かったので、くさっていたのだった。なんといっても、こんなラケットで、切れのいいサーブなんか打てるものじゃない。それにしても、このごろはどうもサーブにコントロールが欠けているようだ。でも、バックハンドは目に見えて上達した。スプリンガー先生のコーチのおかげだ。先生が亡くなられたのは、いろいろな意味で、惜しいことだった、と彼女は思った。

ジェニファーはテニスに対してはすこぶる真剣だった。テニスは彼女がしじゅう頭に浮かべていることのひとつだった。

「失礼ですが――」

ジェニファーははっとして顔をあげた。着飾った金髪の女性が、長い平べったい包みをかかえて、小径の数メートル離れたところに立っていた。ジェニファーは、その時まで、この女の人が歩いてくる姿が目に映らなかったのが不思議でならなかった。木かげか、シャクナゲの茂みのかげにでも隠れていて、急に姿を現わしたのかもしれないなどということは、彼女の頭には浮かばなかった。それも当然だったろう。女の人が、シャクナゲの茂みになんか隠れていて、ふいにそこから出てきたりするはずもないのだから。

その女性は、多少アメリカなまりの湿った言葉で話しかけてきた。「探している生徒があるのですが、どこにいるか教えてくださらない？　名前は」——彼女は紙片を取りだして見た——「ジェニファー・サットクリフというんですの」

ジェニファーはびっくりした。

「わたしがジェニファー・サットクリフですわ」

「まあ！　とんだ笑い話ねえ！　これこそ偶然の一致だわ。こんな大きな学校でひとりの生徒さんを探していて、たまたま訊ねた相手がそのご当人だなんてね。そんなことが起きるものかと言われそうだけど」

「わたしは時々起きることだと思いますわ」とジェニファーは無関心そうに答えた。

「今日、こちらにいるお友だちと昼食をいっしょにすることになっていたのよ」とその女は言葉を続けた。「それで、昨日、カクテル・パーティーでちょっとその話をしたら、あなたの伯母さんが――いや、名づけ親にあたる方だったかしら――わたしはひどくものおぼえが悪いのよ。お名前もうかがったんだけれど、それも忘れてしまったわ。とにかく、その方から、できたらこちらへ寄って、あなたに新しいラケットを渡してくれないかと頼まれたのよ。あなたが前からおねだりしてらしたのだそうねえ」

ジェニファーの顔がぱっと輝いた。まるで奇蹟みたいだった。

「きっと名づけ親のキャンベル夫人ですわ。わたしはジーナ小母さんと呼んでいるんです。ロザモンド叔母さんじゃないと思います。あの叔母さんときたら、クリスマスにたった十シリングくれるだけで、ほかにはなんにもくれたことがないんですもの」

「そうそう、やっと思い出したわ。たしかにそういうお名前だったわ。キャンベルよ」

包みが差しだされた。ジェニファーは夢中でそれを受けとった。それはごくざっと包んであるだけだった。ラケットが包み紙から顔を出すと、ジェニファーは嬉しさのあまり叫び声をあげた。

「まあ、すてき！　こんなにいいのを。前から新しいラケットが欲しくてたまらなかったんです――ちゃんとしたラケットでなきゃ、ちゃんとしたテニスなんかできないんですもの」

「そりゃ、そうよね」

「わざわざ持ってきていただいて、ありがとうございました」とジェニファーは感謝の思いをこめて言った。

「なんでもなかったのよ。ただね、白状すると、わたし少々びくついていたのよ。学校というと、いつも少しびくびくするくせがあるの。なにしろ女の子たちでいっぱいなんだもの。ああ、それはそうと、あなたの古いほうのラケットを持って帰ってくれと頼まれてるのよ」

彼女は、ジェニファーが投げだしていたラケットを拾いあげた。

「あなたの伯母様――ではなくて、その名づけ親の方は――ガットを張り替えさせると言ってらしたわ。その必要があるんでしょう?」

「そんなことをする値打ちはないと思いますけど」とジェニファーは言ったが、もうそんなことには大して注意を払ってもいなかった。

彼女はせっせと新しい宝物のスイングやバランスを試してみていた。

「でも、予備のラケットがあると重宝なものよ」と彼女の新しい友人は言った。彼女はちらと腕時計を見た。「まあ、もうこんな時間。駈けていかなきゃ」

「車を――タクシーをお呼びしましょうか? 電話したら――」

「いいえ、いいのよ。車は門のすぐ横においてあるの。狭いところで方向転換しなくてすむようにと思って。では、さよなら。あなたにお会いできて嬉しかったわ。そのラケットが気にいるといいけどね」

彼女は、文字どおり小走りに、小径を門のほうへ向かった。ジェニファーはもう一度うしろから礼を言った。「ほんとうに、ありがとうございました」

ついで、にやにやしながら、ジュリアを探しにいった。

「ほら、見て」彼女は大げさにラケットを振りかざして見せた。

「まあ！　どこで手にいれたの？」

「名づけ親からの贈り物よ。ジーナ小母さんから。ほんとうは伯母さんじゃないんだけど、わたしはそう呼んでるの。すごいお金持ちなのよ。わたしがラケットのことでぶつぶつ言ってるのを、お母さんが話してくれたんだと思うわ。どう、すてきじゃない？」

「忘れないでお礼の手紙書かなきゃ」

「忘れたりしちゃだめよ！」とジュリアは説教めいた言いかたをした。

「だって、誰だって時々は忘れることがあるわよ。ほんとうにその気でいたことでもね。ねえ見て、シャイスタ」と彼女は、二人のほうへ近寄ってきた生徒にも話しかけた。

「新しいラケットを手にいれたのよ。きれいじゃない？」

「とても高そうね」シャイスタは、礼儀正しくちょっとラケットに目をやった。「わたしもテニスが上手だといいんだけど」

「いつもボールに体当りしちゃうものね」

「わたしってボールがどこへ飛んで来るのかわからないみたいなの」とシャイスタは漠然とした言いかたをした。「わたしも、郷里へ帰るまでには、ロンドンでほんとうにいいテニス・ショーツを作らせなくちゃ。でなきゃ、アメリカ・チャンピオンのルース・アレンの着ているようなワンピースか。あれならとても洗練されていると思うわ。やっぱり両方作ることにするわ」彼女は嬉しい期待に顔をほころばせた。

「シャイスタったら着るもののことしか考えないのね」二人でまた歩きだすと、ジュリアは軽蔑するように言った。「わたしたちもあんなふうになるのかしら？」

「なると思うわ」とジェニファーは暗い声で言った。「いやなことねえ」

二人は、警察が正式に空けわたした室内競技場へ入り、ジェニファーは自分のラケットをていねいに枠におさめた。

「ほんとうにいいラケットじゃない？」彼女はそれを愛情をこめて撫でまわした。

「古いほうのはどうしたの？」

「ああ、あの人が持っていったわ」

「誰が？」

「これを持ってきてくれた女の人。カクテル・パーティーでジーナ小母さんに会った時に、今日こちらへ来るつもりだと話したら、これをジェニファーにとどけてやってくれと頼まれたんだって。それで、古いのは張り替えさせるつもりだから、持って帰ってくれって」

「ああ、そうだったの……」しかし、ジュリアは眉をよせた。

「威張《バ》り《リ》や、あなたに何の用事があったの？」とジェニファーは訊いた。

「ああ、なんでもなかったのよ。お母さんのいるところを訊かれただけ。でも、お母さんは居所不明なのよ。バスで旅行しているんだから。トルコのどこかをね。ねえ、ジェニファー——あなたのラケットは張り替えの必要なんてなかったはずよ」

「あったわよ。まるでスポンジみたいだったんだもの」

「それは知ってるわ、でも、あれはほんとうはわたしのラケットだったのよ。だって、交換したじゃない。張り替えの必要があったのは、わたしのラケットのほうだったわ。今わたしが持っている、あなたのラケットは、張り替えがすんでたわ。外国へ行く前に、お母さんに張り替えてもらったと、あなたが自分で言ってたじゃないの」

「そうね、そうだったわね」ジェニファーは多少ハッとした様子だった。「まあいいわよ。きっと、あの女の人が――何という人か知らないけど――名前を聞いとかなきゃいけなかったのに、あんまり夢中になってたものだから――自分で、張り替えが必要だと気がついたんだわ」

「だって、あなたの話だと、その女の人が、小母さんが張り替えの必要があると言ってたって言ったんでしょう。だけど、張り替えの必要がなかったのだったら、小母さんがそんなこと考えるはずがないわよ」

「そりゃ、そうだけど――」ジェニファーはいらだたしそうな顔つきになった。「きっと――きっと――」

「きっと、なんなのよ？」

「きっとジーナ小母さんは、わたしが新しいラケットを欲しがっているとすると、古いほうは張り替えの必要があるからだと思ったのだわ。どっちにしたって、そんなことどうでもいいじゃないの」

「そりゃ、どうでもいいことだとは思うわ」とジュリアはのろのろと言った。「だけど、わたしは変だと思うわ。まるで――まるで古いランプと新しいランプの交換みたいじゃない。ほら、アラジンの話よ」

ジェニファーはくすくす笑いだした。

「わたしの古いラケット――じゃない、あなたの古いラケットだったわね――をこすると、ランプの精のジーニーが出てきたりしたら、どう！　ランプをこすって、ジーニーが出てきたら、あなたなら何をお願いする、ジュリア？」

「いくらでもあるわよ」ジュリアは恍惚としてかすれた声で言った。「テープレコーダーに、ジャーマン・シェパードー――でなきゃ、グレートデン――それから、お金を十万ポンド、黒のサテンのパーティードレス、それから、ああ、もう！　まだまだいくらでもあるわ……あなただったら、どう？」

「なんとも言えないなあ」とジェニファーは言った。「こんなすてきな新しいラケットをもらったんだもの、ほかには何も欲しいものなんかないわ」

13 破局

1

学期がはじまってから三回目の週末はいつもどおりの日程だった。その週末は、父母が生徒を連れだしてもいいことになっている、最初の週末だった。その結果、メドウバンク校はほとんど人影もなかった。

その日曜日、学校にのこって昼食をとる生徒は二十人ぐらいしかないはずだった。教職員も幾人かは週末休暇をとり、日曜の夜おそくか月曜の朝早くに帰ってくることになっていた。特にその週末には、バルストロード校長自身も学校を留守にする予定だった。彼女は学期中には学校を離れない習慣にしていたので、これは異例のことだった。それにはそれだけの理由があった。彼女はウェルジントン・アビイのウェルシャム公爵夫人の屋敷へ滞在しに行く予定だった。公爵夫人からぜひ訪ねてくれるようにという招待があり、ヘンリー・バンクスも来るからとつけくわえてあったからだ。ヘンリー・バンクスというのは学校の理事長だった。有力な実業家であり、この学校の創立当初からの後援者の一人だった。従って、この招待はいわば命令も同然だった。もっとも、ミス・バルストロードは、自分の意にそわない命令に従うような人ではなかった。だが、今度の場合は彼女のほうでも喜んでその招待を受けいれた。彼女は公爵夫人という身分に決して無関心ではなかったし、ウェルシャム公爵夫人は、以前自分の娘たちもメドウバンク校に入学させていた、勢力のある夫人だった。それに、ミス・バルストロードは、特にヘンリー・バンクスにも会って、学校の将来のことを相談したり、最近の悲劇的なできごとに対する自分の側の説明も聞いてもらいたいとも思っていた。

メドウバンク校が有力なつながりを持っているおかげで、ミス・スプリンガー殺人事件も新聞には要領よく軽く扱われただけだった。謎の殺人事件というよりも、悲しむべき不慮の死として扱われていた。はっきりそう書いていたわけではないが、おそらく不良たちが室内競技場に入りこんでいて、計画的ではなく偶発的なきっかけから、ミス・スプリンガーを殺したものと思えるような記事だった。数人の青年が、〝参考人として〟警察へ出頭を求められた模様だ、とも報じていた。ミス・バルストロードは、この二人の有力な学校の後援者たちが受けているかもしれない不快な印象を、なんとか緩和したかった。二人が、彼女がそれとなく持ちだしておいた引退問題について相談したがっていることは、わかっていた。公爵夫人もヘンリー・バンクスも彼女の留任を望んでいた。今こそ、エレノア・ヴァンシッタートのあと押しをしてやり、彼女が優秀な女性であり、メドウバンク校の伝統を維持していくのには適任者だということを、述べておくいい機会だという気がした。

土曜日の朝、ミス・バルストロードが手紙の口述を終えようとしていた時に、電話が鳴った。アン・シャプランドが電話に出た。

「バルストロード先生、イブラヒム大公からお電話です。大公はクラリッジ・ホテルにお着きになっていて、明日シャイスタを連れだしたいということです」

ミス・バルストロードは受話器を受けとり、大公の侍従武官と簡単に話をした。シャイスタのお迎えは、日曜日の午前十一時半以後なら、いつでもかまいません。しかし、午後八時までには学校へ送りとどけてください、と彼女は答えた。

彼女は電話を切った。

「東洋の人たちって、どうして前もって予告するということができないのかしら。シャイスタは明日ジゼル・ドウブレイと外出する予定だったのよ。おかげでそっちはキャンセルしなきゃならないわ。手紙はこれでもう全部だったわね？」

「ええ、これだけですわ」

「よかった、おかげでさっぱりした気持ちで出かけられるわ。それをタイプして送ったら、あなたも週末は自由にすごしてくれていいのよ。月曜日のお昼ごろまでは用事もないはずだから」

「ありがとうございます」

「遊んでくるといいわ」

「ええ、そうするつもりですの」とアンは答えた。

「若い男の方？」

「ええ――まあ」アンはちょっと顔をあからめた。「でも、べつに深い関係ではないんです」

「だったら、そうなるほうがいいわ。結婚するつもりだったら、時機をのがさないほうがいいのよ」

「ただの古い友人です。わくわくするような相手でもありませんし」

「わくわくすることが結婚生活の健全な基礎になるとはかぎりませんよ」ミス・バルストロードは、警告するように言った。「チャドウィック先生を呼んでくださらない？」

ミス・チャドウィックがあたふたと入ってきた。

「チャディ、シャイスタの叔父にあたるイブラヒム大公が、明日あの子を外出させると言ってきているのよ。大公がご自身でみえたら、あの子も成績が上がってきていると言っておいてちょうだい」

「あの子はあまり頭がいいとは言えないわ」ミス・チャドウィックは言った。

「知的には未成熟だわね」とミス・バルストロードも言った。「でも、ほかの点では明らかに成熟した頭を持っているわ。あの子と話をしていると、時々二十五歳かと思うくらいだわ。きっと今までさまざまな土地でいろいろな体験をしてきたせいね。パリ、テヘラン、カイロ、イスタンブール、それにほかの土地でも。この国では、子供たちを幼稚なままにしておきたがる傾向があるわ。〝あの子はまだほんの子供だ〟などと言って、それを長所のように言うけれど、長所じゃないわ。生きていく上では大きなハンデだわ」

「それに関しては、あなたの意見には賛成しかねるわ」とミス・チャドウィックは言った。「それでは、シャイスタに叔父さんのことを話してやるわね。あなたも、あとのことは心配しないで、週末旅行に出かけるといいわ」

「そりゃ、心配なんかしないわよ」とミス・バルストロードは答えた。「いい機会だから、エレノア・ヴァンシッタートに一切をまかせて、あの人がどんなふうに切りまわすか見ることにするわ。あなたとあの人とで留守をまもってもらえば、うまくゆかないはずはないから」

「そうであってほしいものだわ。わたしはシャイスタを探しにいってくるわね」

シャイスタはびっくりしたようすで、叔父がロンドンに着いたという知らせを聞いても、いっこうに嬉しがらなかった。

「明日わたしを連れていきたいんですって?」と彼女は不満そうに言った。「だって、先生、せっかくジゼル・ドウブレイと彼女のお母様と、いっしょに出かけることになっていたのに」

「それは別の機会にゆずるしかないわね」

「でも、ジゼルといっしょに出かけるほうがずっといいんです」とシャイスタは不機嫌そうに言った。「叔父様なんか、ちっともおもしろくないんですもの。ただお食事をして、そのあと叔父様がぶつぶつ言うだけで、とっても退屈なんです」

「そんな言いかたをするものじゃありません。失礼ですよ」とミス・チャドウィックはたしなめた。「叔父様はたしかイギリスには一週間しか滞在なさらないのだし、あなたにお会いになりたいのは当然ですよ」

「きっと叔父様はわたしの新しい縁組みをとりきめてくれたのですわ」とシャイスタは、

顔を輝かせて言った。「そうだったら、おもしろいけど」

「もしそうだったら、きっと叔父様があなたにそうおっしゃるわ。でも、あなたはまだ結婚には早すぎるんじゃないかしら。まずその前に学校を終えなきゃ」

「学校なんか退屈」とシャイスタは言った。

2

日曜日の朝は晴れわたったおだやかな朝だった——ミス・シャプランドは、土曜日に、ミス・バルストロードが出かけたあとを追って外出した。ミス・ジョンスンと、ミス・リッチと、ミス・ブレイクは、日曜日の朝に出かけた。

ミス・ヴァンシッタート、ミス・チャドウィック、ミス・ローワンと、それからマドモワゼル・ブランシュとが、留守をあずかることになった。

「生徒たちが、あまり喋らないでいてくれるといいんだけれどね」とミス・チャドウィックが心もとなげに言った。「亡くなったスプリンガー先生のことをね」

「今度の事件がはやく忘れさられるよう祈りましょう」とエレノア・ヴァンシッタート

も言った。ついで、彼女はこうつけたした。「あの話を持ちだす父母がいても、わたしは相手にしないつもりよ。こちらが断固とした態度をとるのが一番いいと思うわ」

生徒たちは、十時に、ミス・ヴァンシッタートやミス・チャドウィックに連れられて教会へ行った。カトリック教徒の四人の生徒たちは、アンジェール・ブランシュに付きそわれて、対抗している宗派の教会へ行った。十一時半ごろになると、そろそろ自動車が玄関道へ到着しだした。ミス・ヴァンシッタートは、優美な、落ち着きと気品のある姿で、玄関口に立った。彼女は笑顔を浮かべて母親たちに挨拶し、それぞれの娘たちを引きわたし、さきごろの悲劇についての望ましくない話が持ちだされると、たくみに話をそらした。

「恐ろしい、ほんとうに恐ろしいことでしたわ」と彼女は言った。「ですが、ご存知でしょうけれど、学校ではあの話はしないことにしております。子供たちのためにも――あんな事件のことは、はやく忘れさせてやりたいと思いまして」

チャディもその場にいて、顔なじみの母親たちに挨拶したり、休暇をすごす計画の相談にのったり、それぞれの娘たちについての愛情あふれるコメントを述べたりしていた。

「イザベル叔母さんが、わたしを迎えに来てくれるかもしれないと思うのよ」とジュリアは言った。彼女は、ジェニファーと並んで、教室の窓に鼻を押しつけ、外の玄関道の行き来を見まもっていた。

「次の週末には、お母さんがわたしを連れだしてくれることになってるのよ」とジェニファーは言った。「今週は、お父さんの大切なお客さんたちが来るから、迎えに来れないんだって」

「ほら、シャイスタよ」とジュリアが言った。「ロンドン用におめかしをしているわ。うわあ！　ちょっと見てよ、あのヒール。ジョンスンさんが見たら、きっと文句を言うに違いないわね」

制服を着た運転手が大きなキャデラックのドアを開けた。シャイスタが乗りこむと、車は走り去った。

「よかったら次の週末、うちへこない？」とジェニファーは言った。「お母さんにも、連れていきたいお友だちがいると、言ってあるのよ」

「行きたいわ」とジュリアは言った。「ごらんよ、ヴァンシッタートが得意の役目をつとめてるわ」

「いやにきどってるわね」とジェニファーも言った。

「なぜだかわからないけど、あれを見ていると、吹きだしたくなるのよ。バルストロード先生の模造品って感じじゃない？　すごくよくできた模造品だけど、なんだかジョイス・グレンフェルか誰かが、ものまねしているみたいなんだもん」

「ほら、パムのお母さんよ」とジェニファーが言った。「弟たちも連れて来ているわね。あんなちっぽけなモーリス・マイナーに、どうやって全員押しこむつもりかしら?」

「みんなでピクニックに行くつもりらしいわね」とジュリアは言った。「あんなにたくさんバスケットを」

「今日の午後は何をするつもり?」とジェニファーが訊いた。「今週はお母さんに手紙を書く必要はないと思うの。どうせ来週会うんだから」

「あなたって筆不精ね、ジェニファー」

「だって、なんにも書くことが思いつけないんだもの」

「わたしは思いつけるわ」とジュリアは言った。「書きたいことはいくらでもあるもん」ついでジュリアは、情けなさそうにつけくわえた。「だけど、今のところ書いて出す相手がないのよ」

「お母さんに出せばいいじゃない?」

「前にも話したじゃないの、お母さんはバスでアナトリアへ行ってるのよ。バスでアナトリアなんかへ行っている人に、手紙を出すわけにはいかないじゃないの。少なくとも、しじゅう出すわけにはね」

「出す時にはどこへ宛てるの？」

「そりゃ、あっちこっちの領事館よ。リストを置いていったから。最初がイスタンブール、次はアンカラ、その次はなんだか変な名前のところよ」ついで彼女はこう言った。「なんだって威張りや《バリー》はあんなにお母さんに連絡をとりたがったのかしら？　行先を教えてあげたら、ひどく困ったようだったわ」

「あなたのことではないわね」とジェニファーは言った。「べつに怒られるようなことはしていないでしょう？」

「なんにも思いあたることはないけど。きっと、スプリンガーのことを話したかったのね」

「なぜそんな必要があって？　スプリンガーのことを知らない母親が一人でもいてくれたら、校長は大喜びのはずじゃないの」

「自分の娘も殺されるんじゃないかと、母親たちが心配するかもしれないという意味？」

「うちのお母さんはそれほどじゃないと思うけど、それでも、相当おびえていたわ」とジェニファーは言った。

「わたしに言わせれば」ジュリアは考え顔になった。「スプリンガーのことでは、まだわたしたちの聞かされていないことがけっこうあるのよね」

「たとえば、どんなこと？」

「奇妙なことが起きているみたいだわ。あなたの新しいラケットのことみたいな」

「ああ、そうそう、話すつもりだったんだけどね」とジェニファーは言った。「ジーナ小母さんにお礼の手紙を出したのよ。そしたらね、今朝返事があって、新しいラケットが手に入ったのは自分もたいへん嬉しいが、わたしが送ってあげたのではないと書いてあったのよ」

「ほらね、わたしの言ったとおりじゃないの。あのラケットのことは変だと思ったわ」とジュリアは勝ちほこって言った。「それに、家に泥棒も入ったんでしょう？」

「そうよ。でも、何も盗まれはしなかったわ」

「これでいっそう興味がましてくるわね」とジュリアは言った。「もしかすると」彼女は考えこんだ。「そのうち第二の殺人事件が起きるかもしれないわ」

「まあ、ジュリアったら、どうして第二の殺人事件が起きたりするのよ？」

「だって、小説ではたいてい第二の殺人事件って起きるじゃない」とジュリアは言った。

「わたしはね、ジェニファー、次はあなたが殺されたりしないように、よほど用心しなきゃいけないと思うのよ」

「わたしが?」ジェニファーはびっくりした。「なぜわたしを殺したりするのよ?」「なぜって、あなたは今度の事件に巻きこまれているからよ」とジュリアは言った。ついで彼女は考え顔になり、こうつけくわえた。「ねえ、ジェニファー、来週、あなたのお母さんからもう少し話を聞きだす必要があるわね。もしかすると、誰かがラマット国でお母さんに何か秘密文書を渡したのかもしれないわ」

「どんな秘密文書?」

「そんなこと、わたしが知っているはずがないじゃない」とジュリアは言った。「新しい原爆の製造法とか数式とか。そういうやつよ」

ジェニファーはやはり納得のいかない顔つきをしていた。

3

ミス・ヴァンシッタートとミス・チャドウィックが職員室にいると、ミス・ローワンが入ってきた。

「シャイスタはどこにいるのでしょうか? 見つからないんです。大公の車がお迎えに来ているんですけど」

「なんですって」チャディはおどろいて顔を上げた。「何かの間違いに決まっているわ。大公の車は四十五分ばかり前に来ましたよ。わたしは、あの子がそれに乗って出かけていくのを見たわ。最初に出かけた組の一人だったのだから」

エレノア・ヴァンシッタートは肩をすくめた。「きっと、間違えて車を二重で手配するかどうかしたのよ」と彼女は言った。

ヴァンシッタート自らが運転手のところへ行き、話しかけた。「何かの間違いじゃないかと思います。お話しの生徒なら、四十五分ばかり前にロンドンへ出発されましたよ」

運転手は意外そうな顔をした。「先生がそうおっしゃるのなら、きっと何かの間違いが起きたのでしょう」と彼は言った。「わたしは、メドウバンク校へ迎えに行けと、たしかに命令を受けたのですけれどね」

「時には妙な混乱が起きるものですよ」とミス・ヴァンシッタートは言った。

運転手はべつに慌てた様子もおどろいた様子も見せなかった。「よくあることですね」と彼も言った。「電話の連絡があり、書きとりはしたが、忘れてしまう。そういったことがね。しかし、うちの会社はそんな間違いを起こさないことを自慢にしてるんですがねえ。そう言っちゃなんですが、東洋の方のほうはなんとも言えませんね。なにしろ、やたらにお取り巻きがいて、二度も、時には三度も、同じ依頼を出してきたりしますからね。今度の場合もそんなところに違いありませんね」彼は大型車を器用にターンさせると帰っていった。

ミス・ヴァンシッタートは、しばらくは気づかわしそうな顔をしていたが、そのうちに、何も心配することなんかないのだと自分に言いきかせて、満足した気持ちで平和な午後に思いをはせた。

昼食後、居残っている数人の生徒たちは手紙を書いたり、校庭をぶらついたりした。テニスをする者もあり、プールも大いに利用された。ミス・ヴァンシッタートは万年筆と用箋を持ってスギの木陰に行った。四時半に電話が鳴った時、電話に出たのはミス・チャドウィックだった。

「メドウバンク校でしょうか?」育ちのよさそうなイギリス青年の声だった。「バルストロード先生はおいででしょうか?」

「あいにく、今日はこちらにはおりません。わたしはミス・チャドウィックと申します」

「実は、そちらの生徒さんのことなのですが、わたしはクラリッジ・ホテルの、イブラヒム大公のお部屋からお電話しているのです」

「ああ、それではシャイスタのことなのでしょうか?」

「そうです。何のことづてもいただかなかったことに、大公はかなりご立腹であられます」

「ことづて？　どういうわけで、ことづての必要があるのでしょうか？」

「つまり、シャイスタ王女がお越しにならないとか、来るのを取りやめたとか、いったような」

「行くのを取りやめたですって？　シャイスタがまだ着いてないとでもおっしゃるのですか？」

「ええ、もちろん着いておられません。それでは、学校を出るには出たのですか？」

「そうですの。今朝迎えの車が参りまして——そう、十一時半ごろだったかと思いますけど、それに乗っていかれたのですが」

「それは奇妙ですね、こちらへはぜんぜん姿を見せておられないのですから——大公に車をまわしている会社に、電話をしてみたほうがよさそうですね」

「困りましたわね。なにか事故でも起きていなければいいですが」とミス・チャドウィックは言った。

「いや、そう心配することはないと思います」と相手の青年は明るい声で言った。「事故ならば、そちらへ知らせが行くはずですから。でなければ、こちらのほうへか。わたしでしたら、心配はしませんよ」

だが、ミス・チャドウィックは心配になった。

「わたしはどうも不思議に思えるんですけど」

「もしかして――」青年は言いよどんだ。

「はあ?」とミス・チャドウィックは訊きかえした。

「こんなことは、大公のお耳には入れたくないことなのですけれど、ここだけの話としてお訊きするのですが、もしかして――その――ボーイフレンドがうろついていたなどということはなかったでしょうか?」

「そんなことは決してございません」とミス・チャドウィックはきっぱりと答えた。

「いやいや、そんな青年がいそうだと思ったわけではないのですが、若い娘というものはわからないものですからね。わたしの出くわしたさまざまな経験をお聞きになったら、きっとおどろかれることでしょう」

「その点は保証しますわ」とミス・チャドウィックは、威厳をもって答えた。「そういう種類のことは絶対にありえません」

だが、実際にありえないだろうか？　若い娘のことだからわからないではないか？

彼女は、受話器をかけると、あまり気は向かなかったが、ミス・ヴァンシッタートを探しにいった。ミス・ヴァンシッタートのほうが、自分よりも、こうした事態をうまく処理できると考えていい理由は何もなかったが、とにかく誰かと相談する必要を感じたのだ。ミス・ヴァンシッタートは即座にこう言った。

「もしや、あの二台目の車？」

二人は顔を見あわせた。

「このことを、警察へ知らせたほうがいいかしら？」とチャディはのろのろと言った。

「警察になんか、だめよ」とエレノア・ヴァンシッタートはぎょっとしたような声を出した。

「あの子も言ってたわね」チャディは言った。「何者かが自分を誘拐しようとするかもしれないって」

「あの子を誘拐？　そんなばかな」ミス・ヴァンシッタートは突っぱねた。

「それにしても――」ミス・チャドウィックはなおも食いさがった。

「バルストロード先生からわたしが留守をまかされたのですよ」とエレノア・ヴァンシッタートは言った。「わたしはそういったことは絶対に認めません。もうこれ以上警察沙汰にわずらわされたくはありませんよ」

ミス・チャドウィックは冷ややかな目で彼女を見た。彼女には、ミス・ヴァンシッタートの態度は近視眼的で、愚かしいように思えた。彼女は校舎へ引きかえし、ウェルシャム公爵夫人の屋敷に電話をかけた。あいにくみんな外出しているということだった。

14 ミス・チャドウィック眠れぬ夜を過ごす

1

ミス・チャドウィックは寝つけなかった。ベッドの中で何度も寝がえりをうち、ヒツジの数をかぞえてみたり、大昔からある眠りを誘ういろんな方法を試みてみたりした。無駄だった。

八時になってもシャイスタは戻らず、何の知らせもなかったので、ミス・チャドウィックは、事態を自分の責任において処理することに決め、ケルシー警部に電話をした。警部はそう重大な事件とは見なしていないようすだったので、彼女もほっとした。警部は一切を自分に任せてくれていいと言った。何か事故があったかどうかは簡単に調べられる。あとで、ロンドンに連絡をとってみる。必要と思われるあらゆる処置をとるつもりでいる。おそらくその生徒は勝手に遊びほうけているものと思われる。学校でもなるべくことを伏せておくほうがいい。シャイスタは今夜はクラリッジ・ホテルの叔父のところに滞在していることにしてはどうか。そんなふうに警部は忠告した。

「先生にしても、バルストロード先生にしても、これ以上新聞沙汰になることは、お望みにならないでしょう」とケルシーは言った。「彼女が誘拐されたなどということは、ちょっと考えられないことです。ですから、先生もあまり心配なさらないように。われわれに一切を任せておいてください」

それでも、ミス・チャドウィックは心配せずにはおれなかった。

眠れないままにベッドに横たわっている彼女の頭の中では、誘拐の可能性から殺人事件へと、考えが戻っていった。

メドウバンク校で殺人事件が。恐ろしいことだ！　信じられないようなことだ！　メ、ドウバンク校で。ミス・チャドウィックはメドウバンク校を愛していた。多少ちがった意味でではあろうが、おそらくバルストロード校長よりもなお深い愛着を持っていたと言えよう。メドウバンク校の経営は冒険的な、勇気のいる事業だった。彼女は忠実にミス・バルストロードに従って大胆な事業に乗りだしてからというもの、何度となくパニックに陥りそうになった。かりにすべてが失敗に終わったとしたら。彼女たちは大して資金も持っていなかったのだった。もしうまくいかなかったら――もし後援者たちが手を引いてしまったら――ミス・チャドウィックは心配性だったし、常に無数の〝もし〟を列挙することができた。ミス・バルストロードは冒険を楽しみ、事業の危険性を楽しんでいたが、チャディはそうではなかった。彼女は、ときには不安に堪えかねて、メドウバンク校をもっとありきたりの方法で経営してほしいと哀願したこともあった。そのほうが安全だ、と彼女は主張した。だが、ミス・バルストロードは安全性には無関心だった。彼女には学校というものの独自の理想像があり、大胆にそれを追求した。やがて、彼女の大胆さの正しさが立証された。だが、成功が既成事実《フエタコンプリ》となった時、チャディはどんなにホッとしたことか。メドウバンク校が英国のすぐれた学園のひとつとして、無事に基礎を確立した時には。そうなると、メドウバンク校に対する彼女の愛がどっと溢れでてきた。懸念も、恐れも、不安も、すべてが消えさった。平和と繁栄とがやってきた。彼女は、のどを鳴らしているめす猫のように、ぬくぬくとメドウバンク校の繁栄の温《ぬく》もりにひたった。

ミス・バルストロードが初めて引退の意向をもらした時、彼女はすっかり狼狽した。よりによってこんな時に引退――すべてがやっと順調にいくようになった今？　頭がどうかしているんじゃないの！　ミス・バルストロードは、旅行がしたい、世界にはまだ自分の見ていないものがたくさんある、と言った。チャディは承服できなかった。どこにも、何ひとつ、メドウバンク校の半分の価値のあるものだってあるはずがない！今までは、メドウバンク校の安全を傷つけるものなど、何ひとつあるはずがないと思っていたのに——ところが今——殺人事件が！

こんな醜悪な、狂暴な言葉が——礼儀を知らない暴風のように、外界から押しいってくるとは。殺人——それは、ミス・チャドウィックにとっては、飛びだしナイフを持った非行少年や、自分の妻を毒殺する非道な医師を連想させるだけの言葉だった。ところが、殺人がここで——学校内で——しかも、こともあろうに、このメドウバンク校で。信じられないことだ。

まったくミス・スプリンガーもミス・スプリンガーだ——そりゃ、当然気の毒なあの人には罪がない——それにしても、非論理的ではあるが、ミス・スプリンガーにもある意味では罪があったとチャディには思えた。あの人はメドウバンク校のしきたりを知らなかった。気のきかない人だった。なんらかのかたちで、自分から死を招いたに違いない。ミス・チャドウィックは寝がえりをうち、枕をひっくり返し、ひとりごとを言った。

「こんなことを考えつづけていちゃいけない。起きてアスピリンでも飲んだほうがよさそうだわ。五十まで数をかぞえてみよう……」

五十まで数えおわらないうちに、彼女の想念はまた同じ道を辿りはじめた。心配。こうしたことのすべてが——もしかすると今度の誘拐事件までが——新聞にのりはしないか？　父母たちは、それを読んで、慌てて娘を退校させるのでは……

　これではいけないわ。気持ちを落ちつけて、眠らなきゃ。何時かしら？　彼女は明かりをつけて、時計を見た——一時十五分前をちょっとすぎていた。ちょうどこれくらいの時刻に、気の毒なミス・スプリンガーは……いけない、もうそんなことを考えるのは止めよう。それにしても、ほかの者を誰も起こさないで、あんなふうにひとりで出ていったりするなんて、ミス・スプリンガーはなんてばかだったのだろう。

「やはりアスピリンを飲むしかなさそうだわ」とミス・チャドウィックはつぶやいた。

彼女は起きあがって洗面台へ行った。アスピリンを二錠、水で飲みこんだ。戻ってくる途中、彼女は窓のカーテンを開け、外を覗いてみた。べつに理由があってのことではなく、自分を安心させたかったからだ。こんな真夜中に室内競技場に明かりがついていたりするはずがないことを、実際に目で知りたかった。

ところが、明かりが見えた。

　すぐにチャディは行動にうつった。丈夫な靴に足をつっこみ、厚手のオーバーに袖を通すと、懐中電灯を手にとって部屋を飛びだし、階段を降りた。さっきは、ミス・スプリンガーが調べに行くまえに応援を求めなかったことを責めたが、自分の場合になると、そんなことはぜんぜん頭にも浮かばなかった。ただひたすら競技場へ駈けつけて、侵入者の正体を突きとめたい一心だった。彼女は立ちどまって武器を――いい武器ではないにしても、武器になりそうなものをつかみとり、横のドアから出て、灌木の茂みのあいだの小径を足ばやにたどった。息を切らしてはいたが、決意は確固としていた。ついに戸口のそばまで辿りつくと、彼女ははじめて歩速をおとし、足音を立てないように気をつけた。ドアには隙間が開いていた。彼女はさらにそれを押しあけ、中を覗いた……

2

ちょうどミス・チャドウィックがアスピリンを探しに起きた頃、アン・シャプランドは、黒のパーティードレスをまとった魅力的な姿で、ル・ニド・ソーヴァージュのテーブルについて、チキンのシュプレーム・ソース添えを食べながら向かいに座っている青年に笑顔を向けていた。愛しいデニス、この人はほんとうにいつも変わらないわ、とアンは心の中で思った。この人と結婚した場合は、それがわたしには堪えられそうにない。それにしても、やはりこの人は可愛い人だわ。彼女は口に出してはこう言った。

「ほんとうに楽しいわ、デニス。すばらしい変化なんですもの」

「今度の勤め先はどうだい？」とデニスは訊いた。

「そうね、実を言うと、けっこう楽しんでいるの」

「きみらしくない仕事って気がするんだが」

アンは笑い声をたてた。「何がわたしらしい仕事かと訊かれたら、自分でもちょっと困りそうだわ。わたしって変化が好きなのよ、デニス」

「なぜきみがマーヴィン・トッドハンター卿のところを辞めたのか、ぼくにはさっぱりがてんがいかないよ」

「あれは、おもに卿のせいよ。あの老人がわたしに愛想をふりまくものだから、奥様が気になさって。それに、奥様がたににらまれないようにするのがわたしの処世術のひとつでもあるわ。奥様がたににらまれると、ひどい目にあうものね」

「ひっかかれるってわけか」とデニスは言った。

「ううん、そうじゃないのよ。わたしはむしろ妻たちの味方よ。それはともかくとしても、わたしはマーヴィン老人よりはレディー・トッドハンターのほうが好きだったわ。どうしてわたしの今の仕事が、そんなに不思議なの？」

「なにしろ、学校だからね。きみはまるで学者的な人間じゃない、ってところかな」

「そりゃ、教師になるのはまっぴらよ。閉じこめられて暮らすのなんかいやだし、女ばかりで暮らすのも性に合わないわ。でも、メドウバンクのような学校での秘書の仕事はかなりおもしろいわ。あそこはほんとにユニークな学校なんだから。ミス・バルストロードもユニークな女性だわ。確かに大した人物よ。あの人の青みがかった灰色の目で見られると、内奥の秘密までも見抜かれそうな気がするわ。あの人のそばにいると、こっちの気持ちもピンと張りつめる感じがするわ。あの人の手紙の口述筆記をしていても、一字だって間違えたくないと思うもの。そうなのよ、たしかにあの人は大した人物だわ」

「きみがそういう仕事に飽きてくれるとありがたいんだがね」とデニスは言った。「もうきみも、勤め口から勤め口へ渡りあるいたりするのは、止めてもいい頃だと思うんだがね――家庭に落ちついてもね」

「あなたはやさしい人ね、デニス」とアンはどっちつかずな言いかたをした。

「ぼくら、きっと楽しく暮らしていけるよ」

「そうね」とアンは言った。「でも、まだ決心がつかないわ。それになんと言っても、母のことがあるし」

「そう言えば。実はね――ぼくもそのことできみに話があったんだ」

「母のことで？　どういうこと？」

「きみも知ってのとおりに、ぼくはきみをすばらしい人だと思っている。興味の持てる勤めについても、それを惜しげもなく棄てて、お母さんのもとに帰ってあげるところなんかね」

「それは、時々母がひどい発作に襲われるものだから、やむをえないのよ」

「それは知っているんだ。今も言ったように、きみはすばらしい人だとは思うよ。でもさ、今は施設がある。非常に立派な施設がね——そういう所でなら、きみのお母さんのような人たちも、行きとどいた看護を受けることができるはずだ。精神病院なんかじゃなくてさ」

「でも、莫大な費用がかかるわ」とアンは言った。

「そんなことはない。必ずしもそうとは限らないんだ。中には国民健康保険が使える所だって——」

アンの声に、にがにがしさが混ってきた。「そうね、そりゃ、いつかはそういうことになると思うわ。でも、今のところは、親切なお婆さんがつき添っていてくれて、ふだんはなんとかやってくれてるわ。母も、たいていの時は正常なのだし——それに、いざという時には——正常ではない時には、わたしが帰って、手を貸すこともできるんだから」

「お母さんは——その——ぜんぜん——」

「狂暴にならないかと言うの、デニス？　あなたもずいぶんどぎつい想像をなさるのね。違うわ。わたしのだいじな母は絶対に狂暴になんかなりません。ただ、頭が混乱してくるだけ。自分のいる所も、自分の名前も忘れてしまって、長い散歩に出かけたがるの。そういう時には、汽車かバスに乗ってどこかへ行ってしまうこともあるわ——そりゃ、厄介なのは確かよ。時には、一人では手におえないこともあるわ。だけど、頭が混乱している時でも、母はしごく幸福だし、時には愉快になってくることもあるわ。いつだったかも、こんなことを言うのよ。〝ねえ、アン、ほんとうに困ってしまうんだよ。チベットへ行こうとしていたことはわかったんだけど、ドーバーのあのホテルに座りこんでみると、さてどうやって行ったらいいのかもわからなくなってしまってね。そこで、わたしはなぜチベットへなんか行こうとしているのか、考えてみたんだよ。そしたら、もう家へ帰ったほうがいいという気になったのさ。ところが、今度はいつ家を出たのかも思いだせないじゃないの。ほんとうに困るものなんだよ、何ひとつ思いだせないということは〟母はいかにもおもしろそうにそんな話をしたのよ。自分でも自分の振舞いのユーモラスな面を見てとっているのね」

「ぼくはまだ一度もお母さんにお目にかかったことがない」とデニスは言いだした。

「あまり人には、会わせたくないのよ」とアンは言った。「それが自分の家族にしてあげられるただひとつの奉仕じゃないかと思うわ。世間から——好奇心や憐憫の目から、護ってやることが」

「べつに好奇心じゃないんだよ、アン」

「そりゃ、あなたの場合はそうじゃないと思うわ。でも、憐憫はひそんでいそうね。それもわたしはいやなのよ」

「きみの気持ちは、ぼくにもよくわかるよ」

「でも、わたしが、時おり勤めを捨てて、いつまでともわからないのに家へ帰らねばならないのを、苦にしていると思っているのだったら、それは間違いよ」とアンは言った。「わたしはね、最初からどんなことにも深入りする気はなかったわ。秘書の訓練を受けて、最初の勤めについた時からそうだったの。だいじなのは、自分の職業にほんとうに練達することだと思ったわ。こちらにほんとうに仕事の腕があれば、勤め口なんかは選び放題ですもの。場所がかわれば、いろんな生活を見られるわ。今は学校の生活を観察しているというわけなの。英国でも最上の学校を、内側から観察しているのよ！　あそこにはたぶん一年半ぐらいはいると思うわ」

「きみは、なにかに夢中になるということがぜんぜんないのかい？」

「そうね、ないわね」とアンは考え顔で答えた。「生まれながらの傍観者っていうところらしいわ。どちらかというと、ラジオの解説者に近いわね」

「いやに超然としてるんだなあ」とデニスは憂鬱そうに言った。「どんなことにも、どんな人間にも、あまり関心を持っていないんだね」

「わたしだって、いつかは関心を持つようになるわよ」とアンははげますように言った。

「きみのものの考え方や、感じ方は、ぼくも多少は理解している」

「さあ、それはどうかしらね」とアンは言った。

「とにかく、きみは一年とは続かないと思うな。きっと女ばかりの生活に飽きてくるよ」とデニスは言った。

「すこぶるハンサムな園丁もいるのよ」とアンは言った。デニスの表情に気がつき、笑いだした。「元気をだしなさいよ。ちょっとあなたにやきもちを焼かせてみようと思っただけじゃないの」

「女の先生が殺されたとかいう事件はどうなったの？」

「ああ、あれ」アンはきまじめな、考え深い表情になった。

「あの事件は奇妙なのよ。非常に奇妙な事件。被害者は体育の先生だったのよ。よくあるタイプのね。わたしはみにくい体育の女教師でございます、といったような。あの事件には、まだ表に現われていないことがうんとひそんでいると思うわ」

「それにしても、よからぬことに巻きこまれるなよ」

「そう口で言うほど簡単じゃないわよ。わたしはまだ探偵としての才能を発揮する機会を、一度も持ったことがないのよ。もしかすると、相当の腕を持っているかもしれないじゃない」

「ほら、そういうことを言いだす」

「だって、べつに危険な犯罪者を追跡しようというんじゃないのよ。ただね——つまり、多少の論理的な推理をやってみようというわけなの。なぜ、誰がとか、なんの目的で、といったようなことをね。ひとつだけ、ちょっと興味のある情報にぶつかったのよ」

「アン！」

「そんなに深刻な顔をしないでよ。ところが、それはどこにもつながりそうにないのよ」とアンは考え顔で言った。「ある点まではぴったりゆくと思っていると、とたんに駄目になってしまうの」ついで、彼女は陽気にこうつけくわえた。「いずれ第二の殺人事件が起きて、それでいくらか事情がはっきりしてくるかもね」

ちょうどその瞬間、ミス・チャドウィックが室内競技場のドアを押しあけた。

15　殺人事件は繰りかえす

「一緒に来てくれ」とケルシー警部は、むずかしい顔をして部屋に入ってくるなり言った。「また起きたんだ」

「またって、何がですか？」アダムはさっと顔を上げた。

「また殺しさ」とケルシー警部は答えた。彼は先にたって部屋を出てゆき、アダムもついていった。二人でアダムの部屋に座りこんで、ビールを飲みながらいろいろな可能性を論じあっていた時に、ケルシーが電話に呼ばれたのだった。

「殺《や》られたのは誰です？」アダムは、ケルシー警部について階段を降りながら、訊いた。

「今度も先生なんだ――ミス・ヴァンシッタート」

「場所は？」

「室内競技場だよ」

「また室内競技場で？」とアダムは言った。「いったいどうしたんだろう、あの競技場は？」

「今度は、きみがあそこをひとわたり調べてみてくれ」とケルシー警部は言った。「きみの捜索方法のほうが、われわれのやり方よりも成果を上げるかもしれない。あの室内競技場には何かがあるに違いないんだ。でなきゃ、揃いも揃って、あんなところで殺されるはずがないじゃないか？」

彼とアダムとは警部の車に乗った。「医者が先に行っているはずだ。あの男のほうが近いから」

煌々と電灯の輝いている室内競技場に入った時、ケルシーは同じ悪夢を繰りかえして見ているような気がした。そこには、またも死体が横たわっており、医師がその横に膝をついていた。今度も、医師は膝を伸ばし、立ちあがった。

「死後三十分ばかりです」と医師は言った。「多くて四十分でしょう」

「発見者は？」とケルシーは言った。

部下の一人が答えた。「ミス・チャドウィックです」

「というと、あの年寄りの先生だな？」

「そうです。明かりが見えたので、来てみると、この人が死んでいたそうです。ところがるようにして校舎へ引きかえしたんですが、少々ヒステリーじみています。電話をかけてきたのは寮母のミス・ジョンスンです」

「よし」とケルシーは言った。「凶器は？　またピストルですか？」

医師は首を振った。「いや、今回は後頭部を強打されてる。こん棒か砂袋《すなぶくろ》かもしれない。とにかく、そういった種類のものです」

スティールヘッドのゴルフクラブが戸口の近くに転がっていた。現場で多少乱されているような感じを与えているものといえば、それだけだった。

「あれはどうだろう？」ケルシーは指さした。「あれで殴られたとは考えられませんか？」

医師は首を振った。「不可能です。死体には全然傷跡が残っていない。重いゴム製のこん棒か、砂袋か、そういったものであることはたしかです」

「すると――プロのしわざかな？」

「おそらくそうでしょう。犯人は何者にせよ、今回はまったく音をたてないつもりだったらしい。うしろから忍びよって、後頭部に一撃を加えた。被害者はうつ伏せに倒れ、おそらく何が起こったかもわからずじまいだったでしょう」

「彼女は何をしていたのでしょうか？」

「おそらく膝をついていたのでしょう。このロッカーの前にね」と医師は言った。

警部は問題のロッカーのそばへ行ってながめた。「ここに書いてあるのは生徒の名前らしいな」と彼は言った。

「シャイスタ——はてな、これはあの——例のエジプトの女の子の名前じゃないかね？　シャイスタ王女だ」彼はアダムのほうを向いた。「関連がありそうじゃないか？　待てよ——あの娘は、今夜行方不明になったと報告のあった生徒じゃないか？」

「そのとおりです」と巡査部長が答えた。「車が迎えにきたのです。ロンドンのクラリッジ・ホテルに滞在中の叔父がよこしたことになっている、車ですがね。娘はそれに乗っていったわけです」

「何も報告は入っていないのか？」

「今までのところでは、何も。捜査網は張りました。警視庁《ヤード》も乗りだしてくれていま す」

「誘拐手段としては、手際のいい単純なやり方ですね」とアダムは言った。「格闘も起きなきゃ、悲鳴も起きない。あの娘が迎えの車を予期しているということだけを探りだし、上流階級に仕える運転手らしい身なりをし、もう一台の車より先に到着しさえすればよかったわけだ。娘はなんのためらいもなく乗りこみ、自分の身にどういうことが起きかかっているか少しの疑惑も持たないで、乗っていってしまうに決まっている」

「乗り捨てられた車は見つかっていないのか？」とケルシーは訊いた。

「まだそういう報告はひとつも入っていません」と巡査部長は答えた。「申しましたように、警視庁が捜査にあたっています」と彼は言いそえた。「それから、特捜部も」

「少々政治的陰謀の臭いがするなあ」と警部は言った。「だが、あの娘を国外へ連れだせるとは、ちょっと思えない」

「いったいなんだってその娘を誘拐したがるのですか？」と医師がたずねた。

「そんなこと知るものか」とケルシーは暗い顔をして言った。「誘拐される恐れがあるということは、本人から聞いたのだが、ぼくは、面目ないことだが、自分の身分をひけらかしているだけだと思いこんでしまった」

「ぼくだって、その話を聞いた時にはそう思いましたよ」とアダムは言った。

「まずいことに、警察には充分に内情がわかっていないのだ」とケルシーは言った。

「つじつまが合わないことが多すぎる」彼はまわりを見まわした。「さて、ここではもうぼくにできることはなさそうだ。いつものやつを続けてくれ――写真や指紋なんかだ。ぼくは校舎へ行ってみたほうがよさそうだ」

校舎では、彼はミス・ジョンスンに迎えられた。彼女も動揺してはいたが、自制心は残していた。

「警部さん、恐ろしいことですわ」と彼女は言った。「先生が二人も殺されるなんて。お気の毒に、チャドウィック先生はたいへんなまいりかたですわ」

「なるべく早くお会いしたいのですが」

「お医者さんが何か飲ませてくださったので、今はもうずっと落ちつきを取りもどしてます。ご案内しましょうか？」

「ええ、一、二分したら。その前に、ヴァンシッタート先生に最後にお会いになった時のことを、できるだけお聞かせください」

「今日は一日じゅう顔を合わせていないのです」とミス・ジョンスンは答えた。「今日はずっと外出していたものですから。十一時ちょっと前にここへ帰りまして、まっすぐに自分の部屋へ行き、ベッドに入ってしまったのです」

「窓から室内競技場のほうをごらんになりませんでしたか？」

「見ませんでしたわ。そんなこと、頭にも浮かびませんでした。しばらくぶりで会った妹と一緒に一日をすごしましたので、家で聞いたいろんな話で頭がいっぱいだったのです。入浴後ベッドに入って本を読み、それから、電気を消して眠ってしまいました。次に気がついた時に、チャドウィック先生が、真っ青な顔をし、ぶるぶるふるえながら、飛びこんでこられたのです」

「ヴァンシッタート先生も今日は外出しておられたのですか？」

「いいえ、学校に残っておいででした。校長代理をしておられたのです。バルストロード先生も外出なさっていましたから」

「ほかには誰が残っておられたのですか、先生がたのことですが？」

ミス・ジョンスンはちょっと考えこんだ。「ヴァンシッタート先生、チャドウィック先生、フランス語の先生のマドモワゼル・ブランシュ、それから、ローワン先生」

「なるほど。それでは、チャドウィック先生のところに連れていっていただきましょうか」

ミス・チャドウィックは自室の椅子に座っていた。温い夜だったが、電気ストーブのスイッチを入れ、毛布で膝をくるんでいた。彼女は青ざめた顔をケルシー警部のほうへ向けた。「あの人は——ほんとうに亡くなったのですか？　みこみはありませんか——息をふきかえしそうな？」

ケルシーはゆっくりと首を振った。

「どうしていいかわかりませんわ」ミス・チャドウィックは嘆いた。「バルストロード先生はお留守だし」彼女はわっと泣きだした。「これでもうこの学校もおしまいだわ。メドウバンクもおしまいだわ。こんなひどいことが——こんなひどいことがあるでしょうか」

ケルシーは彼女のそばに腰をおろした。「よくわかります」と彼は同情をこめて言った。「よくわかりますよ。さぞ恐ろしいショックだったでしょう。ですがね、チャドウィック先生、どうか勇気をふるい起こしてください。そしてご存知のことを何もかも話していただきたいのです。警察が早く犯人を探りだすことができれば、それだけ厄介なことや新聞沙汰も少なくてすむわけですからね」

「ええ、ええ、それはわたしにもわかりますわ。実は、わたしは――早くベッドへ入ったのです。一晩くらい気持ちよくゆっくり眠りたいと思いまして。ところが寝つかれませんでした。何かと心配になって」

「学校のことがですか?」

「ええ。それから、シャイスタが行方不明になっていることも。そのうちに、スプリンガー先生のことも思い出されてきて、もしかすると――もしかすると、あの方の横死が父母に悪い影響を及ぼしはしないか、次の学期には、生徒たちを学校へ戻してくださらないのではないか、というようなことも。バルストロード先生のことを思うと、わたしはたまらない気持ちになりました。あの方がこの学校を創立なさったのですからね。あれだけの立派な業績をうちたてられたのですもの」

「それはそうですね。ところで、話をお続けくださいーーあなたはなにかと心配になってきて、眠れなかったわけですね？」

「そうなのです、ヒツジの数をかぞえてみたりいろいろしました。それから、起きて、アスピリンを飲んだのですが、その時に、ふと窓のカーテンを開けたのです。なぜそんなことをしたのか、自分でもよく判りません。スプリンガーさんのことを考えていたからかとも思いますわ。その時、わたしの目に映ったのです……あそこの明かりが」

「どういう種類の明かりでしたか？」

「さあ、ひらひら動いているような、つまりーー懐中電灯だったに違いないと思います。以前ジョンスンさんと一緒に見た時の明かりと同じようでした」

「そっくり同じだったのですね？」

「ええ。そうだったと思います。ちょっと今夜のほうが光が弱かったかもしれませんが、よくわかりませんわ」

「なるほど。それから？」

「それから」ミス・チャドウィックの声は急によく通るようになってきた。「わたしは、今度こそは、誰が何をしているのかつきとめてやろうと決心しました。そこで、立ちあがってオーバーや靴を身につけ、校舎を飛びだしたのです」

「誰かほかの人を呼ぼうとは、お思いにならなかったのですか?」

「ええ。思いませんでした。大急ぎで行ってみようとしていたものですから。その人間が——誰であろうと——逃げてしまいはしないかということだけを恐れていたのです」

「なるほど。続けてください、チャドウィック先生」

「そこで、わたしはできるだけ早く駈けていきました。ドアへ近づくと、すこし手前のところから忍び足になりました——足音を聞きつけられないようにして、中を覗いてみようと思ったからなのです。行きついてみると、ドアは完全には閉まっていませんでした——ちょっと隙間が開いたままになっていましたから、わたしはほんの少しそれを押しあけました。覗いてみると——あの人がうつ伏せに倒れて、死んでいたのです……」

彼女はぶるぶるとふるえだした。

「なるほどね。いや、よくわかりました。ところで、あそこにゴルフのクラブが落ちていたのですが、先生が持っていかれたのですか? それとも、ヴァンシッタート先生でしょうか?」

「ゴルフのクラブ?」とミス・チャドウィックはぼんやりとつぶやいた。「覚えがありませんわ——ああ、そうでした、玄関で手にとったような気がします。まさかの時に備えて持っていったのです——もしかすると、必要になるかもしれないと思って。エレノアの姿を見た時に、落としたのでしょう。それから、どんなふうにしてか、校舎へ引きかえし、ジョンスン先生を探しだしたのです――ああ！ ひどいことですわ。こんな辛いことが――これでもうメドウバンク校もおしまいだわ」

ミス・チャドウィックがヒステリックな声を上げた。ミス・ジョンスンが前へ進みでた。

「二度も死体を見つけたりしたのでは、だれだって神経がまいりますわ」とミス・ジョンスンは言った。「ことにこんなお年の方ですもの。あなたも、もうこれ以上お訊ねになるつもりはないでしょうね？」

ケルシー警部は首を振って同意した。

階段を降りる途中、壁のへこみに、旧式の砂袋がバケツと一緒に積み上げられているのが目にとまった。おそらく戦争中から始めた習慣だろう。彼は、ミス・ヴァンシッタートを殴り殺した犯人は、必ずしもこん棒を持ったプロとは限らないのではないかという不安な気持ちに襲われた。この建物の中にいる者なら、二度と銃声をたてる危険を冒したくないと思い、それに、恐らくは、この前の凶行に使った証拠品のピストルは処分してしまってもいたろうから、この、一見無害に見えても、致命的な凶器になる物を利用したかもしれないではないか――しかも、そのあとで、きちんと元の所へ戻しておくことさえできたはずだ！

16 室内競技場の謎

1

「おれの頭は血まみれだが、かぶとを脱ぎはしないぞ」とアダムは心の中でつぶやいた。彼は、ミス・バルストロードのようすを見ていた。彼は、女性に対してこれほど敬意を抱いたことはない気がした。彼女は自分のライフワークがガラガラと崩れおちかかっている今も、冷静に、なんの動揺するところもなく座っていた。

時おり電話がかかってきて、そのたびに、生徒がまた一人退学していくことが告げられる。

ついにミス・バルストロードは決心をした。警察の者たちにことわっておいて、アン・シャプランドを呼び、簡単な声明書を口述筆記させた。学校は今学期末まで休校する。何かの都合で生徒を家に引きとるのが難しい保護者の方は、学校にお残しくだされば、学校では喜んでその生徒をあずかり、教育を続ける。

「保護者の住所録はあなたのところにあったわね？　それから電話番号も？」

「ええ、ございます」

「では、電話にかかってちょうだい。そのあとで、タイプした通知書をもれなく送るようにするのよ」

「わかりました」

アン・シャプランドは出ていきかかったが、戸口の近くで立ちどまった。

彼女は頬をほてらせていて、言葉が一気に飛びだしてきた。

「失礼ですが、校長先生。差し出口だとは思いますが——残念なことになりはしないでしょうか？——早まったことをしてしまっては。つまり——最初のパニックが過ぎれば、保護者たちがじっくり考えるようになれば——きっと生徒たちを連れもどす気持ちはなくなると思います。分別のある態度になり、考えなおすのではないかと思いますが」

ミス・バルストロードは鋭く彼女を見すえた。

「わたしが簡単に敗北を受けいれすぎると思うのね？」

アンは顔をあからめた。

「承知してはいるんです——さぞ生意気な女だとお思いでしょう。でも——でも、ええ、やはりわたしにはそんな気がします」

「あなたは闘士なのね。それを知って嬉しい気がするわ。でも、あなたの考えは間違っていますよ。わたしは敗北を受けいれているのではないの。人間の性質についての知識に基づいて行動しているのよ。保護者たちにそれぞれの子供たちを引きとるようにすすめ、それを押しつける——そうされると、さほど引きとりたくないような気持ちになる。最悪の場合でも、自分たちのほうから、生徒を学校へ残しておく口実を考えだしたりする。最悪の場合でも、次の学期には、生徒を学校へ戻す気になると思うわ——かりに次の学期もあるとして」と彼女は暗い言葉をつけくわえた。

彼女はケルシー警部のほうを向いた。

「それもあなたがたしだいですよ」と彼女は言った。「今までの殺人事件を解決してくださること——犯人を捕えることです——そうすれば、この学校も安泰です」

ケルシー警部は憂鬱そうな顔をしていた。「われわれも最善を尽しています」と彼は言った。

アン・シャプランドは出ていった。

「有能な娘ですわ」とミス・バルストロードは言った。「それに、忠実でもあるし」

この言葉はかっこで囲んでもいい性質の言葉だった。彼女はさらに攻撃の語調を強めた。

「室内競技場でここの教師二人の生命を奪った犯人については、まだなんのめぼしもついていないのですか？　もうなんとかなってもよさそうなものではありませんか。それに他の何より、あの誘拐事件のこともありますよ。あの件では、わたし自身にも責任があります。あの子は、自分を誘拐しようと狙っている者がいると言っていたのですからね。申しわけのないことに、わたしはあの子が自分を偉く見せかけようとしているだけだと思っていました。今になってみると、そのかげに何かあったに違いないことがわかります。誰かがそんなことをほのめかしたか、警告したに違いないのです――そのどちらともわかりかねますが――」彼女はちょっと言葉を途切らせたが、また続けた。「なんの情報もないのですか？」

「ええ、今までのところは。ですが、その件についてはさほどご心配には及ばないと思います。事件は捜査部の手に渡っているのです。特捜部も乗りだしてくれています。二十四時間以内に、おそくても三十六時間以内には、あの娘を見つけだすはずです。この国には、島国の利があります。港にも、空港にも、すべて手配が行っています。全地区の警察も厳重に見張っています。誘拐することは実際にはやさしいのですが――誘拐した人間を隠しておくのは、これは厄介な仕事です。必ずわれわれの手で捜しだして見せますよ」

「あの子の生命のあるうちに、捜しだしてほしいものですわ」とミス・バルストロードはきびしい顔つきで言った。「なにしろ、相手は人間の生命なんかなんとも思っていないらしいのですからね」

「あの娘を片づけるつもりなのでしたら、わざわざ誘拐するような手間はかけなかったろうと思います」とアダムは言った。「ここでのほうが簡単に殺せたはずですからね」

彼はあとの言葉はまずかったと気がついた。ミス・バルストロードはさっと彼に目を向けた。

「そうらしいですね」と彼女はそっけなく言った。

電話が鳴った。ミス・バルストロードが受話器を取りあげた。

「もしもし」

彼女はケルシー警部を手招きした。

「あなたにです」

アダムとミス・バルストロードは、電話を聞いている警部を見守っていた。彼は、低い声で返事をしながら、一、二度何か走り書きしていたが、最後にこう言った。「わかりました。オールダートン・プライアズ。ウォールシャですね。はあ、ご協力いたします。承知しました、警視。それでは、わたしはこちらで仕事を続けます」

彼は受話器をかけ、ちょっとのあいだ、そのまま考えこんでいた。やがて、顔を上げた。

「大公のところへ今朝、身代金要求の手紙が来たそうです。新型のコロナでタイプしてあり、消印はポーツマス。それはごまかしに違いないが」

「場所と方法は？」とアダムが訊いた。

「オールダートン・プライアズの北三キロほどの四つ辻。草も木もない沼地だ。金を入れた封筒を、明朝の午前二時に、そこの防空信号所のうしろの石の下に置いておくこと」

「金額は？」

「二万ポンド」彼は頭を振った。「どうも素人くさい感じだ」

「あなたはこれからどうなさるのですか？」とミス・パルストロードが訊いた。

ケルシー警部は彼女のほうを向いた。彼は別人のようになっていた。役人の秘密主義が、すっぽりと外套のように彼の身体を包んでいた。

「そちらの件は、他の者が担当します。警察には警察のやり方がありますから」と彼は答えた。

「そのやり方が成功してくれればいいですがね」とミス・バルストロードは言った。

「なに、そんなことはやさしいはずです」とアダムは言った。

「素人くさいんですって？」とミス・バルストロードは、さっき二人の使った言葉に飛びついた。「もしかすると……」

ついで、彼女は鋭い口調でこう言った。「ここの教職員はどうでしょうか？　残っている人たちのことですけど？　あの人たちを信頼していいものでしょうか、どうでしょう？」

ケルシー警部が返事をためらっていたので、彼女はこう言った。

「嫌疑の晴れていない人たちの名前をあげると、その人たちに対するわたしのそぶりで感じとられてしまうと、心配していらっしゃるのでしょう。それは間違っています。わたしは決してそんなことはしません」

「先生がそんなことをなさりそうな方だとは、思ってもいません」とケルシーは答えた。「ですが、危険をおかす余裕はないのです。ちょっと見たところでは、この学校の教職員の方がたの中には、われわれの捜している犯人がいるはずがないように思えます。もちろん、今のところ、まだ全員の調べは終わっていません。われわれは特に、今学期になってからの新任の人たちに注意を向けてきました——つまり、マドモワゼル・ブランシュ、ミス・スプリンガー、それから、先生の秘書のミス・シャプランド。ミス・シャプランドの経歴は完全に裏がとれています。彼女は退役将軍のひとり娘で、自分で言っているとおりの職についてきていますし、以前の雇い主たちも彼女の人物について保証しています。それに、昨夜はアリバイがありました。ヴァンシッタート先生が殺害された頃には、デニス・ラスボーンという男と、あるナイト・クラブにいたのです。二人ともそこではよく顔を知られており、ラスボーンという男は評判のいい人物です。マドモワゼル・ブランシュの経歴も調べてみました。彼女は、イングランドの北部のある学校と、ドイツの二つの学校で教師をしたことがあり、こちらも評判はたいへんいいようです。一流の教師だと言われています」

「この学校の基準では、そうでもありません」とミス・バルストロードは軽蔑したように言った。

「彼女のフランスでの経歴についても調べてあります。ミス・スプリンガーについては、はっきりしない点があります。学歴は本人の述べているとおりですが、就職していたあいだの期間には、説明のつかないギャップがあります。

ですが、本人は殺害されているのですから、無罪を立証されたと見ていいでしょう」

と警部はつけくわえた。

「わたしも、スプリンガー先生とヴァンシッタート先生の二人が容疑者の埒外《オル・ド・コンバ》だという点には、同意見ですわ」とミス・バルストロードはそっけなく言った。「もっと理屈に合った話をしようではありませんか。マドモワゼル・ブランシュは、非のうちどころのない経歴を持っているにも拘らず、まだ生きているという理由だけで容疑者にされているのですか？」

「あの人は、どちらの犯行もやれる可能性を持っていました。昨夜もここに、この建物内にいたわけです」とケルシーは言った。「昨夜は早くベッドに入り、眠ってしまって、事件の起きたことを知らされるまでは何も耳にしなかったと自分では申し立てています。その逆の証拠もありません。彼女に不利な材料は、何ひとつ見つかっていないわけです。ですが、ミス・チャドウィックがはっきりと、あの人は陰険だと言っております」

　ミス・バルストロードは苛立たしそうにその意見を一蹴した。

「ミス・チャドウィックは、いつでもフランス人教師のことを陰険だと言うんですよ。あの人には、フランス人に対する偏見があるんです」彼女はアダムのほうを向いた。

「あなたのお考えは？」

「マドモワゼル・ブランシュには、人のことを嗅ぎだしたがる癖があるようです」とアダムはゆっくりと言った。「生まれつき詮索好きなだけかもしれませんが、それ以上の何かがひそんでいるのかもしれません。ぼくもそこのところは判断しかねているのです。あの人が人を殺せる人間だとは、ぼくには思えませんが、人間というものはわかりませんからね」

「まさにそのとおりだよ」と、ケルシーは言った。「ここにはたしかに殺人犯がいる、二度も殺人を犯した残忍な人間が――しかし、それが教職員の一人だとは、どうも信じかねる。ミス・ジョンスンは、昨夜は妹さんとライムストン・オン・シーにいましたし、いずれにせよ、七年間もこの学校に勤めてきた人です。ミス・チャドウィックは、開校以来ここに勤めています。いずれにせよ、あの二人はミス・スプリンガーの死については、嫌疑外です。ミス・リッチは一年以上ここに勤めており、昨夜は、三十キロ離れたオールトン・グランジ・ホテルに泊っていました。ミス・ブレイクは友人たちといっしょにリトルポートにいましたし、ミス・ローワンは一年間ここに勤めており、経歴も立派です。使用人たちについては、正直に言って、どの人間も殺人犯とは思えません。みんなこの土地の者ばかりですし……」

ミス・バルストロードは愛想よくうなずいた。

「あなたの推理にはわたしも賛成ですわ。あとはもうあまり残っていませんね？　してみると――」彼女は言葉をきり、とがめるような目をアダムに向けた。「どうやら――

犯人はあなたに違いないみたいですね」

彼は、あっけにとられて、ぽかんと口を開けた。

「現場にいて、出入りは自由だし……ここにいるだけの理由もちゃんと備わっている。素性も確か、しかしそのつもりになれば裏切ることもできるわけですからね」

アダムがわれに返った。

「恐れいりましたよ、バルストロード先生」と彼は感嘆の声を上げた。「先生には脱帽しますよ。先生はすべてを考慮されるのですね！」

2

「まあ、たいへんだわ！」と朝食のテーブルについていたサットクリフ夫人は叫んだ。「ヘンリー！」

彼女は新聞を開いたばかりだった。

彼女と彼女の夫とのあいだには、テーブルがかなり広く空いていた。週末の客たちがまだ食事に姿を現わしていなかったからだ。

サットクリフ氏は、さっきから新聞の経済面を開いていて、ある株価の意外な動きに注意を奪われていたので返事をしなかった。

「へ、へ、ヘンリー！」

このラッパのような大声は、さすがに彼の耳にも届いた。彼はびっくりして顔を上げた。

「どうしたんだい、ジョアン？」

「どうしたどころじゃないわよ！　また人殺しよ！　メドウバンク校で！　ジェニファーの行っている学校よ」

「なんだって？　ちょっとその新聞を見せろ！」

あなたのほうの新聞にも書いてあるはずだという、妻の言葉にはおかまいなしに、サットクリフ氏はテーブル越しに身を乗り出し、妻の手から新聞をひったくった。

「ミス・エレノア・ヴァンシッタートは……室内競技場……体育教師のミス・スプリンガーの殺害現場で……ふむ……ふむ……」

「信じられないわ！」サットクリフ夫人は、甲高い叫び声を上げた。「メドウバンク校で。あんな名門の学校なのに。王族も行ってたりするのに……」

サットクリフ氏は、新聞をくしゃくしゃに丸めると、テーブルに投げだした。

「打つべき手はただひとつだ」と彼は言った。「すぐに行って、ジェニファーを引きとってこい」

「あの子を辞めさせるの——退学させるの?」

「そういうことだ」

「何もそこまでしなくてもいいんじゃない? ロザモンドがあんなに親切に奔走してくれたおかげで、やっと入れたのに」

「娘を引きとる親は、きみだけじゃないに決まっている! きみのありがたがっているメドウバンク校にも、いまに欠員がうんとできるぞ」

「まあ、ヘンリー、あなたはそう思って?」

「決まったことだ。あそこには、何かろくでもないことがあるんだ。今日のうちにジェニファーを連れてくるんだ」

「そうね——そりゃ——あなたの言うとおりかもしれないわ。あの子をどうしたらいいかしら?」

「どこか近くの新中等学校へ入れればいい。そういう所なら、殺人事件なんて起きはしないよ」

「ところが、そ、う、じゃ、な、いのよ。あなたは憶えていないの? 男子生徒が科学の先生を撃ったことがあるのよ。先週の《ニューズ・オブ・ザ・ワールド》誌にのっていたわ」

「いったいイギリスはどうなってゆくのかなあ」とサットクリフ氏は慨嘆した。

彼は、つくづくいやだと言わんばかりに、ナプキンをテーブルの上に放りだし、大股に食堂を出ていった。

3

アダムはひとりで室内競技場にいた……器用な指で、ロッカーの中身をひっくり返して調べていた。警察の失敗した場所で何かを見つけだすなどということは、ちょっと考えられないことだったが、それでも、万一ということもある。ケルシーが言っていたように、それぞれの部門によってやり方も少しずつ違っているのだから。

この金のかかったモダンな建造物と、突然の暴力による死とを結びつけているものは、いったい何なのか？　あいびき説は消えた。人殺しの起きた場所で二度もあいびきをしようなどと考える者がいるとは思えない。すると、やはり、何者かの狙っているものがここにある、ということになる。それが隠された宝石だとはどうも考えられない。宝石は除いていいように思えた。秘密の隠し場所だとか、底が二重になったひきだしだとか、バネ仕掛けの掛金だとか、そういった種類のものがここに作ってあるはずもないのだから。それに、ロッカーの中身も情ないほど単純なものばかりだった。ロッカーにはロッカーなりの秘密がありはしたが、それは学校生活の秘密だった。アイドルたちのブロマイド、煙草、時には怪しげなペーパーバック。彼はシャイスタのロッカーに引きかえしてみた。ミス・ヴァンシッタートは、このロッカーを覗きこんでいた時に殺されたのだ。彼女はここで何を見つけるつもりだったのか？　実際にそれを見つけたのか？　あの人を殺した者は、それを死体から奪って、ミス・チャドウィックに見つからないうちに、すばやくこの建物から脱けだしたのか？

そうすると、探してみても無駄だ。その品物が何であったにせよ、もう消えてなくなっている。

外の足音に、考えを中断された。立ちあがり、部屋の中央で煙草に火をつけようとしていると、入口にジュリア・アップジョンが、ちょっとためらいながら姿を現わした。

「何かご用ですか？」とアダムは訊いた。

「ラケットを持ちだしてもいいかしら？」

「かまわないでしょう」とアダムは言った。「お巡りさんがわたしにここをまかせて帰ったのです」とアダムはでたらめな弁解をした。「署に用事があってね。帰ってくるまで、ここにいてくれと頼まれた」

「あの人が引きかえしてくるかもしれない、というわけね」とジュリアは言った。

「お巡りさんですか？」

「違うわよ。殺人犯よ。そうするものなんじゃないの？　犯罪の現場へ戻ってくるものよ。そうしないではおれないんだから！　一種の強迫観念よ」

「そうかもしれませんね」とアダムは言った。彼は枠木にはめてすき間なく並べてある幾列ものラケットを見あげた。「あなたのはどのあたりですか？」

「Uのところよ」と、ジュリアは言った。「いちばん向こう端。それぞれ名前が書きこんであるのよ」ラケットを受けとると、彼女は名札のシールを指さして見せた。

「だいぶ使いこんでありますね」とアダムは言った。「だが、もとはいいラケットだったらしい」

「ジェニファー・サットクリフのも持っていっていい？」とジュリアは訊いた。

「新品だな」とアダムは、それを手わたしながら、感心したように言った。

「真新しいのよ」とジュリアは言った。「ついこの前小母さんに送ってもらったんだから」

「運のいいお嬢さんだなあ」

「ジェニファーはいいラケットを持って当然よ。すばらしくテニスがうまいんだから。今学期になって、バックハンドがすごく上達したわ」彼女はまわりを見まわした。「戻ってくるとは思わない?」

アダムは、すぐには意味がつかめなかった。「ああ。犯人が? そんなことは、実際には起りそうにないですね。少々冒険じゃありませんか?」

「殺人犯たちがそうせずにはいられないとは、思っていないのね?」

「忘れものでもしない限りはね」

「手がかりのこと? わたし、手がかりを見つけたいわ。警察は見つけたの?」

「わたしなんかには話しちゃくれませんよ」

「そりゃそうだわね……あなたは犯罪に興味がある?」

彼女は訊ねるように彼の顔を見た。彼も見かえした。彼女には、まだ大人の女らしいところはぜんぜんなかった。シャイスタと同じ年頃に違いないが、彼女の目には、好奇心以外には何も宿っていなかった。

「そうですね——たぶん——ある程度までは——皆そうなんじゃありませんか」

ジュリアは、わが意をえたりというように、うなずいた。

「そうね。わたしもそう思うわ……いろんな推理ができるのよ——だけど、たいていはひどく現実離れしているの。おもしろいけどね」

「ヴァンシッタート先生がお好きじゃなかったのですか？」

「考えてみたこともなかったわ。でも、ちゃんとした先生だったわ。ちょっと牡牛《ブル》に——バルストロード先生に似てたけど、ほんとうのところは、似ているとは言えなかった。それよりも、芝居の代役ってところね。先生が亡くなられて嬉しいという意味じゃないのよ。あのことはお気の毒に思ってるわ」

彼女はラケットを二本抱えて出ていった。

アダムはあとに残り、室内競技場を見まわした。

「いったいここには何があったんだ？」と彼はつぶやいた。

4

「まあ！」ジェニファーはジュリアのフォアハンドの打球《ドライブ》を受けようともしなかった。

「お母さんだわ」

二人の少女は向きなおり、ミス・リッチに案内されて、身ぶりをまじえながら急ぎ足にこちらへやってくる興奮状態のサットクリフ夫人の姿を見つめた。

「またひと騒ぎよ、きっと」とジェニファーはあきらめ顔で言った。「あの殺人事件のことだわ。あなたは運がいいわね、ジュリア。お母さんがおとなしくバスでコーカサスをまわっているんだもの」

「でも、イザベル叔母さんがいるわよ」

「叔母さんとお母さんとでは違うわよ」

「お母さん、こんにちは」と彼女は、サットクリフ夫人がやってくると挨拶した。

「ジェニファー、荷物をまとめるのよ。一緒に家へ帰るんだから」

「家へ？」

「そうよ」

「だって――もうここに戻ってこられないんじゃないんでしょ？　退学させるつもり？」

「そういうことよ」

「だって、そんなことできないわ――いやよ。テニスだってすばらしく上達したのに。シングルスでは優勝する見込みがありそうなんだし、ジュリアと一緒のダブルスだって、優勝するかもしれないのよ。そのほうは怪しいけど」

「お母さんといっしょに今日うちに帰るのよ」

「どうしてよ？」

「とやかく言うものじゃありません」

「きっと、スプリンガー先生とヴァンシッタート先生が殺されたからだわ。でも、生徒は誰も殺されてなんかいないのよ。犯人も生徒なんか問題にしていないんだと思うわ。それに、あと三週間で運動会なのよ。きっと幅跳びでは一等になれると思うし、ハードルでも一等になれるかもしれないのよ」

「ジェニファー、口ごたえをするんじゃありません。お母さんといっしょに今日じゅうに帰るのよ。お父さんの命令なんだから」

「だって、お母さん――」

しつこく文句を言いながらも、ジェニファーは母親と並んで校舎のほうへ歩きだした。と思うと、ふいに、母親のそばを離れて、テニス・コートへ駆けもどってきた。

「ジュリア、さよなら。お母さんはすっかり興奮してるみたい。お父さんもそうらしいわ。いやになっちゃうわねえ。さよなら、お手紙書くわ」

「わたしのほうからも、お手紙でいろんなできごとを知らせてあげるわ」

「今度はチャディが殺されたりしなきゃいいけど。同じ殺されるのなら、マドモワゼル・ブランシュにして欲しいと思わない？」

「そうね。いちばんいてくれなくてもよさそうなのは、あの先生ね。それはそうと、気がついた？　リッチ先生、ずいぶん不機嫌そうだったわね？」

「ひとことも口をきかなかったわね。お母さんが来てわたしを連れて帰ることに、腹を立ててるんだわ」

「あの先生なら、あなたのお母さんを止めてくれそうな気がするわ。ずいぶん強引《ごういん》でしょ。ああいう人は、ほかには誰もいないわね」

「あの先生を見ていると、誰かを思いだすのよね」とジェニファーは言った。

「わたしは誰ともちっとも似てないと思うけど。いつでもきわだって風変わりなひとのような気がするわ」

「そりゃそうね。変わってるわね。わたしの言うのは外見よ。でも、わたしの知ってた人はいやに太ってたけど」

「リッチ先生の太ったすがたなんか想像もつかないわ」

「ジェニファー……」とサットクリフ夫人が呼んだ。

「親なんてうるさいものだとつくづく思うわ」とジェニファーは腹立たしそうに言った。

「なんだかんだと、騒ぎたててばかり。やめないんだもの。あなたはほんとうに運がいいと――」

「もういいわよ。さっきもそう言ったじゃないの。でも、今のわたしの気持ちを言うとね、お母さんがバスでアナトリアをまわってたりしないで、もっとずっと近くにいてくれたらいいのにと思うわ」

「ジェニファー……」

「いま行きます……」

ジュリアはのろのろと室内競技場のほうへ歩いていった。彼女の足どりはますますのろくなり、ついには、ぴったり立ちどまってしまった。眉間にしわを寄せ、考えこんだ。昼食時間を告げるベルが鳴ったが、彼女の耳にはそれもほとんど入らなかった。自分の持っているラケットを見つめ、ひと足ふた足、小径を歩いたと思うと、くるりと踵をかえし、決然とした態度で校舎のほうへ向かった。彼女は、ほかの生徒たちと出くわすのを避けるために、普通は出入りを禁じられている正面玄関から入った。玄関のホールはがらんとしていた。階段を駈けあがって、自分の小さな寝室へ行き、すばやくあたりを見まわしてから、ベッドのマットレスを持ちあげて、その下にラケットを押しこんだ。ついで、手ばやく髪をなでつけ、すまして階下の食堂へ向かった。

17 アラジンの洞窟

1

その夜は、生徒たちもいつもよりも静粛に上階の寝室へ引きあげた。ひとつには、人数が相当に減っていたからだ。少なくとも三十人は帰宅してしまっていた。残りの生徒たちもそれぞれの気質に応じた反応を見せていた。興奮、おののき、本来は神経の高ぶりからくるくすくす笑いがあちらこちらから聞こえたが、中には、黙って考えこんでいるだけの者もいた。

ジュリア・アップジョンは、最初の一団にまじって、静かに上階へ上がった。自分の部屋へ入り、ドアを閉めた。突ったったまま、囁き声や、くすくす笑いや、足音や、「おやすみ」と言いあう声に、耳を澄ましていた。やがて、静寂が――静寂に近いものが――訪れた。遠くではかすかな人声が響いていたし、バスルームへの行き帰りの足音も聞こえた。

ドアには錠前がなかった。ジュリアは椅子をドアに立てかけ、椅子のてっぺんがハンドルの下にはまりこむようにした。こうしておけば、万一誰かが入ろうとしても、すぐにわかる。だが、入ってくる者があろうとは思えなかった。生徒たちは互いの部屋に入りこむことを固く禁じられていたし、先生でも、入ってくるのはミス・ジョンスンだけで、それも、生徒が病気か、身体のぐあいが悪い場合に限られていた。

ジュリアはベッドへ行き、マットレスを持ちあげて、その下を手探りした。ラケットを取りだすと、手に持ったまま、ちょっとのあいだ立ちつくした。彼女は、今すぐにラケットを調べてみることに決めた。消灯時間以降に、ドアの下から部屋の明かりがもれていたのでは、注意をひく恐れがあった。今なら、着がえのために、明かりをつけているのが普通だったし、ベッドの中で本を読みたい者は、十時半までは電灯をつけていてもいいことになっていた。

彼女は立ったままラケットを見おろした。テニスラケットなんかにものが隠せるとは思えないけど？

「それにしても、何かが隠してあるに違いないわ」とジュリアはつぶやいた。「そうでなきゃならないんだもの。ジェニファーの家の泥棒だって、新しいラケットを持ってきておかしな話をした、あの女の人だって……」
あんな話を信じるのはジェニファーぐらいなものだわ、とジュリアは腹の中で軽蔑した。

　やはり、あれは〈古いランプと新しいランプとの交換〉だったのだし、アラジンの場合のように、このラケットには何かがあることを意味しているのだ。自分たちがラケットを交換したことは、どちらも、誰にも話してはいなかった――少なくとも、自分は誰にも話してはいない。

　すると、やはりこれが、室内競技場でみんなの探しもとめていたラケットに違いない。しかも、そのなぞをいま自分が探りだそうとしているのだ！　彼女はラケットを丁寧に調べた。見たところ、べつに変わった点はなかった。使い古して多少はいたんではいても、ガットも張り替えてあるし、まだ立派に使える上質のラケットだ。ジェニファーは、バランスがくずれていると、文句を言っていたけど。ラケットにものを隠せる部分があるとすれば、グリップのところだ。そこをくりぬいて隠し場所を作ることならできるはずだ、と彼女は考えた。少々とっぴな想像だけど、できないことではないはずだ。グリップに何か細工がしてあったら、バランスが狂うにきまっている。

握りのところには革が巻きつけてあって、その上の文字が消えかかっていた。もちろん、この部分は貼りつけてあるだけだ。これを取りのけてみたら？　ジュリアは、化粧台の前に座りこみ、小型のナイフで突っついているうちに、やがてどうにか革をひきはがすことができた。内側は薄い木ぎれで包んであった。どことなく形が変だった。継ぎ目がぐるっとついていた。ジュリアはナイフを差しこんでみたが、刃がポキリと折れてしまった。爪切りばさみの方が役にたった。彼女はやっとのことでこじ開けた。今度は赤と青のまだらなものが見えた。それを突っついてみているうちに、ハッと気がついた。細工用の粘土だ！　それにしても、普通なら、ラケットに粘土が詰めてあったりするはずがないではないか？　彼女は爪切りばさみをしっかり握って、粘土をほじくり出しはじめた。粘土のかたまりには何かが包みこんであった。ボタンか小石みたいな手ざわりのものが。

彼女は力をこめて粘土を突いた。

何かがテーブルの上に転がりでた——続いてまた何かが。やがて、ちょっとした山になった。

ジュリアはのけぞり、息をのんだ。

目をまるくして、ひたすらそのものを見つめた……

炎のながれ、赤、緑、濃紺、目もくらむような白色……

その瞬間に、ジュリアは大人になった。彼女はもはや子供ではなかった。大人の女になった。宝石を見つめている女に……

あらゆる空想的な考えがちぎれちぎれに彼女の頭のなかを駈けめぐった。アラジンの洞窟……マルガレーテとその宝石箱……（生徒たちは先週コヴェント・ガーデンへ連れていってもらい、歌劇《ファウスト》を聞いたのだ）……運命の宝石……希望のダイヤモンド……ロマンス……黒いビロードのロングドレスを着、キラキラ輝く首飾りをした彼女自身の姿……

彼女はにやにや笑い、夢想にふけった……宝石をすくいあげ、指の間からばらばら落として、炎の小川を、驚異と歓喜の閃く流れをつくった。

そのうちに、何かが、恐らくかすかな物音と思われるものがして、彼女はわれに返った。

彼女は考えこみ、自分の本来の常識を働かせようと努め、この際どうすべきかを決めようとした。さっきのかすかな物音に、警戒心を呼びさまされていた。宝石をかきあつめて洗面台へ持っていき、携帯用の洗面道具入れにいれて、その上からスポンジや爪ブラシを押しこんだ。ついで、ラケットのところへ戻り、粘土をもう一度グリップのなかへ押しこみ、木のカバーも元にもどし、その上に、もとどおりに革を糊づけしようとした。革はまくれ上っていたが、細く切った絆創膏を裏がえしにして巻きつけ、その上に革を押しつけて、どうにかやってのけた。

できた。ラケットは、外見も手ざわりも、前とまったく変わりがなかったし、重さも、感じだけから言えば、ほとんど変わらなかった。彼女は、ラケットをざっと見てから、無造作に椅子の上に放りだした。

彼女は、きちんとカバーが折りかえされ寝るのを待つばかりになっているベッドへ目をやった。だが、服を脱ごうともしなかった。そのまま座りこんで、聞き耳を立てた。あれは外の足音ではなかったろうか？

ふいに、思いがけない恐怖心に襲われた。二人も殺されているのだ。自分の見つけたものを誰かに知られたら、今度は自分が殺される……

部屋にはかなり重いオーク材のタンスがあった。彼女は、メドウバンク校にも鍵をかける習慣があったらよかったのにと思いながら、どうにかそれをドアの前まで引きずっていった。次に、窓のほうへ行き、上げ下げ窓の上の部分を引きあげて留金をかけた。窓の近くには木は生えていなかったし、蔦も壁にまといついてはいなかった。そちら側から入ってこられる可能性があるとは思えなかったが、最善の用心をしておくつもりだった。

彼女は自分の小さな置時計に目を向けた。十時半だ。一回深呼吸をして、電灯を消した。誰にも変わったことがあったと気づかれてはいけない。彼女は窓のカーテンを少しばかり開けた。満月が出ていて、ドアがはっきり見てとれた。ついで彼女はベッドのふちに腰をかけた。片手には、一番頑丈そうな靴を握りしめていた。

「誰かが入ってこようとしたら」とジュリアはつぶやいた。「あらんかぎりの力でこの壁を叩いてやろう。隣りの部屋にはメアリー・キングがいるから、その音で目を覚ますに違いない。それから悲鳴を上げてやろう――ありったけの声を張りあげて。みんなが集まってきたら、こわい夢をみたのだと言おう。この学校にはあんなことが続いて起きているんだから、こわい夢をみても当然なんだから」

彼女がそうやって座りこんでいるうちに、時間は過ぎていった。やがて――廊下を通るかすかな足音が。足音は彼女の部屋の前で止まった。長い合間のあと、ハンドルがゆっくりと回るのが見えた。

悲鳴を上げるべきだろうか？　いや、まだだ。

ドアが押された――ちょっと隙間が開いたが、タンスがドアを支えてくれた。外にいる者は不思議がっているに違いない。

またちょっと合間、やがて、ドアを叩く、ほんのかすかなノックの音がした。

ジュリアは息をのんだ。また合間、やがて、またノックの音がした——だが、やはりかすかな、遠慮がちな音だった。

「わたしは眠ってるのよ」とジュリアは心の中でつぶやいた。「だから、なんにも聞こえないの」

真夜中にやってきて、わたしの部屋をノックしたりするのは、いったい誰だろう？ ノックする権利のある者なら、大声で呼ぶかハンドルをがたつかせるか、物音を立てるにきまっている。ところが、この人間は音も立てられないでいる……

長い間、ジュリアはそうやって座りこんでいた。ノックはその後繰りかえされず、ハンドルも動かなかった。だが、ジュリアは緊張して油断なく気を配りながら座っていた。

彼女は長いあいだそんなふうにして座っていた。ついに眠さにうち負けてしまうまでには、どのくらい時間がたったのか、自分にもわからなかった。学校のベルの音で目をさました時、ベッドの端に窮屈な姿勢で寝ころがっていた。

2

朝食後、生徒たちは上階へ上ってベッドを整え、ついで、階下の大講堂でのお祈りに参加してから、それぞれの教室へと散っていった。

生徒たちが種々の方向へ急ぐ、その動きのあいだに、ジュリアはひとつの教室へ入りこんで、向こう側のドアから抜けだし、校舎の横を急ぎ足でまわっている生徒たちの一団に加わり、さっとシャクナゲの茂みの中にもぐりこんだ。それから先も、何度もたくみに身を隠しながら、一本の大きなライムの木が地面にくっつくほど枝を茂らせている運動場の塀のそばまでたどり着いた。木登りは昔から訓練を積んでいたので、やすやすとその木によじ登った。葉の茂った枝のあいだにすっぽり身体をかくして座りこみ、時おり腕時計に目をやった。自分の姿が見えないことに気づかれるまでには、まだ相当時間があるという確信を持っていた。学校は混乱していて、先生も二人欠けているし、生徒も半数以上は自宅へ帰ってしまっているのだ。従って、全部のクラスが再編成されるに違いないのだから、昼食の時間までは、誰もジュリア・アップジョンのいないことに気がつくとは思えなかった。それに、その頃までには——

ジュリアはもう一度時計に眼をやり、するすると塀の高さまで降りてその上にまたがり、きれいに反対側に飛びおりた。百メートルほどさきにはバスの停留所があり、あと数分でバスが来るはずだった。バスが時間どおりにやってくると、ジュリアは声をかけてバスに乗りこんだが、その時にはもう、木綿の上衣《フロック》の内側からフェルトの帽子をとり出して、多少乱れた髪の上にかぶっていた。駅でバスを降りてロンドン行きの汽車に乗った。

彼女は、ミス・バルストロードあての短い手紙を、自分の部屋の洗面台の上に立てかけて残しておいた。

バルストロード先生

私は誘拐されたのでも、失踪したのでもありませんから、ご心配くださいませんように。できるだけ早く帰ってまいります。

ジュリア・アップジョン

3

ホワイトハウス・マンションの二二八号では、ムッシュー・エルキュール・ポアロの、一点のよごれもない服装をした従者兼下男《バアレ》のジョージがドアを開け、少々驚きの色を浮かべて、うす汚れた顔の女学生を見まもった。

「エルキュール・ポアロさんにお目にかかれますかしら？」

ジョージは、返事をする前に、いつもよりもほんの少しばかり長い間《ま》をおいた。この訪問客は面会の約束がない客に違いない。

「ポアロさまは、お約束のない方には、どなたにもお会いになりません」と彼は言った。

「お約束を待っている暇なんかないのです。ぜひ、今お目にかかりたいんです。非常にさしせまったことなのですから。複数の殺人事件と、ある盗難事件のことで伺ったのです」

「それでは、お目にかかれるかどうかうかがって参ります」とジョージは言った。

彼はジュリアを玄関に残して、主人に相談しに行った。

「若いご婦人がおみえです。急な用事でお目にかかりたいということですが」

「ほほう」とエルキュール・ポアロは言った。「しかし、物ごとはそう簡単には運ばないよ」

「わたしもそう申しあげたのでございますが」

「どういう若いご婦人なのだね？」

「そうですね、どちらかというと、まだ少女のような方です」

「少女？　若いご婦人？　いったいどっちなんだね、ジョルジュ？　同じではないはずだが」

「わたしの申しあげた意味がおわかりになっておられないように思いますが。その方は少女と申しあげてよろしいでしょう――学校に通っておられるくらいのお年頃ですから。ですが、着ておられる上衣《フロック》も汚れており、破れてすらいますが、本質的には若いご婦人《ヤング・レディー》なのです」

「社会的な慣用語だね。わかったよ」

「それで、その方は、複数の殺人事件と、ある盗難事件のことで、お目にかかりたいということなのです」

ポアロの眉がつり上がった。

「複数の殺人事件と、ある盗難事件だって、風変わりだな。その少女――ではない、若いご婦人を、お通ししてくれ」

ジュリアは、ほんの少しばかりおずおずした様子を見せて、部屋へ入ってきた。丁寧ではあるが、きわめて自然な調子で話しかけた。

「はじめまして、ムッシュー・ポアロ。わたしはジュリア・アップジョンと申します。

わたしの母がたいへん親しくしていますサマーヘイズ夫人をご存知と思いますが、昨年の夏、わたしたちもその方のお宅に泊めていただき、あなたのことを何かと伺いましたの」

「サマーヘイズ夫人ねえ……」ポアロの心は、丘を登ったところにあった村へ、そしてその丘の頂きの家へ帰っていった。彼は、そばかすのあるチャーミングな顔や、バネのこわれたソファーや、いく匹もの犬や、そのほかのいろいろの愉快だったことや、不愉快だったことを思いだした。

「モーリーン・サマーヘイズですね。憶えていますよ」と彼は言った。

「わたしはモーリーン叔母さんと呼んでいるんですけど、ほんとうは叔母でもなんでもないんです。あの方は、ポアロさんは非常にすばらしい方で、殺人罪で刑務所に入れられていた無実の人を救ってさしあげたと話しておいででした。それで、わたしもどうしていいか、どなたのところへ行っていいかわからなかった時に、あなたのことを思いだしたのです」

「それは光栄です」とポアロはきまじめに答えた。

彼は椅子を引きだして彼女にすすめた。

「それでは、話してみてください。使用人のジョルジュの話ですと、一件の盗難事件と複数の殺人事件のことで相談にみえたということでしたが――そうすると、殺人は一件ではないのですね？」

「そうなのです」とジュリアは言った。「スプリンガー先生とヴァンシッタート先生との。それから、もちろんあの誘拐事件のこともありますけど――そちらのほうは、わたしにはかかわりのないことだと思います」

「どうもわけがわからないのですがね」とポアロは言った。「そういう驚くべき事件は、いったいどこで起きたのですか？」

「学校でです――メドウバンク校です」

「メドウバンクですって」とポアロは大きな声を出した。「ああ」彼はかたわらにきちんと積みかさねてある新聞のほうへ手をのばした。そのうちの一枚を開き、ちらっと第一面に目を通したと思うと、うなずいた。

「いくらかわかりかけてきましたよ」と彼は言った。「それでは、話してみてください、ジュリア。最初から、一切を」

ジュリアは語った。すこぶる長い、多岐にわたった話だったが――それでも彼女は明瞭に話した――時折、話を中断して、言い忘れていたことをつけ加えもした。

話は、前夜、自室でラケットを調べたところまできた。

「ですから、わたし、アラジンの話と、そっくりだと思ったのです――新しいランプを古いランプと交換したという話と。そのラケットには何かがあるに違いないと思ったのです」

「それで、あったのですか？」

「ええ」

ジュリアは、わざとらしいつつましさなんかを気どるようすもなく、スカートをたくし上げ、下穿きも腿の近くまでまくりあげて、脚の上の方に絆創膏で貼りつけてある灰色の湿布のようなものをさらけ出した。

彼女が、「あいたっ」と痛そうな声を上げながら絆創膏をはがし、湿布らしいものをはずしたところを見ると、灰色のプラスチック製の携帯用洗面道具入れの一部分で作った包みだということが、ポアロにも見てとれた。ジュリアはその包みをとき、なんの予告もなしに、テーブルの上にさらさらと光り輝く宝石の山をきずいた。

「おお、これはまた《ノム・ダン・ノム・ダン・ノム》！」とポアロはおそれおののいたような声を出した。

彼は宝石をすくい上げ、サラサラと指の間を通してみた。

「ノム・ダン・ノム・ダン・ノム！　しかもこれはほんものだ。模造品なんかじゃない」

ジュリアはうなずいた。

「わたしもそうに違いないと思います。でなきゃ、そのために人を殺したりなんかしないはずですよね？　これのためにでしたら、人を殺すのもわかるような気がします！」

そう言うと同時に、昨夜と同じように、彼女の子供っぽい目に、ふいに大人の女らしさが現われた。

ポアロは鋭い目で彼女を見まもり、うなずいた。

「そう――あなたにはわかるだろう――あなたもその魔力を感じておいでだ。あなたにとっても、これはもう美しい色をしたおもちゃではないわけだね――それだけになお残念な気がする」

「これはみんな宝石ですわ！」とジュリアはうっとりとして言った。

「それであなたは、さっきの話のラケットの中からこれを見つけたわけですね？」

ジュリアは一切の話を語りおえた。

「もうほかには、何も話し残していることはありませんか？」

「ないと思います。もしかすると、ところどころでいくらか誇張したかもしれませんけれど。わたしは時々大げさな物の言いかたをするんです。ところが、わたしの親しい友だちのジェニファーときたら、まるで逆なんです。胸のドキドキするようなことでも、退屈な話にしてしまえるんですもの」彼女はまた、きらきらと輝いている宝石の山に眼を向けた。「ポアロさん、ほんとうはこれは誰のものでしょうか？」

「おそらく、それを決めるのは、すこぶる難しいことでしょう。しかし、あなたのものでも、わたしのものでもないわけです。これからどうするか、決めなくてはなりません」

ジュリアは期待をこめて彼の顔を見まもった。

「あなたのことは、わたしにまかせてくれますか？　けっこう」

エルキュール・ポアロは目を閉じた。

ふいに彼は目を開け、きびきびした態度になった。

「これは、いやでも、椅子におさまっているわけにいかない場合らしい。秩序と方法がなくてはいけないのだが、あなたの話によれば、秩序もないし、方法もない。それは、たぐるべき糸が何本もあるからなのだ。しかし、その糸は全部一ヵ所に集まっている。メドウバンク校にね。いろいろな目的を持った、いろいろな利害を代表している、いろいろな人間——全部がメドウバンク校に集まっている。従って、わたしもメドウバンク校へ行くことになる。そこで、あなたのことだが——お母さんはどちらですか？」

「母はバスでアナトリアへ行っているんです」

「ああ、あなたのお母さんはバスでアナトリアへ行っておられる。それでみんなわかった！　なるほど、サマーヘイズ夫人のご友人らしい！　どうだね、サマーヘイズさんのお宅を訪ねた時、楽しかった？」

「ええ、それはもう。かわいい犬が何匹もいたりして」

「犬ねえ、そう、わたしもよく憶えている」

「その犬たちが、どの窓からも出たり入ったりするんです――まるで無言劇《パントマイム》みたい」

「まったく、あなたの言うとおりだ！　それから、食べものは？　食べものもおいしかった？」

「そうね、時々ちょっと風変わりなものがあったわ」とジュリアは正直に言った。

「風変わり、そう、まったくね」

「でも、モーリーン叔母さんはとてもおいしいオムレツをおつくりになりますわ」

「とてもおいしいオムレツをつくる」ポアロの声は幸福そうだった。彼はため息をついた。

「それでは、エルキュール・ポアロも無駄に生きてきたわけではないわけだ」と彼は言った。「あなたのモーリーン叔母さんにオムレツのつくり方を伝授したのは、このわたしなんだからね」彼は受話器を取りあげた。

「それでは、校長先生に、あなたの無事を知らせて安心させ、わたしもいっしょにメドウバンクへ行くことも、お知らせしておこう」

「先生は、わたしのことは心配していらっしゃらないと思います。誘拐されたのではないと書いた手紙を残しておきましたから」

「それにしても、なおはっきりさせてあげれば喜ばれるだろうからね」

やがて電話が通じ、ミス・バルストロードが電話に出た。

「ああ、バルストロード先生ですね？　わたしはエルキュール・ポアロと申す者です。今わたしの所へそちらのジュリア・アップジョンという生徒さんが見えています。すぐに自動車でそちらへ送っていくつもりですが、今度の事件を担当しておられる警察の方にも、ある貴重品の包みを無事に銀行に委託したと、お伝えおき願えませんか」

彼は電話を切り、ジュリアのほうを向いた。

「シロップでも一杯どう？」と彼は訊いた。

「糖蜜《ゴールデン・シロップ》ですの？」ジュリアはどっちつかずな顔つきをした。

「いや、フルーツジュースのシロップ。黒すぐり、ラズベリー、グロセーユ——ああ、赤すぐりのことですが」

ジュリアは赤すぐりに決めた。

「でも、まだ宝石は銀行に預けていませんわ」と彼女は指摘した。

「いずれ、すぐに預けることになる」とポアロは言った。「しかし、メドウバンク校には、今の電話を聞いている者なり、立ち聞きしている者なり、あとでこの話を聞く者なりがいるだろうからね、その連中に、宝石はすでに銀行に入っていて、もうあなたの手もとにはないのだと思わせるほうがいいからね。銀行から宝石を盗むとなると、これには、時間と組織が必要になる。それに、あなたの身にもしものことがあるとたいへんだ。正直に言って、あなたの勇気と才智には、わたしも大いに敬服しているのでしてね」

ジュリアは嬉しそうな、同時にまた困ったような顔つきをした。

18　協　議

1

エルキュール・ポアロは、先のとがったなめし革の靴をはいた大きな口髭の老外国人には、女性校長は島国的な偏見を持ちかねないと思い、それをうちくずす覚悟を持ってやってきた。ところが、彼は嬉しい意外さを味わった。ミス・バルストロードは国際人《コスモポリタン》らしい動じない態度で彼を迎えてくれた。その上、彼のことについていろいろと知っていたことに、彼はすっかり満足した。

「ご親切にありがとうございました、ムッシュー・ポアロ」と彼女は言った、「さっそくお電話くださって、わたしどもの心配を軽くしてくださいまして。実は、その心配も、まだ始まってもいなかったと言っていいだけに、いっそうありがたく思いました。ジュリア、あなたのいなくなっていること、昼食の時にはまだわからなかったのよ」と彼女は、ジュリアのほうを向いて、つけくわえた。「今朝は、多くの生徒たちが家に帰ってしまったせいで、食卓にも空いている所が多くてね、生徒の半数が行方不明になっていても、不安を感じなかったかもしれないくらいなのよ。異常な状態ですわ」彼女はまたポアロのほうへ向きなおった。「平常はそんなふうに行きとどかないということはないのです」続いて彼女はこう言った。「お電話をいただいたものですからね、ジュリアの部屋へ行ってみると、この子の書きのこしていった手紙がありました」

「誘拐されたのかとお思いになってはいけないと思ったものですから」とジュリアは言った。

「その気持ちはありがたいけれどね、何をするつもりか言っておいてくれてもよかったと思いますよ」

「そんなことはしないほうがいいと思ったんです」とジュリアは答え、思いがけずフランス語でこうつけくわえた。「壁に耳ありですもの《レゾレーユ・ゼネミー・ヌー・ゼクート》」

「ブランシュ先生は、まだあなたのアクセントをあまり直してくださってはいないようね」とすぐにミス・バルストロードは言った。「べつに叱ってるんじゃないのよ、ジュリア」彼女はジュリアからポアロのほうへ視線を向けた。「では、よろしければ、くわしい事情をお聞かせくださいませんか」

「ちょっと失礼」とポアロは言った。彼は部屋を横切ってドアを開け、外を覗いた。ついで、大げさな動作でドアを閉めた。彼はにこにこ笑いながら引きかえしてきた。

「ほかには誰もいません」と彼は意味ありげな口調で言った。「これで話が進められます」

ミス・バルストロードは彼の顔を見つめ、ドアに目をやり、ついでまたポアロの顔に視線を戻した。彼女の眉がつりあがった。彼もじっと見かえしていた。いやにゆっくりと、ミス・バルストロードはうなずいた。と思うと、もとのきびきびとした態度に戻って言った。「それでは、ジュリア、すべてのことを話してちょうだい」

ジュリアは詳しい話にとりかかった。テニスのラケットを交換したことや謎の女性のこと。最後に、ラケットの中から見つけたもののこと。ミス・バルストロードはポアロのほうへ顔を向けた。ポアロは軽くうなずいてみせた。

「マドモワゼル・ジュリアはすべてのことを正確に述べておいでです」と彼は言った。「この人の持ってきたものは、わたしがあずかりました。安全に銀行に委託してあります。従って、もうこれ以上は不愉快な事件も起きないものと、お考えになって差しつかえないと思います」

「そうですね」とミス・バルストロードは答えた。「たしかに、そうですね……」彼女はちょっとのあいだ黙りこんでいたと思うと、やがてこう言った。「ジュリアが学校へ残っていることは、賢明でしょうか？　ロンドンの叔母さんのところへ行っているほうがよくはないでしょうか？」

「先生、お願いです」とジュリアが口をはさんだ。「学校にいさせてください」

「学校にいるのが楽しいの？」とミス・バルストロードは言った。

「わたしはここが大好きなんです」とジュリアはこたえた。「それに、あんなわくわくするようなできごとが続いていたんですもの」

「ああいうことは、メドウバンク校の正常な特色ではありませんよ」とミス・バルストロードはたしなめた。

「学校にいても、もう危険はないと思います」とエルキュール・ポアロは言った。彼はまたドアのほうを見やった。

「それはわたしにもわかるような気がします」とミス・バルストロードは言った。

「それにしてもですね」とポアロは言った。「慎重さは必要です。あなたは慎重ということを知っていますか？」と彼はジュリアのほうを向いて訊いた。

「ポアロさんはね」とミス・バルストロードが説明をした。「あなたの見つけたもののことを喋らないほうがいいと、言っておられるのよ。生徒たちにもよ。黙っていられる

?」

「ええ」とジュリアは答えた。

「友だちに話すには、もってこいの話なんだけれどね」とポアロは言った。

「真夜中に、ラケットからああいうものを見つけだしたなどという話はね。だが、その話は口外しないほうが賢明だと思える重要な理由があるのだからね」

「わかりました」とジュリアは答えた。

「信用してもいいでしょうね、ジュリア？」とミス・バルストロードは念をおした。

「大丈夫ですわ」とジュリアは答えた。「良心に誓います」

ミス・バルストロードはにっこりした。「あなたのお母様が、早く帰ってくださるといいのにね」

「母ですか？　ええ、ほんとうに」

「ケルシー警部さんの話だとね」とミス・バルストロードは言葉をついだ。「あなたのお母様と連絡をとるために、できるだけの努力はしてくださっているそうよ。ただ、困ったことには、アナトリアのバスは遅れがちで、必ずしも時刻表どおりには動いていないらしいの」

「母には話してもいいでしょうか？」とジュリアは訊いた。

「もちろんよ。それではね、ジュリア、これでもう話は片づいたわけだから、あなたは向こうへいらっしゃい」

ジュリアはドアを閉めて出ていった。ミス・バルストロードはポアロの顔を見つめた。「あなたのお考えは、わたしにも理解できたつもりです」と、彼女は言った。「さっき、あなたは大げさな身ぶりであのドアをお閉めになりましたが、実際には――わざと少し開けておかれましたね」

ポアロはうなずいた。

「わたしたちの話を盗み聞きさせるためですの？」

「そうです――盗み聞きをしたい者がいればね。あの子の安全をはかるための手段でした――これで、あの子の見つけたものは銀行に保管されていて、もはやあの子の手もとにはないという噂が伝わってくれるでしょう」

ミス・バルストロードはまたちょっと彼の顔に視線をそそいだ――と思うと、キュッと唇をひきしめた。

「もうこんなことは終わらせなければいけません」と彼女は言った。

2

「お互いの意見や情報を持ちよってみよう、というのが主旨なのです」と署長は言った。「ムッシュー・ポアロ、あなたが参加してくださるとは、大歓迎ですよ」ついで、彼はこうつけくわえた。「ケルシー警部もあなたのことはよく憶えているそうです」

「もうずいぶん昔のことですよ」とケルシー警部は言った。「ウォーレンダー主任警部が担当しておられた事件の時でした。わたしはまだかけ出しの部長刑事だったものですから、小さくなっていましたが」

「こちらにいる、便宜上アダム・グッドマンと呼んでいる男は、ポアロさんはご存知ないと思いますが、この男の——この男の——その——上司にあたる人物は、ご存知のはずです。特捜部ですから」と彼はつけ加えた。

「パイクアウェイ大佐のことでしょう?」とエルキュール・ポアロは思いふけったように言った。「存じておりますとも。このところ、しばらくお目にかかってはいませんがね。あいかわらず眠そうな顔をしておられますか?」と彼はアダムに訊いた。

アダムは笑い声を上げた。「なるほど、よくご存知のようですね、ムッシュー・ポアロ。ぼくも、大佐がはっきり目をさましてるところなんか、見たこともありませんよ。

目をさましていたりしたら、これは珍しく注意をはらっていないのだなと、ぼくなんかは思うでしょう」

「まあ、そういったところでしょう。なかなかよく観察していますね」

「さて」と署長は言った。「仕事にかかりましょう。わたしは出しゃばるつもりもなければ、自分の意見を押しつける気もありません。実際に事件を担当している人たちの情報や意見を聞くのがわたしの役割なのです。今度の事件には、実に多種多様な面があるが、まず最初にわたしから言っておかねばならないと思われる点がひとつあります。それも、実は――ええ――各方面の上司からの申し入れがあって述べているものと了解してください」彼はポアロのほうを向いた。「こんなふうにも言えるわけですね」と彼は言葉をついだ。「ある少女が――女学生が――あなたのお宅へやってきて、ラケットの空洞になったグリップの中から、ある品物を発見したというすばらしい話をした。その少女にとっては、すこぶる興奮させられるような事件です。見つけた品物というのは、着色した石や、人造宝石や、上質の模造宝石といった――まあ、そういった種類のもの――でなきゃ、ほんものと変わらないくらいすばらしく見える準宝石類、としておいてもいいでしょう。とにかく、子供が見つけてわくわくするようなものだと言っておきましょう。少女は、その品物の価値について、非常に誇張した観念を持ったかもしれない。

そういうことは充分にありうることでしょう?」彼はエルキュール・ポアロの顔を見つめた。

「確かにありうることでしょうな」とポアロは答えた。

「けっこうです」と署長は言った。「これらの――その――色つきの石を、この国に持ちこんだ人間は、まったく何も知らずにやったことですから、われわれも密輸といったような問題を持ちだすつもりはありません。

次に、わが国の外交政策の問題があります」と彼は言葉をついだ。「わたしの理解させられたところによりますと、目下のところ、事情は少々――デリケートなようです。石油、鉱物資源、といった大きな利害の関係する問題になってくると、われわれは、どういう政府であろうと、相手国の現在の政府と交渉しなければなりません。厄介な問題を起こしたくはありません。殺人事件の報道を新聞に禁じるわけにはいかないし、禁じてもいません。しかし、殺人事件に関連した宝石のようなものについては、まだ新聞に報じられていません。いずれにしても、目下のところでは、その必要もないわけです」

「それはわたしも同意見です」とポアロは言った。「常に国際紛争は避ける配慮が必要です」

「おっしゃるとおりです」と署長は言った。「故ラマット国王は、この国の友人と見なされておりましたし、政府当局も、この国に残っているかもしれない故王の資産は、故王の希望どおりにしてあげたい気持ちを持っていることは、わたしから言うまでもないことでしょう。その資産がどれほどの額にのぼるものかは、現在のところ誰も知らないようです。かりにラマット国の新政府が、彼らに所有権があると主張しているある資産を要求してきた場合には、そういう資産がこの国にあるなどということをわれわれが知らないほうが、はるかに好都合です。頭から拒否するのは、策をえたことではないでしょうから」

「外交では、そういう拒否のしかたはしないものです」とエルキュール・ポアロは言った。「むしろ、そういう問題には十二分に考慮がなされるであろうが、現在のところ、故ラマット国王の所有にかかると思われる資産については――例えば、予備金のごとき小額のものも――明確なことは判明していない、といったふうに答えるものです。あれはまだラマット国内にあるかもしれないし、故アリ・ユースフ殿下の忠実な友人が保管しているのかもしれず、複数の人間によって国外に持ちだされたのかもしれず、ラマット市内のどこかに埋めてあるのかもしれません」彼は肩をすくめて見せた。「そんなことは、誰にもわからない」

署長はホッと安堵のため息をついた。「感謝します。わたしの言いたかったこともその点なのです」彼は言葉をついでこう言った。「ムッシュー・ポアロ、あなたはこの国の上層部に多くの友人をお持ちですね。その人たちはあなたに大きな信頼をよせています。あなたさえご異存がなければ、例の品物をあなたにお預り願いたいというのが、その人たちの非公式な希望なのです」

「わたしのほうには異存はありません」とポアロはこたえた。「その問題はもうこれで打ちきりにしましょう。われわれは、考えなければならないもっと重大な問題を抱えているではありませんか？」彼はまわりの人たちを見まわした。「それとも、そうはお考えにならないのでしょうか？　なんと言っても、七十万や八十万ポンドの金額など、人間の生命にくらべれば問題にならないと思いませんか？」

「おっしゃるとおりですよ、ムッシュー・ポアロ」と署長は言った。

「いつもあなたのご意見は当《とう》をえています」とケルシー警部は言った。「われわれが求めているのは殺人犯です。ムッシュー・ポアロ、あなたのご意見をお聞かせいただけるとありがたいのですが」と彼はつけくわえた。「というのも、この事件は主として推測に頼るしかないのですし、あなたの推測は、誰にも劣らないどころか、時には誰よりもすぐれているはずですからね。今のところ、すべてはもつれた毛糸のかたまりみたいです」

「それはうまい形容ですね」とポアロは言った。「そのもつれた毛糸のかたまりを手にとって、われわれの求めている一色の糸を、つまり殺人犯という色の糸を抜きだす必要があります。そうでしょう？」

「そのとおりです」

「それでは、同じことを繰りかえして話すのはいやでしょうが、今までにわかったことを全部お聞かせ願えませんか」

彼は腰を落ちつけて、聞く用意をした。

彼はケルシー警部の話に聞きいり、アダム・グッドマンの話に聞きいった。彼は署長の簡単な要約にも聞きいった。ついで、椅子の背にもたれかかり、目を閉じてゆっくりとうなずいた。

「同じ場所で、しかも、ほぼ同じ状況のもとで生じた、二件の殺人事件。一件の誘拐事件。この陰謀の中心人物であるかもしれない少女の誘拐。まず、その少女が誘拐された理由をつきとめようではありませんか」

「あの娘が自分で語っていたことをお話ししましょう」とケルシーが言った。

ケルシーは話しだし、ポアロは聞きいった。

「意味をなしませんね」と彼は不満そうに言った。

「わたしもその時はそう思いました。実を言うと、自分を重要に見せかけたいがためだけに……」

「しかし、誘拐されたという事実は動かない。なぜ誘拐されたのか？」「しかし――」彼は口ごもった。

「身代金の要求がありました」とケルシーはゆっくりと言った。

「しかし、それは見せかけだったというわけですか？ 単に誘拐説を裏づけるために手紙をよこしただけだと？」

「そうなのです。先方は自分たちで言ってきた約束を守りませんでした」

「すると、シャイスタは何かほかの理由で誘拐されたことになる。その理由は？」

「あの娘に――その――貴重品の隠し場所を白状させるために、でしょうか？」とアダムは自信なさそうに思いつきを述べてみた。

ポアロは首を振った。

「あの娘は隠し場所は知らなかったはずだ」と彼は指摘した。「少なくとも、その点だけははっきりしている。やはり、何かがひそんでいるにちがいない……」

彼の言葉は尻切れとんぼになった。眉を寄せ、しばらく黙りこんだ。やがて、身体を起こして、こう訊いた。

「シャイスタの膝を、その少女の膝を、よく見たことがありますか？」

アダムはおどろいて彼の顔をまじまじと見つめた。

「いいえ、見るはずもないではありませんか？」

「男性が娘の膝に注目する理由はいくらでもありますよ」とポアロは厳しく言いかえした。「残念ながら、あなたは見ていなかった」

「あの娘の膝に、何か変わったところでもあったのでしょうか？　傷跡でも？　何かそういったものが？　いずれにせよ、ぼくは気がつかなかったろうと思います。生徒たちは皆、たいていいつでもストッキングをはいていますし、スカートは膝が隠れるくらいの長さですから」

「もしかして、プールでは？」とポアロは希望をこめて訊いてみた。

「あの娘がプールに入っているのは、一度も見たことがありませんでした」とアダムは答えた。「あの娘には水が冷たすぎたのでしょう。暖かい気候に慣れていますからね。何を狙っておいでなのですか？　傷跡か、何かそういった種類のものでも？」

「いやいや、ぜんぜんそんなものではないのです。まあ、いいでしょう、残念ですが」

彼は署長のほうを向いた。

「お許しがいただければ、わたしの旧友の、ジュネーヴの警視総監《プレフェ》と連絡をとりたいのですが。あの人なら、援助してもらえそうな気がしますから」

「その娘がジュネーヴの学校にいた頃に何ごとか起きていないか、というわけですか？」

「そうです。その可能性がありますからね。お許し願えますか？　ありがたい。これはわたしのちょっとした思いつきなのです」彼はちょっと言葉を切ったが、やがてまた続けた。「ところで、新聞には誘拐についての記事がぜんぜん出ていないようですが？」

「イブラヒム大公の強い要望によるものです」

「しかし、ゴシップ欄ではちょっと触れていましたよ。学校から突然姿を消したある若い外国婦人についてね。ロマンスの芽ばえか？　できうれば、つぼみのうちに摘みとられんことを！　などと書いていましたよ」

「あれはぼくの思いつきだったのです」とアダムが言った。「そういった線で行くほうがいいと思ったものですから」

「おみごとだ。では、誘拐事件からもっと重大な問題に移行することにしましょう。殺人事件。メドウバンク校における二件の殺人事件に」

19 協議のつづき

1

「メドウバンク校における二件の殺人事件」とポアロは考え顔で繰りかえした。

「事実はすでにお話ししました」とケルシーは言った。「何かご意見がありましたら――」

「なぜ室内競技場を選んだのか？」とポアロは言った。「それがあなたの疑問だったわけですね？」と彼はアダムに言った。「ところが、その解答はすでに出ています。室内競技場には、宝石という形でのひと財産をつめこんだラケットがあったからです。何者かがそのラケットのことを知っていた。それは誰か？ ミス・スプリンガー自身であったとも考えられる。彼女は、あなたがたが口を揃えて言われるところによると、室内競技場に対して多少奇妙な態度をとっていた。人が――入る資格のない者たちだけだが――

——競技場へ入ることをきらった。彼女はその連中の動機を疑っていたらしい。ことに、マドモワゼル・ブランシュの場合は、そうだった」

「マドモワゼル・ブランシュねえ」とケルシーは考え顔でつぶやいた。

エルキュール・ポアロはまたアダムに話しかけた。

「あなたも、室内競技場に関しては、マドモワゼル・ブランシュの態度がおかしいと思いましたか？」

「あの人は弁解したのです」とアダムは言った。「弁解をしすぎました。わざわざあれほどまでに弁明しなかったら、あの人が競技場にいた理由に疑惑を抱いたりはしなかったろうと思います」

ポアロはうなずいた。

「なるほど。たしかにそういう場合には考えこませられるものだ。しかし、われわれの知っていることと言えば、ミス・スプリンガーが、午前一時に、そんな時刻には用事などないはずの室内競技場で殺されたということだけだ」

彼はケルシーのほうを向いた。

「ミス・スプリンガーは、メドウバンク校へ来る前には、どこにいたのですか？」

「それが判らないのです」と警部は答えた。「あの人は前の勤め先を」——彼はある有名校の名前をあげた――「昨年の夏に退職しています。その後どこにいたのかがわからないのです」彼はなんの感情もまじえずにこうつけくわえた。「死ぬ前には、訊ねてみる機会もありませんでした。近親者もいなければ、どうやら親しい友人もいなかったらしいのです」

「それでは、ラマットに行っていたのかもしれないわけですね」とポアロは考え顔で言った。

「あの革命騒ぎの際に、教師の一団が滞在していたことは確かなようです」とアダムが口をはさんだ。

「それでは、彼女もあの国へ行っていて、何らかの方法でラケットのことを知ったとしよう。彼女は、メドウバンク校の日常校務に慣れるまでしばらく待ったのち、ある晩、室内競技場へ出かけた。目ざすラケットを手にいれ、そこから宝石を取りだそうとした時に――」ポアロはちょっと言葉をきった――「その時に、何者かの妨害が入った。以前から彼女を見張っていた人間か？　その晩、彼女のあとをつけてきた人間か？　何者にもせよ、そいつはピストルを持っていて――彼女を撃ち殺した――撃ち殺しはしたが、銃声を聞きつけた者たちが室内競技場に近づいて来たために、宝石を抜きとる暇も、ラケットを持ちさる余裕もなかった」

彼は言葉をきった。

「それが真相だとお考えですか？」と署長は訊いた。

「それはわたしにもわかりませんよ」とポアロはこたえた。「今のはひとつの可能性です。もうひとつの可能性は、ピストルを持っていたほうの人間が先に入りこんでいて、ミス・スプリンガーに不意をつかれたケースです。その人間は、ミス・スプリンガーが以前から怪しいとにらんでいた者でした。あの人はそういう種類の女性だったという話でしたね。他人の秘密を嗅ぎつける女」

「それでは、そのもう一人の女は？」とアダムは訊いた。

ポアロは彼の顔を見た。と思うと、ゆっくりと、視線をほかの二人に移した。

「あなたがたにはわからない」と彼は言った。「そういうわたしにもわからないのです。外部の者だとも考えられないことはないが――？」

半ば訊ねるような言葉の調子だった。

ケルシーは首を振った。

「そうは思いません。付近の者たちも綿密にふるいにかけてみたのです。もちろん、外来者に対しては特に厳重に。近くにマダム・コリンスキーという女性が滞在していました――このアダム君の知っている女性です。ですが、その女性は、どちらの殺人にも関係があったとは考えられませんでした」

「してみると、やはり問題はメドウバンク校に帰ってくるわけですね。真実に到達するにはひとつの方法しかありません――消去法ですよ」

ケルシーはため息をついた。

「そうなのです。結局、それしかありません。第一の殺人の場合は、ほぼ出入りは自由でした。ほとんど誰でもミス・スプリンガーを殺せたはずです。例外は、ミス・ジョンスンとミス・チャドウィック――それから、耳をわずらっていた一人の生徒だけです。ところが、第二の殺人の場合は範囲がぐっと狭《せば》まってきます。ミス・リッチ、ミス・ブレイク、ミス・シャプランドは嫌疑外です。ミス・リッチは三十キロ以上離れたオールトン・グランジ・ホテルに、ミス・ブレイクはリトルポート・オン・シーに滞在していましたし、ミス・シャプランドは、デニス・ラスボーンという男とロンドンのニド・ソーヴァージュというナイト・クラブにいました」

「それから、ミス・バルストロードも外泊しておられたと聞いていますが?」

アダムはにやにやした。警部と署長はドキッとしたような顔つきをした。

「ミス・バルストロードはウェルシャム公爵夫人のお宅に滞在しておいででした」と警部はきびしい声で言った。

「それでは、ミス・バルストロードも消去していい」とポアロはあくまできまじめな調子で言った。「すると、残っているのは——誰ですか？」

「校内に泊りこんでいる使用人二人、ギボンズ夫人とドリス・ホッグという娘。どちらも考慮の対象になるとは思えません。そうすると、残るのは、ミス・ローワンとマドモワゼル・ブランシュです」

「それから、もちろん生徒たち」

ケルシーはまたドキリとした顔つきになった。

「まさか、生徒たちを疑っておられるわけではないのでしょうね？」

「正直なところ、疑ってはいません。しかし、正確を期す必要がありますからね」

ケルシーはそういう正確さは問題にもしなかった。彼は重い口調で説明を続けた。

「ミス・ローワンは一年以上この学校に勤めています。立派な経歴の持ち主でもあります。嫌疑をかけていいような材料はひとつもあがっていません」

「すると、結局、マドモワゼル・ブランシュに落ちつくわけですね。行きつく所はそこだということになる」

全員が黙りこんだ。

「証拠がひとつもありません」とケルシーは言った。「彼女の資格証明書はまちがいのないものと言ってよさそうです」

「それは当然でしょうね」とポアロは言った。

「あの人はこそこそと嗅ぎまわってはいました」とアダムが口をはさんだ。「しかし、こそこそ嗅ぎまわっていたことが殺人の証拠だとは言えません」

「ちょっと待ってください」とケルシーが言った、「鍵のことがありました。最初に訊問した際に——あとで調べてみますが——室内競技場の鍵がドアから落ちたので、拾いあげたが、元のところへ戻しておくのを忘れたとか——鍵を持ったまま出ていこうとして、スプリンガーに怒鳴られたとかいったような話が出ました」

「何者にしても、夜中にあそこへ忍びこんで、問題のラケットを探そうという人間は、鍵を手に入れなきゃならなかったはずですね」とポアロは言った。「そのためには、鍵の型をとっておく必要があったわけだ」

「しかし、その場合には、自分から鍵の一件を持ちだしたりはしなかったはずですよ」とアダムは言った。

「そうとは限らないよ」とケルシーは言いかえした。「スプリンガーが鍵の一件を吹聴してしまっているかもしれないんだからね。そうすると、自分のほうから何げないふうにその話を持ちだしておいたほうが、有利だと考えたかもしれない」

「とにかく、記憶しておいていい点ですね」とポアロは言った。

「しかし、大して役に立ちそうにもありませんよ」とケルシーは言った。

彼は暗い顔をポアロに向けた。

「どうやらひとつの可能性が（わたしが聞き間違えていないとすれば、ですが）あるようですね」とポアロは言った。「ジュリア・アップジョンの母親が、学期はじめの日に、ここで誰か顔見知りの人間を見たということでしたね。それも、こんな所で会うのが意外だった人物に。前後の関係から判断すると、それは、外国の諜報活動に関係のあった人物らしく思われる。かりにアップジョン夫人が、マドモワゼル・ブランシュをその人物だったとはっきり指摘してくれれば、われわれも、ある程度確信をもって捜査を進められるわけですよ」

「言うは易《やす》く行なうは難《かた》し、ってやつですよ」とケルシーは言った。「われわれのほうでも、アップジョン夫人と連絡をとろうと努力はしてきたのですが、これがまた厄介な仕事ときている！　あの子がバスだと言うので、予定表どおりに運行する団体用の遊覧旅行バスだとばかり思っていたのです。ところが、ぜんぜんそんなものではないんですよ。あの人は、その土地土地のバスに乗って、どこへでも気の向いた所へ行っているらしいんです！　クック旅行協会なり何なりの、名のとおった旅行社を通じて旅をしているんではないのです。たった一人で漫遊しているのです。そういう女性が相手では、どうしようもないではありませんか？　どこにいるか見当もつかないんですからね。アナトリアだって広いんだから！」

「たしかに厄介でしょうね」とポアロも言った。

「いくらでもちゃんとした遊覧バスがあるのに」とケルシーは憤慨口調になった。「すべてが乗客には便利なようになっている――泊まる場所にしても、見物する所にしてもね。しかも、全部こみの料金だから、予算もたてやすい」

「そういう旅行は、アップジョン夫人の趣味に合わないのは明らかですな」

「おかげで、われわれのほうは、にっちもさっちも行かない状態だ！」とケルシーは言葉をついだ。「あのフランス女は、いつなりと、好きな時にずらかれるわけだ。こっちには引きとめておける口実なんか何ひとつないんですからね」

ポアロは首を振った。

「あの人はそんなことはしませんよ」

「あてにはなりませんね」

「いや、大丈夫だと思いますね。殺人を犯した場合は、自分に不似合いなような行動はとりたがらないものです。ひとの注意をひくおそれがありますからね。マドモワゼル・

ブランシュは、学期が終わるまで、おとなしくこの学校にとどまっていますよ」

「おっしゃるとおりだといいんですがね」

「自信があります。それに、アップジョン夫人が見たという人物は、ア、ア、アップ、ジョ、ン、夫人、に、に、に、に、見られたことに気づいていないんですよ。従って、それがわかった時の驚きは、完全な不意うちですよ」

ケルシーはため息をついた。

「こちらの頼れるのは、ただそれだけと――」

「ほかにも手段はありますよ。例えば、雑談」

「雑談！」

「雑談というやつは、非常に価値のあるものですよ。隠したいことがあっても、じきに喋りすぎるものです」

「つい口をすべらす、というわけですか？」署長は懐疑的な口ぶりだった。

「そこまで単純なことではないのです。人は、自分の隠そうとしていることについては、警戒します。そのかわりに、ほかのこととなると、つい喋りすぎるものなのです。雑談にはほかの用途もあります。悪気のない人たちでも、知ってはいても、自分の知っていることの重大さに気づいていない場合もありますからね。そう言えば、思いだしたことが――」

ポアロは立ちあがった。

「ちょっと失礼します。どなたかこの学校に絵を描ける人はいないか、バルストロード先生に訊いてみる必要があるんです」

「絵が描ける？」

「そうです」

「いやはや」ポアロが出ていくと、アダムは言った。「最初は女の子の膝、今度は絵！つぎは何が飛びだすことやら」

2

ミス・バルストロードは、ぜんぜん驚いたようすもなく、ポアロの質問に答えた。

「外来講師のミス・ローリイがここの図画の先生です」と彼女はてきぱきと答えた。

「ですが、今日はお見えになっていません。何を描いてほしいのですか？」と彼女は、まるで子供にでも言うようにやさしく訊いた。

「人間の顔です」

「リッチさんは人物のスケッチがお上手です。特徴をとらえるのがうまいのですよ」

「それなら、もってこいです」

彼は、ミス・バルストロードが理由を訊こうともしないのに感心した。彼女は黙って部屋を出ていき、ミス・リッチを連れて戻ってきた。

紹介がすむと、ポアロは訊いた、「あなたは人物のスケッチがおできになるそうですね？　すぐに描けますか？　鉛筆で？」

アイリーン・リッチはうなずいた。

「しじゅうやっています。気晴らしにですけど」

「けっこう。それでは、亡くなられたスプリンガー先生をスケッチしてみてくださいませんか？」

「それはむずかしいですわ。ほんのしばらくしか、おつきあいしていませんから。でもやってみましょう」

彼女は、目を細めて考えていたと思うと、さらさらと鉛筆を走らせた。

「うまいものだ《ビアン》」スケッチを受けとると、ポアロは言った。「それでは、今度はバルストロード先生と、ローワン先生と、ブランシュ先生と、それから――そうそう――園丁のアダムもお願いします」

アイリーン・リッチはふしぎそうに彼の顔を見たが、仕事にかかった。彼は描きあがったスケッチを眺め、感心してうなずいた。

「うまい――なかなかうまいものですね。これだけのわずかな線でね――しかも、よく似ている。今度はもう少し困難なことをお願いしたいのですがね。たとえば、髪型を変えて、バルストロード先生を描いてみていただけませんか。眉のかっこうも変えてみてください」

アイリーンは、この人は頭がおかしいのではないかとでも言いたそうに、まじまじと彼の顔を見つめた。

「いや、べつにおかしくなったわけではないのです」とポアロは言った。「ちょっと、実験をやってみているだけなのです。どうか、わたしのいうとおりにやってみてください」

やがて、彼女は、「でき上がりました」と言った。

「みごとなものだ。今度は、ブランシュ先生とローワン先生にも、同じようにしてみてください」

彼女が描きおわると、彼は三枚のスケッチを並べてみた。

「おもしろいじゃありませんか」と彼は言った。「バルストロード先生のほうは、あれだけ変化を加えても、やはり見間違えようのないバルストロード先生です。ところが、ほかの二人のほうをごらんなさい。この人たちの目鼻だちには特徴がないし、人間的にもバルストロード先生ほどの個性が備わってないせいでしょうが、ほとんど別人のように見えるではありませんか？」

「なるほど、おっしゃるとおりですわね」とアイリーン・リッチも言った。

彼女は、ポアロがスケッチを丁寧に折りたたんでしまうのを見まもった。

「それを、どうなさるおつもりですの？」と彼女は訊いてみた。

「使うんですよ」ポアロは答えた。

20 雑談

「さあ——どう言っていいか、わたしにはわかりませんわ」とサットクリフ夫人は言った。

彼女は、「ほんとうになんとも言いようのない——」と、うとましげなようすを隠そうともせず、エルキュール・ポアロを見た。

「あいにくと、主人も留守にしているものですから」

この言葉の意味は少々あいまいだったが、エルキュール・ポアロには、彼女の頭に浮かんでいることがわかるような気がした。きっと、ヘンリーがいてくれたら、こういうことはうまくさばいてくれるのに、と思っているのだ。夫は国際的な取引をすることが多かった。しじゅう中東や、ガーナや、南米や、ジュネーヴに飛んでいたし、そうたびたびではないが、時おりはパリへも行くことがあった。

「なんとも言いい、い、い、いようのない嘆かわしいことでしたわ」とサットクリフ夫人は言った。「ジェニファーを無事に連れもどせて、ほっとしていますわ。でも、ほんとうを申しますとね」と彼女はちょっと苦労をにじませた声になり、こうつけくわえた。「ジェニファーには手を焼きましたわ。メドウバンクに入学する時には、あんな学校は好きになれないに決まっているだの、気どりやの行く所だの、自分の望みには合わない学校だのと、しきりにだだをこねてばかりいたくせに、今度は、退学させたと言って一日じゅうふくれっ面をしているんですよ。まったく手におえませんわ」

「あそこはどう見ても非常に立派な学校ですよ」とポアロは言った。「英国でも最上の学校だと言っている人も多い」

「過去にはね」とサットクリフ夫人は言った。

「いずれまたそうなりますよ」とポアロは言った。

「そうお思いになりまして？」サットクリフ夫人は疑わしそうに彼の顔を見た。彼の同情のこもった態度に彼女の防備もしだいに崩れかかっていた。子供のことでの苦労や障害や抑圧の重荷から解放されることほど、母親の生活の重圧をやわらげてくれるものはない。子供への忠実さは非常にしばしば忍従を強いる。エルキュール・ポアロのような外国人に対しては、子供への忠実さを守る必要がない気がした。同じような娘をもっているほかの母親と喋っている場合とは違うわけだから。

「メドウバンク校は、ちょうど今、不幸な時期を通りぬけているところです」とポアロは言った。

その瞬間には、これ以上のうまい言葉が思いつけなかったのだ。だが、自分でも、その言葉の不適当さに気がついたし、サットクリフ夫人のほうも早速この言葉に襲いかかってきた。

「不幸などころではありませんわ！」と彼女は言った。「二度も人殺しが！　おまけに、生徒も一人誘拐されていますしね。先生がたがしじゅう殺されるような学校に、娘をやるわけにはまいりませんわ」

それは確かに筋のとおった考え方のようだった。

「両方の殺人事件が一人の人間のしわざだったとわかり、その犯人が逮捕された場合は違ってくるのではありませんか？」とポアロは言った。

「そうですね――それはそうだろうとは思いますけど」とサットクリフ夫人はあいまいな言い方をした。

「つまり――あなたのおっしゃるのは――ああ、わかりましたわ。切り裂きジャックや、あのもう一人の男みたいな犯人だったとわかれば、という意味なのでしょう？――もう一人の男のほうは、なんという名前でしたかしら？　なんでもデヴォンシャーと関係のある名前でしたわね。クリームでしたか？　ニール・クリームですわね。不幸なタイプの女ばかりを狙って殺してまわった男。今度の犯人は学校の女の先生ばかりを狙っているようですわね！　そりゃ犯人を無事に刑務所へ閉じこめて、絞首刑にしてしまえれば、だって情状酌量は一度の殺人の場合だけなのでしょう？——一度だけ噛みついた犬みたいにね——まあ、何を言っていたのでしたかしら？　ああ、そうそう、犯人さえ無事に捕まえれば、そりゃ、その時には、事情も変わってくると思いますわ。もちろん、そんな連中がたくさんいるはずはありませんわねえ？」

「たくさんいたりしちゃ、たまりませんよ」とエルキュール・ポアロは言った。「でも、誘拐事件のこともありますし」サットクリフ夫人は指摘した。「生徒が誘拐される恐れのあるような学校へなんか、娘をやれるものではありませんわねえ？」

「そりゃ、たしかにおっしゃるとおりです。奥さんは、すべてのことを実に明快に判断していらっしゃいますね。おっしゃることのすべてが的《まと》を射ていますよ」

サットクリフ夫人は多少嬉しそうな顔をした。近頃では、誰もそんなことを言ってくれる者がいなかった。ヘンリーときたら、「なんだってあの子をメドウバンク校へなんかにやりたがったんだ？」といやみを言うだけだったし、ジェニファーは、ふくれっ面をして、返事をしようともしないしまつだ。

「わたしだって、いい、いい、それはもうずいぶん考えてみたのですもの」と彼女は言った。

「それでは、誘拐の件だけでも、奥さんのご心労をはぶいて差しあげる必要がありますね。これはここだけの話《アントル・ヌー》として、他言はご無用に願いたいのですが、シャイスタ王女のことは——あれは、正確には誘拐とは言えないのでして——どうやら、ロマンスではないかと——」

「じゃあ、あの不良娘は、誰かと結婚でもする気で逃げだしたのですか？」

「これ以上は申しあげられませんが」とエルキュール・ポアロは言った。「奥さんのことですから、ご理解願えると思いますが、スキャンダルになっては困るのです。ここだけの話として申しあげたのですから、奥さんもそのつもりでお願いします」

「もちろん、喋ったりはいたしません」とサットクリフ夫人は神妙に答えた。彼女はポアロが持参した警察署長からの紹介状に目を落とした。

「わたしは、あなたのことをよく存じませんのですが、ええと——ポアロさんでしたね。あなたは小説なんかによく出てくる——私立探偵の方ですの？」

「わたしはコンサルタントなのです」とエルキュール・ポアロは昂然《こうぜん》と答えた。

このハーリー街（ロンドンの有名な町で一流医師が多く住んでいる）的雰囲気のある言葉はサットクリフ夫人を大いに力づけた。

「ジェニファーに、どういう話がおありなのでしょうか？」と彼女は訊いた。

「ただ、いろいろなことの印象をお訊きしたいだけなのです」とポアロは答えた。「お嬢さんは観察力がおありになるそうですから――そうなのでしょう？」

「さあ、そうは言えない気がしますわ」と夫人は言った。「わたしに言わせれば、注意深いたちの子供ではありませんもの。いつも、いたって実際的なものの見かたをしていましてね」

「ぜんぜんありもしない作り話をしたりするよりは、ましですよ」

「そりゃ、ジェニファーは、そういうことだけはしませんわ」とサットクリフ夫人はきっぱりと言った。彼女は立ちあがり、窓のそばへ行って、「ジェニファー」と呼んだ。

引きかえしてくると、彼女はポアロにこんなふうにたのんだ。「どうかジェニファーに、お父さんも、わたしも、あの子のために最善をつくしているのだということを、のみこませてやっていただけませんか？」

ジェニファーは不機嫌そうな顔をして部屋へ入ってきて、うさんくさそうにエルキュール・ポアロを見やった。

「こんにちは」とポアロは話しかけた。「わたしはジュリア・アップジョンの古くからの友だちなんですよ。あの子がわたしを訪ねてロンドンへやってきましてね」

「ジュリアがロンドンへ？」とジェニファーはちょっと意外そうに言った。「なぜ？」

「わたしの助言を求めるためにですよ」とポアロは言った。

ジェニファーは信じられないという顔つきをした。

「わたしも助言してやることができましてね」とポアロは言った。「あの子はもうメドウバンク校へ帰っていますよ」と彼はつけくわえた。

「それじゃ、イザベル叔母さんはあの子を連れもどしたりしなかったのだわ」とジェニファーは言って、腹立たしそうな視線を母親に向けた。

ポアロもサットクリフ夫人のほうを向いた。すると、なぜか彼女は――恐らくポアロが来たときに数えかかっていた洗濯もののことでも思いだしたのか、それとも、説明のつけようのない心理的な強制のせいなのだろうか――立ちあがって、部屋を出ていった。

「学校ではあんなにいろんなことが起きてるのに、仲間はずれになってるのは辛いわ」とジェニファーは言った。「うちじゃ大騒ぎばかりして！　お母さんに言ってやったのよ、くだらないことだって。なんと言っても、生徒は一人も殺されてなんかいないんですもの」

「あの殺人事件のことで、何か頭に浮かんだことはありませんか？」とポアロは訊いた。

ジェニファーは首を振った。「誰か気のふれた人のしわざじゃない？」彼女は考え顔になって、こうつけくわえた。「バルストロード先生は、また新しい先生をお入れにならなきゃならないわね」

「そういうことになるでしょうね」とポアロは答え、ついで、こう言った。「わたしはね、ジェニファー、例の、新しいラケットを持ってきて、あなたの古いのと交換した女の人のことに興味があるんですよ。あの時のことは憶えていますか？」

「憶えていると思うわ」とジェニファーは答えた。「ほんとうは誰がくれたのか、いまだにわからないんですよ。ジーナ小母さんじゃなかったんです」

「その女性はどんなようすでしたか？」

「あのラケットを持ってきてくれた人？」ジェニファーは、考えこむように目を半ば閉じた。「さあ、わからないわ。小さなケープのついた、いやにごてごてしたドレスを着てたように思うわ。青い、だらりとなった帽子に」

「ほう」とポアロは言った。「わたしの訊いているのは、身につけていたものよりも、顔のことなのですがね」

「いやにお化粧が濃かったように思うわ」とジェニファーはあいまいな言い方をした。「つまりね、田舎へ来るにしては、ちょっと厚化粧すぎてたわ。それから、金髪だった。アメリカ人じゃないかと思うけど」

「以前に会ったことがある人でしたか？」とポアロは訊いた。

「いいえ、一度も」とジェニファーは答えた。「あの辺に住んでる人ではないと思うわ。ランチ・パーティーだったか、カクテル・パーティーだったかに来たと言ってましたから」

ポアロはしみじみと彼女の顔を見た。ジェニファーが、聞かされたことを何でもそのまま受けいれているらしいのに彼は興味をおぼえた。彼はやさしくこう言った。

「ですがね、その人はほんとうのことを言わなかったのかもしれませんね？」

「まあ」とジェニファーは言った。「それはそうね、わたしもそう思うわ」

「確かに一度も会ったことのない人でしたか？　たとえばね、生徒の誰かが着飾っていたのだとは思えませんか？　でなきゃ、先生の誰かが？」

「着飾って？」ジェニファーはとまどった顔つきをした。

ポアロは、アイリーン・リッチの描いてくれた、マドモワゼル・ブランシュのスケッチを彼女の前に置いた。

「この人じゃありませんでしたか？」

ジェニファーは自信なさそうにスケッチを見た。

「ちょっと似てはいるけど——違うと思うわ」

ポアロは考え顔になり、うなずいた。

ジェニファーは、これがマドモワゼル・ブランシュのスケッチだということに、気がついた形跡はぜんぜんなかった。

「ほんとうのところはね」とジェニファーは言った。「彼女の顔なんて、よく見てなかったんです。アメリカ人だし、知らない人だし、それに、ラケットのことを話しだしたので――」

それから先は、ジェニファーが自分の新しい持ち物ばかりに目を奪われていたことは、明らかだった。

「なるほどね」とポアロは言って、言葉をついだ。「メドウバンク校では、以前ラマット国で見かけた人に会いませんでしたか？」

「ラマットで？」ジェニファーは考えこんだ。「いいえ――少なくとも――わたしの感じでは」

ポアロは、この多少自信のなさそうな表現に飛びついた。「でも、確信はないんですね、ジェニファー」

「そうねえ」ジェニファーは、困ったような顔をして額を掻いた。「そりゃね、よく、誰かに似た人を見かけることはあるわ。それが誰に似ているのか思いだせなかったりするのよ。時には、確かに会ったことのある人に出くわしても、誰だったか思いだせないことだってあるわ。〝わたしを忘れたの〟なんて言われると、ほんとうに忘れているだけに、とってもバツの悪いものよ。つまりね、顔は、なんだか見憶えがあるんだけど、名前や、前に会った場所が、思いだせないことがあるの」

「確かにそういうことはありますね」とポアロも言った。「そう、確かにそのとおりだ。誰でもよくそういう経験をするものですよ」彼は、ちょっと間をおいてから、やさしく探るように、言葉をついだ。「例えばね、シャイスタ王女、あの人は、多分あなたにも見分けがついたと思うけどね、ラマット国で見かけたことがあるに違いないんだから」

「まあ、シャイスタはラマットにいたんですの？」

「いたと思うねえ」とポアロは言った。「なんといっても、あの人はあそこの王族なんだから。あなたもむこうで見かけたかもしれないんじゃないかな？」

「見かけたようには思えないわ」とジェニファーは、眉をよせて答えた。「どっちにしても、あの人も、むこうでは顔を出して出歩いたりしなかったんじゃないかしら？　女の人はみんなヴェールか何かをかぶってるんですもの。そりゃ、パリやカイロでは、そんなものは脱ぐと思うけど。もちろんロンドンでもよ」と彼女は言いそえた。

「とにかく、メドウバンクでは、前に見かけたことのある人には、誰にも会わなかったような気がする、というわけですね？」

「ええ、たしかに会っていませんわ。そりゃね、たいていの人はどこか似たところがありますから、どこかで見かけたことがあるかもしれないけど。リッチ先生のような変な顔をした人だけね、気がつくのは」

「リッチ先生には、前にどこかで会ったような気がするんですか？」

「ほんとうは会ったことなんかないわ。先生に似た、誰かほかの人だったに違いないの。それに、あの先生よりずっと太った人だったわ」

「ずっと太った人ねえ」とポアロは考え顔で言った。

「リッチ先生の太った姿なんて、想像もつかないわね」ジェニファーはくすくす笑いだした。「あの先生、おそろしくやせて、ごつごつしてるんですもの。それに、リッチ先生はラマットにいたはずがないわ。だって前の学期には病気で休んでいたんですもの」

「それから、ほかの生徒たちには？」とポアロは言った。「前に会ったことのある生徒はいませんでしたか？」

「前から知っていた人たちだけですわ」とジェニファーは言った。「一人、二人知っていた人がいたんです。でも、わたしは、あの学校に三週間いただけなんですもの。ほんとうは半分ぐらいは、ろくに顔だって知らないわ。明日会ったって、たいていの人にはきっと気がつかないわ」

「もっと注意していなきゃいけませんね」とポアロはきびしく言った。

「そう何もかも注意していられるものじゃないわ」とジェニファーは抗弁した。彼女は続いてこう言った。「メドウバンクがこれからも続くのなら、わたしも帰りたいわ。お母さんをなんとか説きつけてくださらない？　でもね」と彼女はつけくわえた。「ほんとうは、厄介なのはお父さんのほうらしいの。こんな田舎ぐらしなんかいやだわ。テニスの腕をみがく機会なんかぜんぜんないんですもの」

「できるだけのことはしてあげますよ」とポアロは言った。

21 手がかりの整理

1

「アイリーン、あなたに相談したいことがあるのよ」とミス・バルストロードは言った。

アイリーン・リッチはミス・バルストロードのあとについてその居間へ入った。メドウバンク校は異様に静まりかえっていた。生徒はまだ二十五人ぐらいは残っていた。家庭の事情で連れもどしにくるのが困難だったり、引きとることを喜ばない家の娘たちだった。ミス・バルストロードの希望どおりに、彼女のとった戦術のおかげで、親たちがあわてふためいて駈けつける騒ぎはおさまっていた。次の学期までには、何もかもきれいさっぱりと解決がつくだろうというのが、一般の者たちの受けている感じだった。ミス・バルストロードが学校を休校にしたのは、自分たちが思っていたよりも賢明な策だったのだと彼らも悟らされた。

教師で辞めた者は一人もなかった。ミス・ジョンスンは暇を持てあましていらいらしていた。一日でも仕事のなさすぎる日を過ごすことは、彼女にはやりきれなかった。ミス・チャドウィックは、年寄りじみた不幸そうな姿になり、不運にうちのめされて無感覚になった人間のように、うろうろしていた。どう見ても、彼女のほうがミス・バルストロードよりははるかにひどい痛手を受けていた。実際、ミス・バルストロードのほうは、ちょっと見たところなんの困難もなく完全に自分を維持しているようだったし、動揺の色も見せず、緊張しきっているようすも虚脱しているようすもなかった。若手の女教師二人にとっては、余分の暇はまったく迷惑ではなかった。彼女たちはプールで泳いだり、友人や親戚に長い手紙を書いたり、比較し研究するために、旅行のパンフレットを取りよせたりしていた。アン・シャプランドにも相当の暇ができたが、彼女はそのために憤慨しているようすはなかった。彼女は暇な時間をたいてい庭ですごし、思いもかけなかった器用さを発揮して、草木の手入れに精を出した。彼女が、ブリッグズ爺さんよりはアダムに仕事を教わることを好んだのは、不自然な現象とは言えなかったろう。

「なんでしょうか、校長先生？」とアイリーン・リッチは言った。

「前からあなたと話をしてみたかったのよ」とミス・バルストロードは言った。「この学校が継続できるかどうかは、わたしにもなんとも言えないわ。世間の人たちがどういう感じを受けるか、人によってそれぞれ感じかたが違うだけに、予測のつきにくいものだから。でも、結局はいちばん強烈に感じる人がほかの人たちすべてを自分の感じ方に同調させることになると思うわ。従って、メドウバンク校がこれで終わりをつげるか――」

「そんな、終わりをつげるなんてことが」とアイリーン・リッチはさえぎった。足踏みせんばかりの勢いで、すぐに彼女の髪は顔へ垂れさがってきた。「どんなことがあっても、学校を閉鎖なさったりしてはいけません。そんなことは罪です――罪悪だと思います」

「ずいぶん強硬なのね」とミス・バルストロードは言った。

「わたしは強烈に感じるたちですから。世の中には、ほんとうは一文の価値もないと思われるものがたくさんありますが、メドウバンク校はたしかに価値のあるもののように思えます。はじめてこの学校へまいりました瞬間から、わたしはそういう感じを受けました」

「あなたは闘士なのね」とミス・バルストロードは言った。「闘士は好きだし、わたしだっておめおめと屈服するつもりはないわ。ある意味では、これからの戦いを楽しみにしているとも言えるわ。何をするのも容易になり、物事が順調に行きすぎると、人間は

──そうね、ちょっと適切な言葉が浮かばないけど──満足しきると言うか、退屈してしまうと言うか、とにかく、その二つのハイブリッドみたいなものに陥ってしまうわね。いまは、退屈してもいなければ、満足してもいないし、自分のありったけの力をふりしぼり、持っているだけの資金も注ぎこんで戦うつもりでいるのよ。それでね、あなたに相談したいことがあるの。メドウバンク校が存続することになった場合には、あなたも共同経営者として参加していただけないかしら？」

「わたしが？」アイリーン・リッチは驚いて彼女の顔を見つめた。「このわたしがですか？」

「そうなの。あなたよ」と、ミス・バルストロードは言った。

「わたしには無理ですわ」とアイリーン・リッチは答えた。「何も知らない人間ですし、若すぎます。経験だって、先生のお望みになりそうな知識だって持ってはいないのですから」

「何を望んでいるかは、自分が一番よく知っていますよ」とミス・バルストロードは言った。「それにね、こんな話を持ちだした今の事情では、けっしてこれは有利な申し出ではないことを、承知していてくださいね。あなたは、どこかほかへ行けば、おそらくもっといい地位につけるでしょうからね。ですがね、これだけはあなたに言っておきたいし、あなたにもわたしの言うことを信じてほしいの。わたしはね、ヴァンシッタートさんの不幸な死の前から、この学校を背負っていってもらうのに望ましい人は、あなただと、心では決めていたのですよ」

「その頃から、そんなことを？」アイリーン・リッチは意外そうにまじまじと彼女の顔を見つめた。「わたしは——わたしたちは、みんな思っていました。ヴァンシッタート先生が……」

「ヴァンシッタートさんとは、別にどういう取りきめもしていなかったのです」とミス・バルストロードは言った。「白状すると、あの人を頭に浮かべてはいましたよ。この二年間ずっと。でも、いつも何かがわたしをおさえて、あの人にはっきりしたことを言うのを、ひかえさせたの。おそらく、誰もがわたしの後継者はヴァンシッタートさんだと思いこんでいたと思うわ。彼女自身もそう思っていたかもしれないわね。わたし自身も、つい最近まではそう思っていたのよ。ところが、そのうちに、あの人はわたしの望んでいる人ではないと、はっきり自分でもわかったのよ」

「でも、あの先生はあらゆる点で、適任でしたわ」とアイリーン・リッチは言った。「あの方なら、バルストロード先生のやりかたそのままを、先生の理念そのままを受けついでやっていかれたと思いますけど」

「そうなの」とミス・バルストロードは言った。「それだから、間違ったゆきかたをすることになると思ったの。人間は過去にしがみついているわけにはゆかないものよ。伝統も、ある程度まではいいけど、程度が過ぎてはいけないわ。学校は今日の子供たちのものよ。五十年前の子供たちのものでも、三十年前の子供たちのものですらないわ。ほかの何よりも伝統が重要な要素をしめている学校もあるけれど、メドウバンク校は違うわ。長い伝統を背後に持つような学校ではないのですからね。わたしの口から言うのはなんだけれど、この学校は一人の女の創作よ。わたし自身のね。わたしはいくつかの着想を試し、自分の才能の及ぶかぎりそれをやりとおしてみたわ。そりゃ、期待どおりの成果があがらなくて、最初の着想を修正しなきゃならない場合も時おりはあったけれどね。この学校は型どおりの学校ではなかったけれど、そうかと言って、型破りを誇りにしてきた学校でもなかったのよ。両方の世界を最高に利用しようと努めている学校なの。過去と未来をね。だけど、真の強調点は現在におかれているのよ。この学校はそんなふうに続けてゆくはずの学校だし、そんなふうに続けてゆくべき学校なの。理念を持った人に――現在的な理念を持った人に、運営してもらうべき学校なの。過去の知恵を保存するとともに、未来に目を向けている人にね。あなたはわたしがこの学校をはじめた頃とだいたい同じ年頃だけど、わたしがもはや持っていないものを持っていらっしゃるわ。

聖書にこういう言葉があるわね。〝汝らの老いたる者は夢を見、汝らの若き者は幻を見ん〟この学校では夢は必要ないわ。幻《ヴィジョン》が必要なのよ。わたしは、あなたは幻《ヴィジョン》を持っていると信じているし、それだからこそ、エレノア・ヴァンシッタートではなくて、あなたこそ適任だと決めたのよ」

「そうだったら、すばらしいことだったでしょうね」と、アイリーン・リッチは言った。

「どんなにすばらしかったことか。わたしの何よりも好んだことだったでしょうけれど」

彼女がもはや過ぎさったことのように言ったのには、ミス・バルストロードも多少驚いたが、顔にはあらわさなかった。

「そうよ、すばらしかったろうと思うわ。むしろ彼女はすぐにあいづちをうった。

そりゃ、わたしにも、あなたの気持ちはわかっているつもりだけど」

「とんでもない、そんな意味で言ったのではないのです」とアイリーン・リッチは言った。「ぜんぜん、わたしには——くわしい事情がうまく説明できないのですけれど——もし先生が、一週間か二週間前に、こういう話をお聞かせくださったのでしたら、わたしは即座に、わたしの力にはおよびません、とうてい不可能なことですと、お答えしただろうと思います。今は——今は——可能かもしれないという気がするのも、それはただ

——それはただ——今度は戦いに——いろんなことを引きうけることに——なるから、だけのことなのです。よろしかったら——よろしかったら、考えさせていただけませんでしょうか？　今すぐにはどうお答えしていいか、自分にもわからないのです」

「ええ、もちろんそれでけっこうですよ」とミス・バルストロードは言った。彼女の心には、やはりまだ意外さが残っていた。誰のことでも、ほんとうのところはよくわからないものだと、彼女は思った。

2

「リッチ先生がまたほつれた髪のままで歩いてるわ」と言いながら、アン・シャプランドは花壇から立ちあがった。「うまく結えないのなら、短く切ってしまったらよさそうなものなのにね。頭の恰好はいいんだから、そのほうが似合うはずよ」

「直接そう言ってあげたらいいじゃありませんか」とアダムは言った。

「それほどの親しい仲じゃないんだもの」とアン・シャプランドは言った。ついで、彼女は話題を変えた。「この学校は存続できると思って？」

「そいつはすこぶるむずかしい問題ですね」とアダムは言った。「それに、わたしなんかの判断すべきことでもないではありませんか？」

「あなたなら、判断がつかないはずはないと思うわ」とアン・シャプランドは言った。「わたしは存続できると思うのよ。生徒たちのいうブル婆さんには、たくましさがあるわ。第一、父母たちに対しても、催眠術的な影響力を持っているしね。今学期が始まってから、どのくらいたったかしら――まだやっと一月じゃない？　もう一年もたったみたいな気がするわ。学期が終わってくれれば、ほっとしそうよ」

「学校が存続することになった場合は、あなたも帰っていらっしゃいますか？」

「とんでもない」とアンは、力をこめて言った。「まっぴらよ。もう一生分学校ってものの経験は積んだわ。いずれにしても、女たちばかりと一緒に閉じこめられて暮らすのは性に合わないのよ。それに、正直なところ、殺人事件なんかきらいだし。そりゃ、新聞で読んだり、寝つく前の子守歌がわりの小説で読むぶんには、おもしろいわ。だけど、ほんものはいっこうありがたくないわね。わたしはね」とアンは考え顔でつけくわえた。「今学期が終わったら、ここを辞めて、デニスと結婚して、家庭に落ちつこうと思うのよ」

「デニスさん？　ああ、この前ちょっとお話ししていらした方ですね？　たしか、仕事の関係で、ビルマやマニラやシンガポールや日本、そういったところへよくいらっしゃるんでしょう。それでは、結婚なさっても落ちつくことにはならないんじゃありませんか？」

アンはふいに笑い声をたてた。「そりゃそうね。落ちつくことにはならないわ。物理的な、地理的な意味ではね」

「あなたはデニスさんにはもったいないと思いますがね」とアダムは言った。

「それ、わたしへのプロポーズなの？」とアンは言った。

「とんでもない」とアダムは言った。「あなたは野心家の女性だし、こちとらのような臨時雇いの園丁なんかと、結婚してもらえるはずがありませんよ」

「わたしは捜査課の人と結婚しようかと思ったこともあるのよ」とアンは言った。

「わたしは捜査課の人間なんかじゃありませんよ」

「ええ、ええ、もちろんそうね」とアンは言った。「おたがいに、発言の機微は保つようにしましょうね。あなたは捜査課の人ではないし、シャイスタは誘拐されたのではないし、この庭のものは何もかもきれいね。ほんとうにきれいだわ」彼女はあたりを見まわした。「それにしてもね」と彼女はちょっと間《ま》をおいてからまた言葉をついだ。「シャイスタがジュネーヴでみつかったっていう話だけど、わたしにはさっぱりがてんがいかないわ。どうやって行けたのかしら？　あの子が国外へ連れだされるのを見のがすなんて、あなたがたもずいぶんだらしがないわね」

「わたしは口止めされているんですよ」

「どうせ、かんじんのことは知らないくせに」とアンは言った。

「そりゃね、エルキュール・ポアロ氏のすばらしい着想のおかげだということは、わたしも認めますよ」とアダムは言った。

「なんですって、ジュリアを連れてバルストロード先生に会いにきた、あのおかしな小男が？」

「そうです。自分ではコンサルタント探偵と称していますがね」

「あんな人、もう過去の人間だと思うけど」とアンは言った。

「何をやろうとしているのか、わたしなんかにはさっぱりわかりませんよ」とアダムは言った。「うちのおふくろにまで会いに行ったりするんですからね。——誰か友だちでも派遣したのかもしれませんけど」

「あなたのお母さんにねえ？」とアンは言った。「どういうわけで？」

「見当もつきませんよ。あの人は、母親というものに、一種の病的な興味を持っているらしいんですよ。ジェニファーさんのお母さんにも会いに行っています」

「リッチ先生のお母様や、チャディ先生のお母様にも？」

「リッチ先生のお母さんは、もう亡くなっているらしいですよ」とアダムは言った。

「でなきゃ、あの人のことだから、きっと会いに行ったでしょうがね」

「チャドウィック先生のお母様はチェルテナムにいらっしゃると、うかがったわ」とアンは言った。「でも、もう八十歳を過ぎているらしいの。お気の毒に、チャドウィックさん自身だって、もう八十ぐらいに見えるわ。あら、噂をすれば影で、こちらへいらっしゃるわ」

アダムも顔を上げた。「なるほどね。この一週間でずいぶんお老けになりましたね」

「あの先生は、しんからこの学校を愛していらっしゃるからなのね」とアンは言った。「学校があの方の全生活なのだわ。学校が下り坂になっていくのを、見るのが耐えられないのよ」

ミス・チャドウィックは、学期始めの日からくらべると、たしかに十は老けて見えた。歩き方からも、いつものきびきびしたところが失われていた。もう、楽しそうに、せかせかと小走りに歩きまわるようなことはなくなった。今も彼女は、いくらか足をひきずるようにして、二人のそばへやってきた。

「バルストロード先生のところへ来てくださらない」と彼女はアダムに言った。「お庭のことで、何か指図をしたいことがあるそうよ」

「それじゃ、手でも洗ってこなきゃ」とアダムは言った。彼は農具を置き、植木鉢小舎のほうへ去っていった。

アンとミス・チャドウィックとは校舎の方へ歩きだした。

「いやに静かな感じですわね」とアンはあたりを見まわしながら言った。「まるでがら空きの劇場に、できるだけ観客が多いように見せかけるため、切符売場のほうで工夫して、間をおいて客を座らせているみたいですわね」と彼女はしんみりとつけくわえた。

「恐ろしいことだわ」と、ミス・チャドウィックは言った、「ほんとうに恐ろしい。メドウバンク校がこんな有様になったと思うと。たまらない気持ちだわ。わたしは夜も眠れないのですよ。何もかも滅びてしまった。あれだけ長年にわたっての努力が、本当に立派なものを造りあげてきた努力が」

「また、もとどおりになるかもしれませんよ」とアンは快活そうに言った。「世間は忘れっぽいものなのですからね」

「それほど忘れっぽくはありませんよ」とミス・チャドウィックは暗い声で言った。

アンはなんとも答えなかった。心のなかでは、ミス・チャドウィックの言うとおりだという気もした。

3

マドモワゼル・ブランシュは、フランス文学の授業を終えて、教室から出てきた。

彼女はちらと時計を見た。計画していたことをやってのけるだけの時間は、たっぷりありそうだった。生徒の数が非常に少なくなっていたので、近頃ではいつでも充分に暇があった。

彼女は二階の自分の部屋に行き、帽子をかぶった。彼女は帽子をかぶらずに出あるく種類の女性ではなかった。彼女は満足そうに鏡に映っている自分の姿を見つめた。人の目をひくような姿じゃない！　だけど、そのほうが有利な場合もあるわ！　彼女はにやりと笑った。そのおかげで、わけなしに姉のいろいろな証明書が利用できたわけだ。パスポートの写真ですら見とがめられずにすんだ。アンジェールが死んだ時に、あんなに立派な資格証明書をむだにしてしまったりしていたら、あとでずいぶん後悔したにちがいない。アンジェールは、ほんとうに教えることを楽しんでいた。だが彼女にとっては、教師なんかは退屈でたまらなかった。だが、給料はすばらしくよかった。彼女が今までにもらっていた給料なんかよりははるかによかった。そのうえ、信じられないほど都合よくことがはこんでいるのだ。将来はすっかり変わってくるわ。そうよ、まるで変わってくるわ。いままでのくすんだマドモワゼル・ブランシュが別人のようになるのだわ。彼女はそのすべてが目の前に浮かぶような気がした。リヴィエラ。スマートな服装をし、につかわしいお化粧をしている。この世の中で必要なのは、お金だけだわ。そうよ、これからはすべてがすこぶる愉快なことになってくるわ。こんないやらしいイギリスの学校へなんかやってきただけの値打ちはあったわ。

彼女はハンドバッグを取りあげ、部屋を出て、廊下を歩いていった。すると、廊下にしゃがみ込んで忙しそうに仕事をしている女が眼についた。新しいアルバイトの女だ。もちろん警察のスパイに決まっている。あの連中はなんて単純なのだろう——こちらが気がつかないと思うなんて！

彼女は、口もとにさげすむような笑いを浮かべ、校舎を出て、玄関道を表門へ向かった。バスの停留所は門のほとんど真向いにあった。彼女はそこに立って待った。一、二分したらバスが来るはずだ。

この静かな田舎道には、人影はごくまばらだった。車が一台止まっていて、一人の男がボンネットを開けて中を覗きこんでいた。生垣にもたせかけてある自転車が一台。もう一人、バスを待っている男。

この三人のうちの誰かが、自分を尾行してくるに決まっている。あからさまにではなく、たくみにやるに違いない。彼女はちゃんとそのことに気づいていたが、苦にはしなかった。〝イヌ〟が自分の行き先や行動を見とどけたいのなら、見とどけるがいい。

バスが来た。彼女はそれに乗りこんだ。十五分後には、彼女は町の中央広場でバスを降りた。わざわざうしろを振りむいて見るようなことはしなかった。彼女は通りをわたって、かなり大きなデパートのショーウィンドウの前へ行った。新しいデザインのドレスが陳列してあった。彼女は唇をゆがめ、ふん、田舎趣味の、あかぬけないものを、と思った。だが、いかにも気をひかれているかのように、立って眺めていた。

やがて、彼女は中へ入り、ちょっとした買物をし、二階へ上って婦人用の化粧室へ入った。そこには書きものテーブルや、数脚の安楽椅子や、電話ボックスがあった。彼女は電話ボックスに入り、料金を入れて、ある番号にかけて、間違いなく当人が出るかどうか、待ちうけていた。

彼女は、うまくいったというように、うなずき、Aボタンを押して、話しだした。

「こちらは、ブランシュ店です。おわかりでしょうか、ブ、ラ、ン、シュ店ですが？　お宅へ貸しになっている勘定のことなのですけれど。期限は明日の夕方までです。明日の夕方。

ロンドンのナショナル信託銀行のレッドベリー街支店の、ブランシュ店の口座に、つぎの金額を払いこんでください」

彼女はその金額を言った。

「もし払いこまれない場合は、当方としては、十二日の夜に目撃したことを、しかるべき筋に報告するしかありません。その内容は――いいですか――ミス・スプリンガーに関係したことなのですよ。二十四時間とちょっとの猶予を与えます」

彼女は受話器をかけ、電話ボックスから出た。一人の女がちょうど入ってきたところだった。たぶんこの店の客だろう。いや、そうではないのかもしれない。だが、そうではないとしても、盗み聞きするには遅すぎたわけだ。

マドモワゼル・ブランシュは隣りのクローク・ルームで化粧をなおし、ついで、ブラウスを二枚ばかり身体にあててみたが、買いはしなかった。彼女は、心の中でほくそえみながら、また通りへ出た。ちょっと本屋をのぞき、ついで、バスに乗って、メドウバンク校へ帰った。

やはり、心の中でほくそえみながら玄関へと歩いていった。これでうまく話をつけたわけだ。要求した金額はさほど大金ではなかった――短い期間内にかき集められないほどの額ではない。最初はそのほうがいいのだ。もちろん、今後それ以上の要求をすればいいのだから……

そうだ、これから先、これがちょっとしたありがたい収入源になってくれる。彼女は良心の呵責などはまったく感じていなかった。自分の知っていることや目撃したことを、警察に報せる義務があるなどとは思ってもいなかった。あのスプリンガーというやつはいやな女だった。礼儀を知らない育ちの悪い《マル・エルヴェ》女だった。余計なことまで鼻を突っこんだりするからだわ。これこそ自業自得というものだわ。

マドモワゼル・ブランシュはしばらくプールのそばに立ちどまっていた。アイリーン・リッチの飛びこみぶりを見物した。つづいて、アン・シャプランドが飛びこみ台に上り、飛びこんだ——彼女もうまいものだった。生徒たちが笑い声や、黄色い声を上げていた。

ベルが鳴り、マドモワゼル・ブランシュは下級生のクラスを教えるために教室へ入った。生徒たちは注意が散漫で、厄介だったが、マドモワゼル・ブランシュはまったく気にもかけなかった。いずれまもなく教師稼業なんかとは永久におさらばできるのだ。

彼女は、夕食のための身じたくをしに自分の部屋へ上がっていった。庭着用の上着が、その日にかぎっていつもの場所にはかかっておらず、隅っこの椅子の上に放りだしたままになっているのを、ぼんやり眼にはとめたが、べつに気にもとめなかった。

前かがみになり、鏡に映っている自分の顔を見つめた。白粉をはたき、口紅を――

その動作はあまりにすばやく、彼女は完全に不意を襲われた。音もたてない！　プロだ。椅子の上の上着がひとりでに盛りあがったと思うと、床に落ち、とたんに、マドモワゼル・ブランシュの背後で砂袋を持った手が振りあげられ、彼女が悲鳴を上げようとした瞬間に、ズシリと鈍い音をたてて、後頭部に砂袋が落ちてきた。

22 アナトリアでのできごと

アップジョン夫人は、深い峡谷を見わたせる路傍に腰をおろしていた。さっきから、半分はフランス語で、半分は身ぶり手まねをまじえて、大柄ながっしりした身体つきのトルコの女とお喋りをしているところだった。トルコの女は、そういうコミュニケーションの難しさの中でも伝えられるかぎりの詳しさで、最近の自分の流産の経験を話してきかせた。彼女は九人子供を生んだのだそうだ。八人は男の子で、流産は五回。流産したことも、出産と同じように、嬉しがっているみたいだった。

「それで、あなたは？」と彼女は親しそうにアップジョン夫人の脇腹をつついた。「何人《コンビアン》？――男の子《ガルソン》？――女の子《フィーユ》？――何人《コンビアン》？」彼女は指で勘定する用意に両手をさし上げた。

「女の子が一人です《ユヌ・フィーヌ》」とアップジョン夫人は言った。

「それから、男の子は《エ・ガルソン》？」

アップジョン夫人は、このトルコの女に軽蔑されそうだと気がついたので、愛国心に駆りたてられて、うそをつくことに決めた。彼女は右手の五本の指を広げて差しだした。

「五人《サンク》」と彼女は言った。

「男の子が五人《サンク・ガルソン》？　たいしたものですわ《トレ・ビアン》！」

トルコの女は賞賛と敬意を表わしてうなずいた。フランス語を流暢に話せるいとこがこの場にいてくれさえしたら互いにもっとよく理解しあえるのだが、とつけ加えた。ついで、また、最近の流産の話をはじめた。

ほかの乗客たちも二人のそばに手足を無造作に投げだして座り、持ってきていたバスケットから、雑多な食物をむしゃむしゃとやっていた。多少乗り古された感じのバスが、突きでた岩のかげに寄せてあり、運転手ともう一人の男とが、しきりに機関部の手入れをしていた。アップジョン夫人は完全に時間の観念を失ってしまっていた。洪水で二つの道路が通れなくなり、まわり道をする必要が生じたり、一度などは、川の水が退くまで、七時間も立往生させられたこともあった。アンカラは、行きつけないほどはるか彼方にあるわけではないのだ、ということだけしか彼女にはわかっていなかった。彼女は、感心したようにうなずいたり、同情したように頭を振ったりする頃合いをはかりながら、道づれの女の熱心なとめどもない話に耳をかたむけていた。

別の声、現在の環境とはおよそかけはなれた声が、彼女のもの思いの中に飛びこんできた。

「アップジョン夫人、だと存じますが」とその声は言った。

彼女は顔を上げた。少し先に車が一台乗りつけてあった。目の前に立っている男は、その車から降りてきたに違いなかった。顔も声も、間違いようのないイギリス人のそれだった。灰色のフランネルの上下を一分のすきもなく着こなしていた。

「まあ、リヴィングストン博士ですの（アフリカでアメリカの新聞記者スタンリイがリヴィングストン博士に会った時の情景をまねているわけである）？」とアップジョン夫人は言った。

「確かにそういった感じですね」とその見慣れない男も愉快そうに言った。「わたしはアトキンスンと申します。アンカラの領事館の者なのです。ここ二、三日前から奥さんと連絡をとろうと努力していたのですが、なにしろ道路が寸断されているものですから」

「わたしと連絡を？　どうしたわけで？」アップジョン夫人はふいに立ちあがった。陽気な観光客らしいおもかげは消えてしまっていた。完全に足の先から頭の天辺まで、母親になりきっていた。「ジュリアが？」と彼女はせきこんで訊いた。「ジュリアがどうかしたのでは？」

「そうではないのです」とアトキンスンは、彼女を安心させた。「お嬢さんはお元気です。そういうことではないのです。メドウバンク校にちょっとした事件が起きたものですから、奥さんにできるだけ早くご帰国願いたいのです。わたしの車でアンカラまでお送りしますから、一時間たらずで飛行機にお乗りになれます」

アップジョン夫人は何か言おうとして口を開けたが、また閉じてしまった。やがて、彼女はシャンとして、こう言った。「あのバスの屋根から、わたしのカバンをおろしてください。あの黒っぽいのです」彼女は向きなおって、トルコ人の連れと握手した。「残念ですが、わたしは国へ帰らなきゃならないのです」彼女はバスの残りの乗客たちにも、すこぶる愛想よく手をふり、知っているわずかばかりのトルコ語のひとつである別れの言葉を怒鳴っておいて、それ以上は何も訊こうともしないで、すぐアトキンスンについていく用意をした。ほかの多くの者たちもそうだったが、彼もアップジョン夫人は実にものわかりのいい女性だと思った。

23 大詰め

1

ミス・バルストロードは比較的小さな教室のひとつに集まった人々の顔を見まわした。教職員は全員揃っていた。ミス・チャドウィック、ミス・ジョンスン、ミス・リッチ、それから二人の若手の女性教師たち。アン・シャプランドは、ミス・バルストロードがノートをとるよう命じた場合の用意に、メモ用紙と鉛筆を持って座っていた。ミス・バルストロードの横には、ケルシー警部が座りこんでおり、その向こうには、エルキュール・ポアロがいた。アダム・グッドマンは、教職員たちと、彼が自分だけで執行部と呼んでいる者たちの一団のどちらにも属さない中間地帯に、ひとりで陣どっていた。ミス・バルストロードが立ちあがり、いつもの話しなれた、きびきびした口調でこう述べた。

「ここの教職員であり、この学校の運命に関心を寄せてくださる皆さんに、捜査がどの程度まで進んでいるかをお知らせするのが、わたしの義務だと思います。わたしはケルシー警部から、いくつかの事実をうかがっております。国際的なコネクションをお持ちの、エルキュール・ポアロ氏も、スイスから貴重な援助を得てくださっており、いずれその点についてはご本人からご報告くださることと思います。残念ながら、まだ捜査が終了する段階にはいたっていませんが、いくつかの小さな問題は解決いたしましたし、現在どういう情勢になっているかをお知りになれば、皆さんもひと安心されるのではないかと思ったわけです」ミス・バルストロードはケルシー警部のほうに向き、警部が立ちあがった。

「わたしは、職務上、自分の知っていることのすべてをお話しできる立場ではありません。わたしに保証できることは、捜査が進展を見せているということと、本校で起きた三つの犯罪の犯人についてもほぼ見当がついているということだけです。それ以上は申しあげかねます。わたしの友人のエルキュール・ポアロ氏は、公職上の秘密に縛られるわけではないし、ご自分の考えを自由に述べられる立場ですから、多くは氏自身の努力で入手された情報を話してくださるものと思います。皆さんは、メドウバンク校と、バルストロード先生に忠実な方でしょうから、ポアロ氏がこれからお述べになる、それも一般の人々には関係のない種々の問題については、決して口外なさらないものと信じます。そうした問題について、噂をしあったり、何かと臆測をしたりなさることが少なければ、それだけうまくゆくわけですから、今日これからお知りになる事実は、皆さんの胸だけにとどめておかれるようにお願いします。ご了解願えましたでしょうか？」

「もちろんですわ」とミス・チャドウィックが、誰よりも先に、力をこめて言った。

「もちろん、わたしたちは皆メドウバンク校に忠実です。少なくとも、わたしは、そう思っています」

「当然のことですわ」とミス・ジョンスンは言った。

「そうですとも」と二人の若手の教師たちも言った。

「わたしも同意します」とアイリーン・リッチが言った。

「それでは、ポアロさん、どうぞ」

エルキュール・ポアロは立ちあがり、聴衆ににっこりほほ笑みかけて、念いりに口髭をひねった。二人の若手の女教師たちはふいにくすくすと笑いだしそうになり、口をすぼめて、互いに顔を見あわせないようにした。

「皆さんは、困難な、不安の多い日々を過ごしてこられたことと思います」と彼は口をきった。「わたしは皆さんのそのご苦労を理解しているものであることを、まず申しあげておきたい。当然バルストロード先生がいちばん苦労をなさったわけだが、皆さんもお苦しかったろうとお察しします。第一に、皆さんは三人の同僚を失われたわけであり、そのうちの一人は相当長くこの学校に勤めておられた方でもありました。わたしの申しているのは、ヴァンシッタート先生のことです。スプリンガー先生とブランシュ先生は、もちろん新しく来られた方がたではありますが、やはりそのお二人の死も、皆さんにはきっと大きなショックだったろうし、悲しいできごとでもあったことでしょう。なおまた、皆さんご自身の安全についても、大きな不安を感じられたに相違ないと思います。一種の復讐者のようなものがメドウバンク校の先生がたを狙っているのではないかとも、お思いになったことでしょうから。しかし、そうではないということは、わたしも自信をもって申しあげることができますし、ケルシー警部も保証してくださることと思います。メドウバンク校は、一連の偶然のできごとのために、種々の好ましからぬ連中の関心の的となってしまったのです。言わば、鳩の群のなかに猫を置いたようなものでした。この学校では、三件の殺人事件と一件の誘拐事件が起きました。まず誘拐事件のほうを最初にとり上げてみます。それと言いますのも、今回の捜査を通じての難点は、事件の本筋とは関係のないさまざまなものをいかにして切り離すかという点にあったからであります。それらのものは、それ自体も犯罪的な行為ではありましたが、もっとも重要な糸を――つまり、皆さんの中にまぎれこんでいる冷酷な仮借のない殺人者という糸を――

――覆いかくしていたのです」

彼はポケットから一枚の写真を取りだした。

「まずこの写真をおまわしします」

ケルシーが写真を受けとって、ミス・バルストロードにわたし、ついで彼女が、教職員たちにまわした。写真はポアロの手もとへ返ってきた。彼はみんなの顔を見まわしたが、いずれも当惑した顔をしていた。

「みなさんにお訊ねしますが、その写真の少女に見おぼえがありませんか？」

一人残らず首を振った。

「見おぼえがあってもいいはずなのですがね」とポアロは言った。「なぜかというと、これはわたしがジュネーヴからとり寄せたシャイスタ王女の写真だからです」

「でも、それはシャイスタではございません」とミス・チャドウィックが叫んだ。

「まさにそのとおり」とポアロは言った。「この事件の糸はすべてラマットから始まっています。ご存知のとおり、あの国では約三カ月前に革命的なクーデターが起きました。国王のアリ・ユースフ殿下は辛うじてのがれて、自家用機で国外へ飛びました。しかし、その飛行機はラマット北方の山脈内に墜落し、機体が発見されたのは、かなりあとのことでした。アリ殿下が常に身につけておられた非常に高価なある品物が、紛失していました。飛行機の残骸の中からも見つかりませんでしたし、すでにこの国へ持ちこまれているという噂がたちました。いくつかのグループが、そのきわめて高価な品物を手にいれたいと切望しました。彼らの手がかりのひとつは、アリ・ユースフ殿下の唯一の身内であり、殿下の従妹にあたる、当時スイスの学校にいた少女でした。かりにその貴重品が無事にラマット国から持ちだされているとすれば、シャイスタ王女か、その親戚や後見人のもとへもたらされる可能性が高かったわけです。幾人かの手先は王女の叔父にあたるイブラヒム大公を、別の幾人かの手先は王女自身を、見張る役目をうけました。王女が今学期はこの学校に、つまりメドウバンク校に入学される予定になっていることも知られていました。従って、何者かがこの学校に職を得て、王女に近づく一切の者や、王女宛ての手紙、電話のすべてに目を光らせる役目を命じられたとしても、しごく自然なことだったでしょう。ところが、それよりも簡単で効果的な方法が案出されました。シャイスタを誘拐して、その身代りに、仲間の一人をシャイスタ王女として学校へ送りこむ方法です。イブラヒム大公はエジプトに滞在中で、夏の終わり頃にならなければイギリスへはおいでにならない予定でしたから、この計画は成功する可能性がありました。バルストロード先生ご自身も、シャイスタ王女とは一度もお会いになったことがなかったし、王女を迎えいれるための一切の取りきめは、ロンドン駐在の大使館を通じて行なわれていました。

この計画はきわめて単純なものでした。ほんもののシャイスタは、ロンドンの大使館員に伴われてスイスを出発しました。少なくとも、そう思われていました。実際には、ロンドンの大使館へは、スイスの学校の代表者が王女をロンドンへ送っていくという通知が来ていたのです。ほんもののシャイスタは、スイスのある非常に快適な山荘に連れていかれて、その後ずっとそこに滞在していました。ロンドンへは、ぜんぜん別の少女が到着し、大使館員に迎えられて、この学校へ連れてこられました。もちろん、この身代りは、ほんもののシャイスタよりもずっと年上の女でした。ところが、東洋の少女たちは年よりはずっとませて見えるのが普通ですから、そんなことに気づかれる恐れはまずなかったわけです。女学生役を専門にしている、ある若いフランスの女優がこの役目に選ばれた手先だったわけです。

わたしは前に」とエルキュール・ポアロは深みのある声で言った。「どなたかシャイスタの膝を気をつけて見た人はいないかと訊ねたことがありました。膝というやつは実によく年齢を表わしているものです。二十三、四歳ぐらいの女の膝は、決して十四、五の少女の膝と見間違えられるものではありません。ところが、残念ながら、あの子の膝に注意しておられた方はどなたもありませんでした。

この計画は予期していたほど成功とはいえませんでした。シャイスタに連絡をとろうとする者もなければ、彼女宛ての意味ありげな手紙や電話も来ず、時がたつうちに、余分の懸念まで生じてきました。イブラヒム大公が予定を繰りあげて、いつ英国へやってこないとも限らなかったのです。あの方は、前もって予定を発表するような人ではないのです。晩になって、突然〝明日ロンドンへ行く〟と言いだし、そのとおりにするような習慣のある人だと聞いています。

従って、にせのシャイスタは、いつほんもののシャイスタを知っている人間が現われないともかぎらないことを悟っていました。ことに殺人事件の起きたあとでは、その懸念を感じたので、誘拐というお芝居をうつ準備に、ケルシー警部にそんな話をしたりしたわけです。もちろん、実際の誘拐事件のほうはその話のような内容ではありませんでした。叔父が翌朝自分を連れだしに来るということを知ると、彼女はすぐに電話で簡単な連絡をとり、ほんものの車より三十分前に、にせの外交官ナンバーのプレートをつけた派手な車がやってきて、シャイスタは公式に〝誘拐〟されたわけです。もちろん、実際には、通りかかった最初の大都市で降ろしてもらい、すぐに元の自分に戻ったのです。あとで、その作りごとを裏づけるためだけに、素人くさい身代金要求の手紙を送ったりしました」

エルキュール・ポアロはここでちょっとひと息いれて、話を続けた。「皆さんにもおわかりのことでしょうが、これは奇術師のやるトリックにすぎなかったのです。注意をそらすやり方です。皆さんは、ここで起きた誘拐事件に目を奪われ、実際の誘拐が、二週間前にスイスで起きていたことには、誰も気がつかない」

ポアロは、礼儀上口には出せなかったが、ほんとうはこう言いたいところだった。それに気がついたのは、自分だけだったのだ！

「それではつぎに、誘拐事件よりもはるかに重大な問題――殺人事件に、移ることにしましょう。

もちろん、にせのシャイスタも、スプリンガー先生を殺すことはできたでしょうが、ヴァンシッタート先生や、ブランシュ先生を殺すことはできなかったはずですし、誰を殺す動機も持っていなかったし、そんな行動は彼女には要求されてもいませんでした。彼女の役割は、予想どおりに、貴重な包みをとどけてきた者があれば、それを受けとること、でなければ、その貴重品についての情報を受けとることだけだったのです。

ここで、事件の発端地ラマットへ話を戻しましょう。ラマットでは、問題の貴重品の包みは、アリ・ユースフ殿下が、自分のお抱えパイロットであるボブ・ローリンスンにお渡しになり、ボブ・ローリンスンがそれをイギリスへ送りだす手筈を整えたという噂が、広く伝わっていました。ローリンスンは、その問題の日に、姉のサットクリフ夫人とその娘のジェニファーが滞在していた、ラマット国では一流のホテルへ行っています。サットクリフ夫人とジェニファーは外出中でしたが、ボブ・ローリンスンは二人の部屋へ上がっていき、少なくとも二十分間はそこにいました。それは、その時の事情から判断すると、かなり長い時間です。もちろん、姉に長い手紙を書いていたのかとも考えられますが、実際にはそうではなかったのです。二、三分で走り書きできる程度の、短い手紙を書きのこしていただけだったのです。

従って、彼はその部屋にいた間に例の品物を姉の荷物の中に隠し、サットクリフ夫人がそれをイギリスへ持ち帰ったのだという推測が当然生まれるわけですし、いくつかの集団の者たちもそう推測しました。ここで、われわれは、わたしに言わせると〈二本の糸の分離〉という、仕事に当面するわけです。一組の集団は——（おそらく一組だけではないかもしれませんが）——サットクリフ夫人がその品物をイギリスへ持ち帰ったものと推定しました。その結果、彼女の田舎の家が泥棒の侵入をうけ、徹底的に捜索されました。このことは、その探索をやった者が、その品物の隠し場所をはっきりとは知らなかったことを表わしています。おそらくサットクリフ夫人の所持品の何かの中に忍ばせてあるという程度のことしか知らなかったわけです。

ところが、そのほかに、その品物のありかを正確に知っていた者がいたのです。もう今では、ボブ・ローリンスンがそれをどこに隠していたかを、お話ししてもさし障りはなかろうと思います。テニスのラケットのグリップの中に隠していたのです。ラケットのグリップをくり抜いて、その中に問題の品物を押しこみ、あとですこぶる巧妙に切口を接ぎあわせて、外からは、ちょっとその工作のあとが見破れないようにしていました。そのラケットは彼の姉のものではなく、娘のジェニファーのものでした。問題の隠し場所を正確に知っていたその何者かは、あらかじめ鍵の型をとっておいて合鍵を作らせ、ある夜、室内競技場へ行きました。夜のその時刻には、一人残らずベッドで眠っているはずでした。ところが、実際はそうではなかったのです。スプリンガー先生が、校舎から、室内競技場の懐中電灯の明かりを見つけ、調べにいきました。彼女はたくましい身体をした屈強な若い女性でしたから、何がいようと、相手になるだけの自信を持っていました。問題の人物は、たくさんのラケットのうちから目ざすラケットをより出しているところだったのでしょう。スプリンガー先生に見つけられ、顔を見られたとなると、躊躇しませんでした……。ラケットを探していた者は殺し屋だったのですから、ミス・スプリンガーを撃ち殺しました。だが、そのあとで、その殺し屋はすばやく行動する必要に迫られました。銃声を聞きつけた人たちが近づいてきたからです。犯人は、何をおいても、姿を見られないうちに室内競技場から逃げださなければなりません。問題のラケットはひとまずそのままにしておくしかなかったわけです……
二、三日後に、犯人は別の方法を試みました。にせのアメリカなまりで話す見慣れない女が、テニス・コートから戻ってくるジェニファー・サットクリフを待ちぶせし、親戚から新しいラケットをことづかってきたという、まことしやかな話を聞かせました。ジェニファーは、何の疑うところもなくその話を信じこみ、自分の持っていたラケットをその女の持ってきた新しい高価なラケットと喜んで交換しました。ところが、そのアメリカなまりの女がいっこうに知らなかったあるできごとが起きていたのです。というのは、その数日前に、ジェニファー・サットクリフとジュリア・アップジョンは、互いのラケットを交換していて、問題の女が持ちさったのは、ジェニファーの名前を書いたテープが貼りつけてはあっても、実際はジュリア・アップジョンの古いラケットだったのです。
次に、第二の悲劇に移ります。ヴァンシッタート先生は、どういう理由からか、おそらくは、その日の午後に起きたシャイスタの誘拐事件の関係からでしょうが、誰もがベッドに入ったあとで、懐中電灯を持って競技場へ出ていきました。彼女がシャイスタのロッカーのそばにかがみこんでいた時に、あとを尾けてきた何者かが、こん棒か砂袋で彼女を打ち倒しました。この犯行もまた、ほとんどただちに発見されました。チャドウィック先生が、室内競技場の明かりを見つけ、急いで出てこられたからです。またもや警察が室内競技場を管理下に置いたために、殺し屋はそれに妨げられて、そこにあるラケットを探すことも調べることもできなかったわけです。ところがその頃、ジュリア・アップジョンは聡明な子供ですから、いろいろと考えあわせてみた結果、自分の持っている、本来はジェニファーのものだったラケットが、何らかの意味で重要なものなのだという論理的な結論に到達しました。そこで自力で調べてみた結果、自分の推察が正しかったことを知り、ラケットに入れてあったものをわたしのところへ持ってきました。

その品物は安全に保管されており、もはやここでは問題にする必要はありません」そう言うとともに、ポアロはちょっと言葉をきったが、やがてまた続けた。「最後に残っているのは、第三の悲劇についての考察です。

マドモワゼル・ブランシュが何を知っていたのか、あるいは何を疑っていたのかは、もはや知る由もありません。彼女はスプリンガー先生が殺された夜に、何者かが校舎から出ていくのを見つけたのかもしれません。彼女の知っていたこと、あるいは疑っていたことが何であったにせよ、彼女が殺人犯の正体を知っていたことは事実です。だが、彼女はそれを自分の胸だけにしまっていました。沈黙の代償として金を手に入れようと計画していたわけです。

何が危険だと言っても」とエルキュール・ポアロは感情をこめて言った。「すでに恐らくは二度も殺人をおかした者を脅迫することほど、危険なことはありません。マドモワゼル・ブランシュにしても彼女なりの用心はしていたのでしょうが、それが何であれ、その用心は完全なものではなかったわけです。彼女は犯人と会う約束をし、その結果、殺されてしまった」

彼はまた言葉をきり、まわりの人たちを見まわした。

「これで、今度の事件についてのすべての説明は終わったわけです」

全員がまじまじとポアロの顔を見つめていた。最初のうちは、興味、おどろき、興奮を反映していた彼らの顔も、今は一様に凍りついたような平静さになっていた。まるで感情を表わすことを怖れているみたいだった。エルキュール・ポアロはそうした彼らにうなずいてみせた。

「わたしにもみなさんの気持ちはわかります。問題は核心に迫ってきたわけですね。だからこそ、わたしも、ケルシー警部も、アダム・グッドマン君も、捜査を続けていたのです。われわれは、依然として、猫が鳩の群の中にまじりこんでいるかどうかをつきとめる必要があります。わたしの言う意味がおわかりでしょうか？　はたして、この学校には、まだ仮面をかぶってうろついている者がいるのでしょうか？」

彼の話に聞きいっていた者たちの間にちょっとさざ波が起こったのは、互いの顔を見たい気はしても、そうするだけの勇気がないかのように、こっそり横へ目を走らせたせいだった。

「幸い、わたしは皆さんを安心させてさしあげられることを嬉しく思います」とポアロは言った。「今ここにおいでになる方がたは一人残らず、自分で名のっておられるとおりの人たちです。例えば、チャドウィック先生はチャドウィック先生です――その点には疑問の余地はないでしょう。メドウバンク校そのものと同じくらい長くここに勤めておられるのですから！　ジョンスン先生も間違いなしにジョンスン先生です。リッチ先生もリッチ先生です。ミス・シャプランドもミス・シャプランドです。ローワン先生やブレイク先生もローワン先生であり、ブレイク先生です。さらに話を進めると」とポアロは言って、アダムのほうに顔を向けた。「この学校で庭仕事をしているアダム・グッドマン君も、正確にはアダム・グッドマンという名前ではないにしても、証明書にのっている名前の当人であることには間違いはありません。してみると、どういうことになりましょうか？　われわれは、誰か別人の仮面をかぶった人間ではなく、本名のままの殺人犯を、捜しださねばならないわけです」

今や室内はすっかり静まりかえった。空気にも威嚇が感じられた。

ポアロは言葉を続けた。

「われわれの捜さねばならないのは、第一に、三ヵ月前にラマット国にいた人物です。問題の獲物がラケットの中に隠してあることを知りえる方法は、ただひとつしかないはずです。ボブ・ローリンスンがそれをラケットに隠しているところを見ていたに違いないのです。問題はそんなに単純なのです。それでは、ここにおいでの方がたのうちで、三ヵ月前にラマットに行っておられたのは、どなたでしょう？　チャドウィック先生は、こちらにおいででした。ジョンスン先生もこちらにおいででした」彼の目は二人の若い女教師たちのほうへ移った。「ローワン先生とブレイク先生もこちらにおいででした」

彼の手がのび、指さした。

「ですが、リッチ先生は——リッチ先生は先学期には、こちらにいらっしゃらなかったのではありませんか？」

「わたしは——ええ。わたしは病気をしていたのです」彼女は早口に言った。「一学期間休ませていただきました」

「われわれのほうは、二、三日前に誰だったかがたまたま口にするまで、そのことは知らなかったのです。警察から最初に訊ねた時には、あなたは、メドウバンク校には一年半勤めている、とだけ答えておられる。その答えそのものにはたしかに間違いはない。ですが、あなたは先学期は休んでおられた。ラマットへ行こうと思えば、行けたはずだし——わたしは、あなたがラマットに行っておられたものと思っている。気をつけて答えてくださいよ。パスポートを見れば、実証できることなのですから」

一瞬沈黙があって、やがてアイリーン・リッチは顔を上げた。

「ええ、わたしはラマットにいました」と彼女は静かに言った。「なぜいけないのですか？」

「どういう事情でラマットへおいでになったのですか、リッチ先生？」

「すでにご存知のはずです。わたしは病気でした。休養するようにという——外国へでも行くようにという勧告をうけました。バルストロード先生にお手紙で一学期間休ませていただくしかない事情を述べました。先生は了解してくださいました」

「そのとおりです」とミス・バルストロードも言った。「ミス・リッチは次の学期まで休養を要するという、医師の診断書も同封してありました」

「すると——あなたはラマットへ行かれたわけですね？」とエルキュール・ポアロは言った。

「なぜ、わたしがラマットへ行ってはいけないのですか？」とアイリーン・リッチは言いかえした。彼女の声はいくらかふるえていた。「教員は旅費も割引してもらえます。わたしは休養を望んでいました。陽光を望んでいました。わたしはラマットへ行きました。二カ月間あちらで過ごしました。それが、なぜいけないのですか？　いったい、なぜですか？」

「あなたは、革命の起きた際にラマットにおられたことを、今まで誰にも話していらっしゃらない」

「なぜ話さなきゃいけないのですか？　そんなことは、この学校の誰とも関係のないことではありませんか？　はっきり言っておきますけど、わたしは誰も殺してはいませんよ。人を殺したことなんかありません」

「実は、あなたは顔を見られていたのですよ」とエルキュール・ポアロは言った。「はっきりとではないが、漠然とね。あのジェニファーという子は、ひどくあいまいな言い方をしました。ラマットであなたを見かけたような気がするが、自分の見かけたのはやせた人ではなくて、太っていたから、あなたであるはずがないと思いこんでいましたよ」彼は身を乗りだし、アイリーン・リッチの顔にえぐるような視線を向けた。

「リッチ先生どうお答えになります？」

彼女はくるりと向きなおった。「あなたが何を証明しようとしておられるか、わかっていますわ！」と彼女は叫んだ。「今度の殺人を犯した犯人は、スパイやそういう類の人間ではないということを、証明しようとしているんです。たまたまあそこにいただけの人間、たまたまその宝物をラケットに隠すのを見ていた人間だということを。あの子がメドウバンク校へ来るはずになっていることを知り、自分には独力でその隠匿物を奪う機会がありそうだということも知っていた人間だと。ですが、絶対にそんなことは嘘です！」

「わたしは、やはり、そのとおりのことが起きたのだと思いますね」とポアロは言った。「宝石を隠しているところを見た者が、それを自分のものにしたい一心で、一切のほかの義務も興味も忘れはてたのです！」

「そんなことは絶対に嘘です。わたしは何も見なかったし――」

「ケルシー警部」とポアロはそちらへ顔を向けた。

ケルシー警部はうなずいた――戸口へ行き、ドアを開けた。するとアップジョン夫人が入ってきた。

2

「お元気でしょうか、バルストロード先生？」とアップジョン夫人は多少戸惑った顔つきで挨拶した。「こんなかっこうのままで失礼なのですけれど、昨日はアンカラの近くのどこかにいて、ついさっき飛行機で帰ってきたばかりなのです。すっかりよごれているのですが、きれいにする暇も、何をする暇もなかったものですから」

「そんなことはかまいませんよ」とエルキュール・ポアロは言った。「われわれはあなたにお訊ねしたいことがあるのです」

ケルシーが切りだした。「奥さん、あなたがこの学校へお嬢さんを連れておいでになって、バルストロード先生の居間にお入りなった時に、窓から——正面の玄関道を見おろせる窓から——外を見ておられて、誰か顔見知りの人を見かけられたような、おどろきの声をお上げになりましたねえ。そうだったのでしょう？」

アップジョン夫人は目を丸くして彼の顔を見た。「わたしがバルストロード先生のお部屋にお邪魔した時に？　わたしが外を見た——ああ、そうそう、そうでしたわ。たしかにわたしは、ある人を見かけました」

「その人にこんな所で会ったのが意外だったのですか？」

「ええ、少々意外でしたわ……あれはもう何年も前のことだったのですから」

「と言いますと、戦争末期に諜報機関で働いておられた頃のことですか？」

「そうです。ほぼ十五年はたちましたわ。もちろん、その人もずっと老けてはいましたけれど、すぐにわかりました。それでわたしは、いったいあの人は、こんなところで何をしているのだろうと不思議に思っていたのです」

「奥さん、この部屋を見まわして、その人が今ここにいるかどうか、教えてくださいませんか？」

「おやすいご用ですわ」とアップジョン夫人は答えた。「入ってきた時に、すぐに気がつきましたもの。あの人です」

　彼女は人差指をのばした。ケルシー警部も機敏だったしアダムも負けてはいなかったが、二人とも間に合わなかった。アン・シャプランドがパッと立ちあがっていた。彼女の手には不気味な小型ピストルが光っており、ピストルはまっすぐにアップジョン夫人に銃口を向けていた。二人の男たちよりも先に、ミス・バルストロードが前へ飛びだしたが、その彼女よりも、ミス・チャドウィックのほうがなおすばやかった。彼女が身を楯にして護ろうとしたのは、アップジョン夫人ではなくて、アン・シャプランドと夫人との間に立っていた女性だった。

「いけません」とチャディは叫び、ミス・バルストロードに身体を投げかけた瞬間に、小型ピストルが火をふいた。

ミス・チャドウィックはよろめき、やがてゆっくりと崩れおちた。ミス・ジョンスンが駈けよった。その時にはもうアダムとケルシーがアン・シャプランドを取りおさえていた。彼女は山猫のように暴れたが、二人は小型ピストルをもぎ取った。

アップジョン夫人は息を切らして言った。

「あの当時からこの人は殺し屋だと言われていたのです。まだずいぶん若かったのですがね。いちばん危険なスパイの一人でした。アンジェリカというのがこの人のコードネームでした」

「この嘘つき!」アン・シャプランドは吐きだすように言いはなった。

エルキュール・ポアロは言った。

「嘘ではないよ。あなたは危険な女だ。常に危険な生活をしてきてもいる。今までのところは、本名でいる時は、疑われたことが一度もなかった。今まで本名で勤めていた勤務先はいずれもまともな所ばかりだったし、あなたはその職務を有能に果たしてもいた――ただし、それらの勤務はすべてひとつの目的を持ったものでしたがね。情報を仕入れるという目的をね。あなたはある石油会社にも勤めたし、仕事の関係である地域へ出かけることになる考古学者のもとにも勤めていたし、有名な政治家が後援者になっている女優のもとにも勤めた。十七歳の時以来、ずっとスパイとして活動してきた――雇い主は次々と変わったにしてもね。報酬をもらって働き、高給をはんでいた。あなたは一人二役を演じてきたわけだ。たいていの任務は本名で遂行してきましたが、ある種の仕事の場合には、いろいろの別名を使っていた。そういう仕事をやる時には、表向きは、郷里へ帰って母親のもとで暮らさなければならないからと言ってね。

だがね、ミス・シャプランド、わたしは大いに疑っているんだよ。わたしはある寒村に、看護婦に身のまわりの世話をしてもらって暮らしているあるお婆さんを訪ねたが、そのお婆さんは、頭の混乱した精神病患者には相違なかったが、あれがあなたの母親なんかではないのではないかということをね。あのお婆さんは、あなたが勤めをやめて、知人たちの前から姿を消す時の口実に使われていたのでしょう。この冬、〝母親〟がまた〝発作〟を起こしたからと言って、あなたが看病に帰っていた三カ月は、あなたがラマットへ行っていた期間と符合する。アン・シャプランドとしてではなく、アンジェリカ・デ・トレドという、スペイン人か、スペイン系のキャバレーのダンサーとしてね。きみはあのホテルのサットクリフ夫人の隣りの部屋に陣どり、なんらかの手段で、ボブ・ローリンスンが宝石をラケットに隠している現場を盗み見た。その時には、急にイギリス人の総撤退が行なわれたために、そのラケットを奪う機会がなかったが、荷物の荷札を見て、わけなく彼らについての情報を得ることができた。この学校の秘書の地位を獲得することも困難ではなかった。わたしは多少調べてみました。あなたはバルストロード先生の前の秘書に相当の金をつかませて、〝神経衰弱〟という口実でやめさせた。おまけに、もっともらしい作り話も聞かせていた。有名な女学校の〈内幕〉という、連載記事を書く依頼を受けたのだなどと言ってね。

しごく簡単なように思えたのではないかね？　生徒のラケットが一本ぐらい紛失しても、問題にもなるまいとね？　それよりも、夜のうちに室内競技場へ入りこんで、宝石だけを抜きとれば、なお簡単だと？　ところが、あなたはミス・スプリンガーのことを計算に入れていなかった。おそらく、彼女はあなたがラケットを調べているところを、すでに目にしていたのだろう。あの夜彼女は偶然目をさましたにすぎなかったのでしょう。彼女はあなたのあとをつけていき、あなたは彼女を撃ち殺した。その後、マドモワゼル・ブランシュに恐喝された時、あなたはあの人も殺してしまった。あなたにとっては、人を殺すことなどなんでもないことではないのかね？」

彼は話しかけるのをやめた。ケルシー警部が警察官らしい単調な声で、被疑者にいつもの警告をした。

彼女は聞いてもいなかった。エルキュール・ポアロのほうへ振りむき、低い声であらん限りの毒舌を投げつけ、みんなをびっくりさせた。

ケルシーが彼女を連れさると、アダムは嘆声をあげた。「おどろいたなあ！　感じのいい女《ひと》だと思っていたのに」

ミス・ジョンスンはずっとミス・チャドウィックのそばにしゃがみこんでいた。

「どうやら重傷らしいわ」と彼女は言った。「お医者さんがみえるまで、動かさないほうがいいと思います」

24 ポアロの説明

1

アップジョン夫人は、さっき経験したばかりのすさまじい光景のことも忘れてメドウバンク校の廊下をさまよっていた。今の彼女は、子供を捜している一人の母親にすぎなかった。彼女は、娘ががらんとした教室にいるのを見つけた。ジュリアは、机に覆いかぶさるような姿勢で、ちょっと舌を突きだして、夢中で作文と取りくんでいた。

娘は顔を上げ、目を見はった。と思うと、すっ飛んでいって、母親に抱きついた。

「お母さん！」

ついで、その年頃のはにかみから、自分のとりみだした感動ぶりが恥ずかしくなったのか、身体を引きはなし、わざと何げない調子で——まるでとがめてでもいるように言った。

「わりあいに、早く帰ってきたじゃないの、お母さん？」

「飛行機で帰ってきたのよ」とアップジョン夫人はまるで弁解するように言った。「アンカラから」

「まあ」とジュリアは言った。「でも――帰ってくれて嬉しいわ」

「そうね。わたしもとても嬉しいわ」とアップジョン夫人は言った。

二人は照れくさそうに顔を見あわせた。「何をしているの？」とアップジョン夫人はちょっと近寄った。

「リッチ先生の宿題の作文を書いているの」とジュリアは答えた。「あの先生はいつも興奮させられるようなテーマをお出しになるわ」

「今度のは、なんていうの？」と夫人は覗きこんだ。

テーマはページの一番上に書いてあった。ジュリアの不揃いな、のたくるような文字が十行ばかりその下に並んでいた。「殺人に対するマクベスとマクベス夫人の態度を比較せよ」アップジョン夫人は読んだ。

「なんだか、タイムリーと言ってもよさそうね」と彼女は感心しかねるような言い方をした。

彼女は娘の作文の最初の部分を読んでみた。ジュリアはこう書いていた。「マクベスは殺人という概念を好み、それについて大いに考えてはいたが、彼に実行させるには押しが必要だった。いったん実行にとりかかると、彼は人を殺すことを楽しみ、もはや良心の呵責も不安も感じなかった。マクベス夫人はただの貪欲な野心家にすぎなかった。自分の望んでいるものを得るためになら、何をしようとかまわない気でいた。けれども、実際にそれをやってのけた時には、結局自分はそういうことが好きではないのだと悟った」

「あなたの文章はあまり優美じゃないわね」とアップジョン夫人は批評した。「もう少し磨きをかけなきゃいけないと思うわ。だけど、たしかに何かをつかんではいるわね」

2

ケルシー警部は多少不服そうに言っていた。

「ムッシュー・ポアロ、あなたはいいご身分ですよ。われわれにはやれない多くのことを言ったり、したりできるんですからね。すべてが実に巧みな演出ぶりだったことはわたしも認めます。あの女に警戒心をとかせ、われわれがリッチを追及しているのだと思わせておいて、いきなりアップジョン夫人を登場させ、あの女を逆上させた。あの女が、スプリンガーを撃ったあとも、あの自動拳銃を手離さないでいてくれたのは、ありがたかったですよ。弾丸が一致すれば――」

「一致しますよ、わが友《モナミ》、一致しますよ」とポアロは言った。

「そうなれば、スプリンガー殺害の動かない証拠をつかめるわけです。それに、どうやらチャドウィック先生も危篤状態のようですよ。ですがねムッシュー・ポアロ、わたしにはまだ、どうやってあの女がヴァンシッタート先生を殺せたのかが理解できないのです。物理的にも不可能ですよ。あの女には動かせないアリバイがあります。ラスボーンとニド・ソーヴァージュの全部の従業員があの女と共謀《ぐる》にでもなっていない限りはね」

ポアロは首を振った。「いや、共謀《ぐる》ではありませんよ。アリバイは間違いなくほんものです。あの女はスプリンガー先生とブランシュ先生を殺している。だが、ヴァンシッタート先生の場合は――」彼はちょっと言いよどみ、横で二人の話を聞いていたミス・バルストロードのほうへ視線を走らせた。「ヴァンシッタート先生はチャドウィック先生に殺されたのです」

「チャドウィック先生に？」ミス・バルストロードとケルシーはいっせいにおどろきの声を上げた。

ポアロはうなずいた。「わたしはそう信じています」

「ですが——なぜですか？」

「どうやらチャドウィック先生はあまりにもメドウバンク校を愛しておられたために……」彼の視線はまたミス・バルストロードのほうへ向いた。

「なるほどね……」とミス・バルストロードは言った。「そうですね、わかるような気がします……わたしは当然、悟っていてもよかったはずなのに」彼女はちょっと言葉をとぎらせた。「つまり、チャドウィックさんは——」

「あの人はあなたと力を合わせてこの学校を創立されたわけですし、メドウバンクを二人の合弁企業と見なしておいでした」

「ある意味では、そのとおりだったのです」とミス・バルストロードは言った。

「確かにね」とポアロは言った。「しかし、それはただ財政面についてだけでした。あなたが引退のことを口にされはじめた時、あの人は自分こそ後をうけ継ぐ人間だと思いこんでおられた」

「でも、チャディは、年をとりすぎていますわ」とミス・バルストロードは反駁した。

「それはそうです」とポアロは言った。「年をとりすぎてもいるし、校長にふさわしい人でもありません。ですが、あの人自身はそうは思っていなかったのです。あなたが去られた場合は、当然、自分がメドウバンク校の校長になるものだと思っていました。ところがそのうちに、そうはいかないことを悟りました。あなたがほかの人物を考慮しておられることを、エレノア・ヴァンシッタートに目をつけておられることを悟ったわけです。ところが、あの人はメドウバンク校を愛していました。この学校を愛していると同時に、エレノア・ヴァンシッタートをきらっておりました。最後には憎むようにまでなったのだと思います」

「そうだったのかもしれませんわ」とミス・バルストロードは言った。「そうですわ、エレノア・ヴァンシッタートは——なんと言ったらいいでしょうか——あの人は、いつも満足しきっていて、何につけても、いやに優越した態度をとっていました。それは、嫉妬深い人にとっては、がまんしかねる態度だったでしょう。あなたのおっしゃる意味もそういうことではありませんか？　チャディは嫉妬深い人でしたから」

「そうなのです」とポアロは言った。「彼女はメドウバンク校に嫉妬し、エレノア・ヴァンシッタートに嫉妬していたのです。この学校とヴァンシッタートとを一緒にして考えることが耐えられなかったのです。そのうちに、あなたの意見もぐらついていると思わせるような態度を、あなたはお見せになったのではないでしょうか？」

「確かにぐらついていました」とミス・バルストロードは答えた。「ですが、たぶんチャディの想像していたようなぐらつきかたとは違っていたと思います。実を言いますと、わたしはヴァンシッタート先生よりももっと若いある人を頭に浮かべていました――それで、わたしはよく考えてみたすえ、いや、あの人では若すぎると、口に出して言いました……その時に、チャディもそばにいたように思います」

「チャドウィック先生は、ヴァンシッタート先生のことだと思ったわけですね。ヴァンシッタート先生では若すぎると言われた、と。あの人もそれには全面的に賛成だったわけです。自分の持っている経験や知恵のほうがはるかに重要なものだと思ったわけです。ところが、結局、あなたは最初の決心に戻られた。エレノア・ヴァンシッタートを適任者として選び、あの週末には、校長代理として学校に残していかれた。わたしはだいたい、次のように想像しています。あの日曜日の夜、チャドウィック先生はいらいらして寝つかれず、起きあがってみると、スカッシュのコートに明かりが見えた。あの人は、自分でも述べているとおりに、外へ出ていってみた。もっとも、彼女の証言には、たったひとつ違っている点があります。あの人の持っていったのは、ゴルフのクラブではなかったのです。彼女は玄関ホールに積んであった砂袋のひとつを持っていきました。いずれは強盗を、二度も室内競技場に押しいったやつを、相手どらなきゃならないという、覚悟があったからでしょう。襲われたら、それで身を護るつもりで砂袋を手にしていたのだと思います。ところが行ってみると、何を見つけたか？　エレノア・ヴァンシッタートが、しゃがみこんで、ロッカーを覗いているのを目にした時、おそらく、あの人はこんなことを考えたのでしょう――（〝わたしはひとの立場に身をおいて考えてみるのがうまいのですよ〟とポアロは言葉をはさんだ）あの人は、もし自分が侵入者だったら、強盗だったら、この人の背後に忍びよって、打ち倒すだろう、と考えた。そんな考えが頭に浮かんだとたんに、恐らくは半ば無意識だったのでしょうが、あの人は砂袋を振りあげて、打ちおろしてしまった。気がついてみると、エレノア・ヴァンシッタートは殴り殺され、息が絶えていた。その時には、あの人も、とんだことをしてしまったと、ぎょっとしたことと思います。それ以来、彼女は良心にさいなまれ続けてきました――生まれつきの人殺しなんかではありませんからね、チャドウィック先生は。まあることですが、嫉妬に、強迫観念に、かりたてられていたわけです。メドウバンク校への愛着の強迫観念にね。エレノア・ヴァンシッタートが亡くなった以上は、自分がメドウバンク校の校長のあとを継ぐことになると、確信しました。ですから、自首はしなかったわけです。警察にはありのままを語りましたが、ひとつだけ、あの打撲傷を加えたのは自分だという、かんじんの点は抜かしました。あのゴルフ・クラブは、恐らくヴァンシッタート先生が、ああした事件の起きたあとだけに、気味悪がって用心に持っていったものでしょうが、あれのことを聞かれた時も、チャドウィック先生は、すぐに自分の持っていったものだと答えています。あなたに、自分が砂袋を振りまわしたなどとは、一瞬だって思われたくなかったわけだ」

「アン・シャプランドも、ブランシュさんを殺すのに砂袋を選んでいますが、なぜなのでしょうか？」とミス・バルストロードは訊いた。

「ひとつには、学校の建物の中でピストルを撃つような危険をおかしたくなかったのと、もうひとつにはすこぶる頭の働く女だからですよ。この第三の殺人を、自分にはアリバイのあった第二の殺人に結びつけたかったのでしょう」

「ヴァンシッタートさんも、室内競技場なんかでひとりで何をしていたのか、どうも、わたしにはよくわからないのですが」とミス・バルストロードは言った。

「それは推察できるような気がします。あの人はシャイスタの失踪事件のことを、おそらく表面に見せかけていたよりもはるかに苦にしていたのでしょう。チャドウィック先生に劣らず狼狽していたわけです。ある意味では、彼女のほうが程度がひどかったかもしれません。あなたから留守中の責任を委託されていたのですからね――その間に誘拐事件が起きたのですから。それに不愉快な事実に当面するのがいやなために、あの人は、できるだけ長く、問題を軽くあしらおうとしてもいました」

「してみると、あの見かけのうらには、弱さがひそんでいたわけですね」とミス・バルストロードはしんみりと言った。「時々そうではないかと思ったことがありました」

「あの人もやはり眠れなかったのだろうと思います。それで、もしかすると、シャイスタのロッカーにあの娘の失踪の謎を解く手がかりでもありはしないかと思って、それを調べにこっそり室内競技場へ行ったのでしょう」

「ポアロさん、あなたは何についても説明おできになるようですわね」

「それがこの人の専門なんですよ」とケルシー警部は多少の悪意をこめた言い方をした。

「それから、アイリーン・リッチに、いろんな教師のスケッチを描かせたりなさったのは、どういう目的からなのですか？」

「ジェニファーという少女がどの程度まで人の顔を判別できるか、試してみたかったのです。ジェニファーは自分のことだけで頭がいっぱいで、自分とは無関係な人間にはせいぜいちらと目を向けるだけらしく、相手の顔かたちの表面的な特徴しか見ていないことがすぐにわかりました。げんに、マドモワゼル・ブランシュの髪型を変えたスケッチを見ても、あの人だとは気がつきませんでした。まして、あなたの秘書ですから、間近で見ることのあまりなかったアン・シャプランドなどは、なおさら見わけがつかなかったはずですよ」

「すると、あのラケットをとどけてきた女はアン・シャプランドだったと見ていらっしゃるわけですね」

「そうです。今度の犯罪はすべて一人の女性のしわざでした。あなたも憶えておられるでしょうが、あの日、あなたはジュリアを呼びに行かせようとしてブザーをお鳴らしになったが、結局、返事がないので、生徒にジュリアを捜しに行かせた。アンは手早く変装することには慣れていたのです。金髪のかつら、いつもとちがった眉のひきかた、〝ごてごてした〟ドレスと帽子。二十分ばかりタイプライターのそばを離れるだけで充分だったはずです。わたしはリッチ先生の巧みなスケッチから、女性は、純粋に外面的なものだけで、簡単に容姿を変えることができるものだと知りました」

「ミス・リッチといえば——あの人は——」ミス・バルストロードは考え顔になった。

ポアロはケルシー警部に目くばせをし、警部は、行かなきゃならないところがありますから、と言った。

「ミス・リッチは?」とミス・バルストロードはまた言った。

「呼びにおやりなさい」とポアロは言った。「それが一番いいですよ」

アイリーン・リッチが姿を現わした。彼女は顔色も青ざめており、多少態度も挑戦的だった。

「わたしがラマットで何をしていたかお知りになりたいのでしょうね？」と彼女はミス・バルストロードに言った。

「見当はついているつもりよ」とミス・バルストロードは言った。

「そうでしょうね」とポアロは言った。「このごろの子供は現実社会のあれこれを知っているものです――もっとも、子供の目は無邪気さをとどめている場合が多いですがね」

ついで、行かなきゃならないところがあるからと言って、彼も逃げるように出ていった。

「そういうことだったのでしょう？」とミス・バルストロードは言った。きびきびした事務的な口調になっていた。「ジェニファーはそれを太っていたと述べただけだったわ。自分の見たのが妊娠している女だということには、気がつかなかったのよ」

「ええ、そうだったのです」と、アイリーン・リッチは言った。「子供がお腹にいました。ですが、ここの教師をやめたくはなかったのです。秋の間はなんとか切りぬけましたが、その後は目立つようになってきました。授業を続けるのは無理だという医者の診断書をもらい、病気ということにしました。知っている人間には誰にも会いそうにない遠い外国へ出かけました。この国へ帰ってきて、子供を産みましたが――死産でした。

今学期には学校へ復帰し、誰にも知られなければいいがと虫のいいことを考えていました……ですが、これでもう、先生から、共同経営者になれというお申し出があったとしてもお断わりするしかなかっただろうと申しあげた理由が、おわかりいただけましたね？　今なら、学校がこういう不幸に見舞われている時ですから、結局はお受けしてもいいのではないかと思ったのです」

彼女はちょっと言葉をきり、淡々とした口調で言った。

「いますぐに辞表を出しましょうか？　それとも、この学期末まで待ちましょうか？」

「学期末までいてもらいます」とミス・バルストロードは言った。「それから、わたしはまだ希望をかけているのだけれど、この学校にも新学期がくるようだったら、あなたにも帰ってきてもらいます」

「わたしに帰ってこいと？　今でもやはりわたしをお望みなのでしょうか？」とアイリーン・リッチは言った。

「もちろんだわ」とミス・バルストロードは答えた。「あなた、誰かを殺したわけではないでしょう？　宝石に目がくらみ、それを盗むために人殺しを計画したわけでもないわよね？　あなたのなさったことくらい、わたしにはわかっているわ。たぶんあなたは自分の本能をあまりにも長いあいだ否定しすぎたのだと思うわ。誰か男の人を知り、その人と恋におち、子供をはらんだ。たぶん結婚するわけにはいかない事情があったのだと思うわ」

「最初から結婚は問題外でした」とアイリーン・リッチは言った。「わたしもそれは承知のうえでした。あの人には責任はありません」

「それなら、いいではないの」とミス・バルストロードは言った。「恋愛をして、子供まで作ったのですもの。あなたも子供が欲しかったのでしょう？」

「ええ」とアイリーン・リッチは答えた。「そうなのです。産んでみたいと思いました」

「それでは、もうその件は片がついたわけね」とミス・バルストロードは言った。「そこで、あなたに言っておきたいことがあるのよ。今度のような恋愛沙汰があったにしても、この世の中でのあなたの真の使命は教育にあると、わたしは信じているわ。あなたは、夫や子供と一緒に暮らす普通の女の生活によりも、自分の職業のほうに、意義を認めている人だと思うのよ」

「ええ、それはそうなのです」とアイリーン・リッチは言った。「わたしも、そう信じています。前からずっと自覚していました。教育こそ真にわたしのやりたいと思うことなのだと――生涯の真の意味での情熱なのだと」

「それなら、文句を言うことはないじゃないの」とミス・バルストロードは言った。「わたしは、非常にいい申し出をしているんだから。もっとも、それは事態が改善された場合のことだけれどね。これからの二、三年は、一緒に力を合わせて、メドウバンク校をもとどおりの一流校に復興させなきゃならないわね。どうやってやるかについては、わたしの考えとは別に、あなたにはあなたの考えがあると思うわ。こちらもあなたの考えに耳をかすつもりよ。時には、あなたの案にわたしのほうが譲歩することだってあると思うわ。たぶん、あなたとしては、メドウバンク校にも、改めたい点があると思うけど？」

「ええ、そう思っている点もあります。率直に申しあげます。教えがいのある生徒を集めることに、もっと重点をおきたいと思います」

「ああ、なるほどね」と、ミス・バルストロードは言った。「あなたの気にいらないのは、この学校の俗物的《スノッブ》な要素なのね？」

「そうです」とアイリーンは言った。「それが学校を毒しているように思えます」

「あなたにまだよくわかっていないことはね、あなたが望むような生徒を集めるには、そうしたスノッブ的な要素も必要だということなのよ。あなたも知っているとおり、そうした要素はごくわずかだわ。ほんの数人、外国の王族や名門の子女を入れておけば、あらゆる者が、この国じゅうの、それから外国のすべての愚かな親たちが、こぞって娘をメドウバンク校へ入れたがるわ。娘をメドウバンク校へ入学させようとしてやっきになるわ。その結果はどうなると思う？　長い長い順番待ちリストができるのよ。面接し、よく見きわめて、生徒が選べるのよ！　あなたも自分のより抜きの生徒をとれるのよ、わかる？　わたしも自分の生徒を選ぶわ。わたしは非常に入念に生徒を選んでいるのよ。ある者は性格を見こんで、ある者は才能を見こんで、ある者は純粋に学問的な知力を見こんでね。時には、今まではその機会がなくて伸びていないが、伸びる素質を持っていると思える生徒も入れているわ。あなたは若いのよ、アイリーン。あなたは理想に満ちているわ——あなたは教えるということに、その倫理的な面に、意義を見出しているのね。あなたがえがいている理想はまったく正しいと思うわ。確かに問題は生徒の質なのだけれどね、どんなことでも成功するためには、たくみな商人にもならなきゃならないものなのよ。理想だって同じだわ。市場に出さなきゃいけないのだから。いずれ、メドウバンク校を立ちなおらせるためには、わたしたちも相当如才なく立ちまわる必要があるわね。わたしはいろいろな人たちに、卒業生たちに、手をまわし、脅したり頼みこんだりして、娘さんをこの学校へよこしてもらうしかないと思っているわ。それがうまくいけば、ほかの生徒たちも来てくれるわ。まずわたしなりのやり方をとらせてみてね。その後は、あなたのやり方でやってもらうわ。メドウバンク校は存続するだろうし、立派な学校になりますよ」

「英国でも一番立派な学校になりますわ」とアイリーン・リッチも熱をこめて言った。

「それでは、これで話がついたわね」とミス・バルストロードは言った。「――それからね、アイリーン、あなたの髪をちゃんとしたかっこうに切って、整えさせてあげるわね。あなたはその束髪をもて余しているようだから。さて」彼女は調子を変えた。「わたしはチャディのそばへ行ってやらなきゃいけないわ」

彼女は入っていって、ベッドのそばへ寄った。ミス・チャドウィックは、蒼白な顔をして、静かに横たわっていた。顔にまるで血の気がなく、生命が涸れはててたみたいだった。警官が一人、手帳を手にして、近くに腰かけており、ベッドの反対側には、ミス・ジョンスンが座っていた。彼女は、ミス・バルストロードを見ると、そっと首を振った。

「どう、チャディ？」と、ミス・バルストロードは声をかけた。彼女はだらりとなった手を取った。ミス・チャドウィックは目を開いた。

「あなたに、話したいことがあるの」と彼女は言った。「エレノアを――あれは――あれはわたしだったの」

「ええ、それは知っているのよ」とミス・バルストロードは言った。

「嫉妬なの」とチャディは言った。「わたしは、なんとかして――」

「わかっているのよ」とミス・バルストロードは言った。

涙がゆっくりと、ミス・チャドウィックの頰をつたった。「なんというひどいことを……わたしは、そんなつもりは――どうしてあんなことをしたのか、自分でもわからないわ！」

「もうそんなことは考えないことよ」とミス・バルストロードは言った。

「そんなわけにはいかないわ――あなたは絶対に――わたしも絶対に自分が赦せなくて――」

ミス・バルストロードは握っていた手に多少力をこめた。

「ねえ、聞いて、あなたはわたしの生命を救ってくれたじゃないの。わたしの生命と、あのアップジョン夫人という、立派な女性の生命とを。それで、多少なりと、気持ちが楽になりはしない？」

「できることなら」とミス・チャドウィックは言った。「できることなら、お二人のために、わたしの生命を捧げたかったわ。そうしていたら、償えたような気がしたろうと思うけど……」

ミス・バルストロードは、深い憐れみをこめたまなざしで彼女の顔を見まもった。ミス・チャドウィックは大きく息をし、にっこりして、ほんのかすかに頭をかしげたと思うと、息絶えた……

「あなたは、たしかに生命を捧げてくださったじゃないの」とミス・バルストロードはそっと言った。「あなたも——今はもう、そのことを悟ってくれていればいいと思うけど」

25 遺贈

1

「ロビンスンという方がお見えになりましたが」

「ああ！」とエルキュール・ポアロは言った。彼は手を伸ばして、前のデスクから一通の手紙を取りあげた。彼は考え顔で手紙に目を通した。

「お通ししてくれ、ジョルジュ」

その手紙には、ほんの数行、次のように書いてあるだけだった。

ポアロ様

ロビンスンという男が近いうちにお訪ねするかもしれません。その男についてはあなたも既に多少はご存知でしょう。ある方面ではきわめて著名な人物です。現代の世界にはああいった人間も必要なわけですよ……あの男も、今度の問題についてはヽ天使の側についていると言っていいと思う。あなたが疑惑を抱かれるといけないと思って、ちょっと推薦状をしたためた次第。もちろん——このところは特に強調しておくが——その男があなたのところへ持ってゆく相談の内容については、当方はまったく関知していない……

アハハ！　ホホホ！　と言ったところか……

イーフレイム・パイクアウェイ

ロビンスン氏が入ってくると、ポアロは手紙を置き、立ちあがった。彼は頭を下げ、握手をし、椅子をすすめた。

ロビンスン氏は腰をおろし、ハンカチを出して大きな黄色い顔を拭いた。彼は、今日は暑いですね、と言った。

「まさかこの暑さの中を歩いてこられたのではないでしょうね？」

ポアロはそう考えただけで、ぞっとしたような顔をした。自然な連想から、彼の指は口髭へいった。安心した。口髭はぜんぜんだらりとなんかしていなかった。

ロビンスン氏もぞっとしたような顔つきをした。

「とんでもない。自分のロールス・ロイスでやってきました。ところが、近頃の道の混みかたときたら……時には三十分ぐらいも動きがとれないしまつですからね」

ポアロは同情するようにうなずいた。

ちょっと言葉がとぎれた——会話の第一部が終わり、第二部に入る前の幕合だった。

「実は、関心をもって聞いたことがありましてね——もちろん、いろんなことが耳に入りますし——たいていは根拠のないことが多いのですけれどもね——あなたはある女学校の事件に関係をしておられたということですが？」

「ああ、あのことですか！」とポアロは言った。

彼は椅子の背に深々ともたれかかった。

「メドウバンク校というと」とロビンスン氏はしんみりした調子で言った。「英国でも一流の学校のひとつですね」

「立派な学校ですよ」

「今も？　それとも、以前には、という意味なのでしょうか？」

「今も、と言いたいところですな」

「わたしもそうであることを願っていますよ」とロビンスン氏は言った。「しかし実際は危機一髪というところではないかと思っています。とにかく、われわれもできるだけのことはしてあげなければいけませんね。いずれしばらくは困難な期間が続くとは思うが、それを乗りきるための多少の財政的支援。幾人かのより抜きの生徒の推薦。わたしもヨーロッパ方面には多少勢力がないわけでもないのです」

「わたしもある方面に説得を試みておきましたよ。あなたの言われるように、なんとかここのところを切りぬけさえできればね。ありがたいことには、人間は忘れっぽいものですからね」

「まったくそうあってほしいものです。しかし、あそこで起きた事件が、子供にあまい母親を――父親も同様でしょうが――慄えあがらせたかもしれないことは、認めるしかありますまい。体育の先生に、フランス語の先生、それに、もう一人の先生――三人とも殺害されたわけですから」

「おっしゃるとおりですよ」

「聞くところによると、(なにしろ、いろんな噂が耳に入りますからね) その犯人というのは、子供の頃から女教師に対する恐怖症にかかっていた、不幸な若い女性だということではありませんか」とロビンスン氏は言った。「子供の頃の不幸な学校生活。医師たちはその点を重視することでしょう。少なくとも、近頃よく言われている責任能力欠如の判決を求めようとするでしょうね」

「その線でゆくのが、弁護の方法としては最善でしょうね」とポアロは言った。「こんなことを言っては失礼ですが、わたしは、それが成功しないことを望んでいますよ」

「その点はわたしも同感ですよ。実に冷酷をきわめた殺人犯ですからね。しかし、弁護側は、彼女のすぐれた性格、さまざまな名士のもとでの秘書としての仕事ぶりなどを申したてるでしょうね。戦時中の功績なども――どうやらすこぶる傑出したものだったらしいですからね。対スパイ活動の面では――」

彼はその最後の言葉をある種の意味をこめて――どことなく訊ねるような調子で――述べた。

「非常に優秀だったらしいのです」彼の口調は今までよりもきびきびしてきた。「あの若さですが――きわめて才気があり大いに利用価値があったのです――どちら側にとってもね。それが彼女の専門だったのですから――あくまで自分の専門をまもっていればよかったのですがね。しかし、今度の誘惑に負けた気持ちはわからないでもありませんね――一人で勝負して、莫大な戦利品を獲得しようとしたわけですな」彼はつぶやくように言った。「いやまったく大した戦利品なのだから」

ポアロもあいづちをうった。

ロビンスン氏は身をのりだした。

「あれは今どこにあるのですか、ムッシュー・ポアロ？」

「それはあなたもご存知だと思いますがね」

「さよう、正直に申しあげればね。銀行という所は便利な機関ではありませんか？」

ポアロはにやりとした。

「お互いにこう遠まわしに言う必要はないと思うのですが、いかがでしょうね、ムッシュー・ポアロ？　あなたはあれをどう処置なさるつもりですか？」

「わたしは待っていたのですよ」

「何をです？」

「何か提案を——とでも言いますかね」

「ああ——なるほど」

「ご承知のとおり、あれはわたしのものではありません。こちらとしては、実際の持主に返却したいところです。ところが、わたしの情勢判断が正しいとすれば、それが口で言うほど簡単なことではないらしい」

「政府は困難な立場におかれていますから」とロビンスン氏は言った。「いわば、傷つきやすい状態とでもいうか。石油、鉄鋼、ウラニウム、コバルト、なんによらず、対外関係は極めて微妙なデリケートな問題ですよ。女王陛下の政府が、この問題については、なんらの情報も有していないと、断言できることが何よりかんじんです」

「ところが、こちらはああいう重要な委託品をいつまでも銀行に置いておくわけにはいきません」

「ごもっともです。だからこそ、あれをわたしにお渡しください、という提案を持って参ったのです」

「ほほう」とポアロは言った。「なぜですか？」

「いくつかすぐれた理由を提示することができます。あの宝石類は——ありがたいことに、われわれは官僚でもなんでもありませんから、ありのままの名称で呼ぶことにしようではありませんか——故アリ・ユースフ殿下の私有財産であったことには、疑問の余地はありません」

「わたしもそう理解しています」

「殿下はあの宝石類を、ある指示を添えて、ボブ・ローリンスン空軍少佐にお渡しになりました。その指示というのは、あれをラマットから持ちだし、わたしに渡せと言うことだったのです」

「その証拠をお持ちですか」

「もちろんです」

ロビンスン氏はポケットから細長い封筒を取りだした。ついで、封筒から数枚の書類を抜きだした。彼はそれをポアロの前のデスクの上に置いた。

ポアロはその上にかがみこみ、綿密に調べた。

「おっしゃるとおりのようですね」

「それでは、いかがですか？」

「ひとつお訊ねしたいことがあるのですが？」

「どうぞ」

「あなたは、個人としては、これからどういう利益を得られるのですか？」

ロビンスン氏は呆れたような顔をした。

「これはどうも。もちろん、金ですよ。それも、相当額のね」

ポアロは考え顔で相手の顔に目を向けた。

「これは大昔からある商売なのです」とロビンスン氏は言った。「しかも、儲けの多い商売ですよ。この地球上には、いたるところに、われわれの多数の仲間が網を張っています。われわれは、言わば、舞台裏の脚色家ですよ。国王だとか、大統領だとか、政治家だとかいったような、詩人の表現を借りれば、華やかな脚光をあびている人たちのためのね。われわれは互いに協力しあっているわけですし、これだけは憶えておいていただきたいのですが、われわれは信義を守ります。収益は相当なものですが、われわれは正直でもあります。われわれを使うには高くつきますが――それだけの奉仕はしているわけです」

「なるほどね」とポアロは言った。「結構《ビアン》です！　あなたのご希望に同意いたしましょう」

「そのご決断はかならず、すべての者に喜びをもたらすことでしょう」ロビンスン氏の目は、ポアロの右側に置いてあったパイクアウェイ大佐の手紙に止まった。

「ですが、もうちょっとだけ。わたしも人間ですから、好奇心がありましてね。あの宝石類はどうなさるおつもりなのですか？」

ロビンスン氏は彼の顔を見た。と思うと、大きな黄色い顔をほころばせてにっこり笑った。彼は身をのりだした。

「お話ししましょう」

彼は語って聞かせた。

2

子供たちが通りのあちらこちらで遊んでいた。彼らの上げるかん高い叫び声が、あたり一面にひびき渡っていた。ロビンスン氏は、自家用のロールス・ロイスからおもおもしい足どりで降りたとたんに、子供の一人とぶっつかった。

彼はそう冷淡とはいえない手つきでその子供を押しのけ、その家の番号を見あげた。一五号。目的の家だった。彼は門を押しあけ、玄関に通じる三段の石段を上がった。彼は、窓の清潔な白いカーテンや、きれいに磨いてある真鍮のノッカーを目にとめた。ロンドンのしがない一画にあるしがない通りのしがない家ではあったが、立派に維持されていた。自尊心の感じられる家だった。

ドアが開いた。二十五歳くらいの、きれいな、チョコレート箱に描かれた絵を思いおこさせられるような古風な美しさを持つ、感じのいい顔をした若い女が、にっこりと彼を迎えた。

「ロビンスンさん？　どうぞお入りください」

彼は小さな居間に案内された。テレビ、ジェームズ王朝風の模様の入ったクレトン更紗の椅子覆い、壁ぎわには小型《コテージ》ピアノ。彼女は黒っぽいスカートに灰色のセーターを着ていた。

「紅茶はいかがですかしら？　お湯が沸いていますが」

「ありがとうございます。ですが、わたしは紅茶は飲まないことにしているものですから。それに、すぐおいとましなければなりません。お手紙で申しあげた品物を持参しただけなのですから」

「アリからの？」

「そうです」

「望みは――ないのでしょうか？――ありえないのでしょうか？　つまり――ほんとうなのでしょうか――あの人が亡くなりましたことは？　なんの間違いもありえないのでしょうか？」

「残念ながら、間違いではありませんでした」とロビンスン氏は穏やかに言った。

「それは――わたしもそうだろうとは思っていました。いずれにしましても、期待はかけておりませんでした――あの人が、国へ帰られた時、もう二度と逢えないのではないかと思いました。べつに、いずれ暗殺されるとか、革命が起きるとか、そう考えたわけではありません。ただ――ご存知のように――あの人は――自分にかけられている期待に――そわなければ、自分の義務をはたさなければならない身でしたから。同じ民族の方と結婚するなり――なんなり」

ロビンスン氏は包みを取りだし、テーブルの上に置いた。

包み紙をはぎとる時、彼女の指はちょっとまごついたが、やがて、最後の覆いを開いた………

「どうぞ開けてみてください」

彼女はハッと息をのんだ。

赤、青、緑、白、すべてが炎をおび、生命をおびてきらめき、薄暗い小さな部屋をアラジンの洞窟に変えた……

ロビンスン氏は彼女を見まもっていた。彼は今までにも、宝石に見いる幾人もの女たちを見てきていた……

彼女はやっと喉のつまったような声でこう言った。

「これがみな――まさか――ほんものではないのでしょう？」

「ほんものですよ」

「でも、それでしたら、きっと、たいへんなねうちの――たいへんな――」

彼女にはその価値は想像もつかなかった。

ロビンスン氏はうなずいた。

「もし処分なさりたいご希望でしたら、恐らく、少なくとも五十万ポンドにはなると思います」

「まあ、そんなことが――あるはずもありませんわ」

突然、彼女は宝石を両手ですくい上げ、ふるえる手でまたもとどおりに包んでしまった。

「怖くなりましたわ」と彼女は言った。「おびえさせられますわ。これをどうしたらいいでしょうか？」

ドアがバタンと開いた。小さな男の子が飛びこんできた。

「ママ、かっこいい戦車をビリーからもらっちゃったんだよ。あの子はね――」

彼は急に口をつぐんで、ロビンスン氏をまじまじと見つめた。

オリーブ色の肌をした黒っぽい目の少年。

母親は言った。

「アレン、台所へいらっしゃい。おやつの用意ができてますよ。牛乳と、パンと、それから、しょうがいりクッキーもあるわよ」

「わ、すごいなあ」少年はバタバタと部屋を出ていった。

「アレンと呼んでいらっしゃるんですね？」とロビンスン氏は言った。

彼女は顔をあからめた。

「アリに一番近い名前でしたから。アリと呼ぶわけにはいかないのです——あの子にも、近所の人たちなどにも、むずかしすぎますから」

彼女はまた顔を曇らせ、言葉をついだ。

「どうしたらいいでしょうか？」

「その前に、婚姻証明書はお持ちでしょうね？　わたしとしては、あなたがご自分で言っていらっしゃるとおりの方かどうかを、確かめる必要がありますから」

彼女は一瞬呆れたように目を見張ったが、やがて、小さなデスクのほうへ行った。ひきだしのひとつから封筒を取りだし、その中の一枚の文書を抜きだして、彼のそばへ持ってきた。

「ふむ……なるほど……エドモンストウの戸籍登録係……アリ・ユースフ、学生……アリス・コールダー、未婚婦人……結構です。ちゃんとしています」

「ええ、ちゃんとした合法的なものであることは確かですわ——こういう文書のかぎりでは。それに、誰一人としてあの人の素性に気づいた人はおりませんでした。ご存知のように、イスラム教徒の留学生もたくさん来ていますから。わたしたちも、こんなことが実際には何の意義もないことは承知していました。あの人はイスラム教徒でしたから、一人以上の妻を持てたわけですし、自分でも、国へ帰り、そうしなきゃならないことは承知していました。わたしたちはそのことについて話しあったのです。ですけれども、アレンがお腹にいましたから、あの人は、こうしておくほうがあの子のためにいいだろうと申しまして――わたしたちがこの国で正式に結婚しておけば、あの子も私生児にならないですむから、と。あの人としては、それがわたしのためにできるせいいっぱいのことだったのです。あの人は――わたしをほんとうに愛してくれていたのですから。ほんとうに愛してくれていましたわ」

「なるほど、そうだったでしょうとも」とロビンスン氏は言った。

ついで、彼はてきぱきと話を進めた。

「それでは、わたしに一切をまかせていただくとしまして、わたしのほうはこの宝石を売るようにはからいます。それから、弁護士を一人、信頼のおける有能な事務弁護士を一人、ご紹介することにします。たぶんその人が、あなたの入手されるお金の大部分を、信託預金にされるよう助言することと思います。それに、ほかの問題も何かと起きてくるでしょう。ご子息の教育のことだとか、あなたご自身の今後の暮らしかたのことだとか。あなたには社交生活についての指導をお受けになる必要もありましょう。今後はたいへんなお金持ちになられるわけですから、あらゆる種類の狼どもや、詐欺師連中もあなたを追っかけまわすことでしょう。純粋に物質的な面以外では、あなたの生活も容易なことではありますまい。資産家たちは決して安易な生活を送っているわけではないのでして、それははっきり申しあげておきます――そういう錯覚を抱いている人たちをあまりにも多く見てきましたからね。ですが、あなたはしっかりした性格をお持ちです。あなたなら、きっと立派にやりとげられると思います。それに、あなたのご子息も、お父さんよりは、幸福な生活が味わえるのではないかと思います」

彼は言葉をきった。「ご同意願えますか？」

「ええ。これはお持ちになってください」彼女は、宝石類を彼のほうへ押しやったと思うと、急にこう言った。「あの女学生さん――これを見つけてくださった方のことですけれど――あの方に、これをひとつ差しあげたいと思います――どれが――どういう色のが、お好きでしょうか？」

ロビンスン氏は考えた。「エメラルドがいいと思います――神秘をあらわす緑のが。いいことを思いついてくださいましたね。あの子もさぞ胸をときめかせることでしょう」

彼は立ちあがった。

「わたしも自分の奉仕に対しては報酬をいただきます」とロビンスン氏は言った。「わたしの報酬は相当高いのです。ですが、あなたをあざむくようなことはいたしません」

　彼女は平静なまなざしを彼に向けた。

「そんなことはわたしも思ってはいませんわ。それに、わたしには実務を心得た方が必要なのです。その方面はからっきしだめな人間ですから」

「こんなことを申しあげては失礼かもしれませんが、あなたは実に良識のあるご婦人のようですね。さて、それではこれは持っていくことにしますか？　置いておきたいとはお思いになりませんか——一個だけでも？」

　彼は好奇心をもって彼女の顔を見まもった。ふいに浮かんだ興奮のひらめき、貪るような、もの欲しそうな目つき——だが、そのひらめきはすぐに消えた。

「よしますわ」とアリスは答えた。「置かないことにします——ひとつも」彼女は顔をあからめた。「そりゃ、あなたにはおろかしく思えることでしょう——大きなルビーか、エメラルドを、ただの一個も残しておかないなんて——せめてもの形見としてだけでも。ですけれど、あの人とわたしとは——あの人はイスラム教徒でしたけれど、時おりわたしに聖書を朗読させてくれました。わたしたちはあの箇所を読んだのです——その値がルビーにもまさる女について書かれているところを。ですから——わたしは宝石は身につけません。むしろ持たないほうが……」

「実に得がたい女性だ」とロビンスン氏は、路地を抜けて、待たせてあったロールスに乗りこみながらつぶやいた。

彼は繰りかえしつぶやいた。

「実に得がたい女性だ……」

七十三系統のバスでマーシャル・アンド・スネルグローヴへ

作家
浅暮三文

英国有数の女学校メドウバンクで体育教師が殺された。次の被害者はドイツ語教師。さらにフランス語教師にも魔の手が伸び――。

本作『鳩のなかの猫』は一九五九年に出版されたクリスティーの五十一冊目の作品なのだという。奇しくも一九五九年は僕が生まれた年なので、今から四十六年前になる。

この作品は推理小説というよりもサスペンス小説に近い。推理小説とサスペンスの違いを僕などが厳密に提示はできないけれど、推理小説はどちらかというと謎解きに重点が置かれ、サスペンスはハラハラドキドキに重きがあるといえばいいだろうか。

本作の核となっているのも犯人は誰か、と同時に、そいつが狙う宝石はどこか、であり、隠し場所がなかなか見つからないために連続殺人へと話が展開していく。つまり女学校を舞台にトレージャーハンティングを扱っている話なわけで、最後の方で登場し、推理を披露するのはご存じ名探偵ポアロだが、どうもそちらは友情出演の感が強い。

なるほど女学校という、か弱き女性が集まる閉鎖的な空間で事件が起こる設定はうまく考えたサスペンスだし、男といえば今まで年老いた庭師しかいなかったその学園にアダムという謎のハンサムが現れて……とくると、オジサンの僕などは、なんだか淫靡な想像をかきたてられてしまう。

タイトルが「鳩の（群れの）なかにいる猫」なのだから、いたいけな乙女がいつ残忍な犯人の手にかかるのかと期待したが、そこはあくまでミステリー。いたって健康的に仕上げてあって、女生徒の一人が寄せて上げるブラをしているという件がある程度だ。しかし四十六年前にそういった目的のため、針金とくじらのひげで作った下着がすでにあったのか。ふううむ、騙される者、汝の名は……。

本作を読んでもうひとつ実感したのが、クリスティーは男っぽいということだ。かねてより僕はそう感じていたが、本作を読むと、なおのことそう思う。なにがそう思わせるのかというと、典型的な例として文中のワンシーンである。

本作の事件では一人の女性が射殺されてしまうのだが、この女性、友人をかばって代わりに撃たれるのだ。僕はなにかのおりに「男は友情のために死ぬらしいが、女の場合はそれはあり得ない」ということを女性から聞いた。つまり「走れメロス」の設定は男にのみあり得る価値観で女性にはないということらしいのだ。

他にも美しい宝石に女は気を狂わせるとか、厚かましくも自分の顎に生えてきた一本の毛を調べるなどの一文が出てくるけれど、これらもまた、視点が男っぽい。女性が女性を描く場合、批判的か擁護的か、えてしてどちらかに偏るものだが、クリスティーの場合は英国特有のドキュメンタリーの視点といえばいいのか、男のように女性に対して中立の立場にいるように感じるのだ。少なくとも女性をさめた目で観察しているように思える。

このクリスティーの視点が本作をサスペンス小説として成り立たせているのではなかろうか。女は女として生まれてくるのでなく、女に育つというけれど、そうではない人もいるらしい。道理で誰かさんは僕の知っている男友達よりも喧嘩っぱやいわけだ。

舞台であるメドウバンク校はもちろん架空のものだが、設定はロンドンに近いらしい。作中、女生徒の一人がロンドンにいるポアロのもとを訪ねるのに列車で半日ほどで到着している。翻訳ミステリーの楽しみは本筋だけでなく、細部のあれこれについてもいえるので、ここに僕が気になって調べたいくつかの描写を報告しておこう。

まず、本作の影の主役といえるp43の「七十五万ポンドの宝石」の価値は現在の日本円にして約一億五千万。五十年ほど前の物価からするとけっこうな金額だ。物騒な話だが少々の殺人が起こっても不思議はない。

p55「・iには点を打ち、tには横棒をひく」は英語のクリシェ（dot the i's and cross the t's）。最後の仕上げをする、細部に入念に手を加えることを意味する慣用句だが、ときにはこの表現を使う人自体を几帳面すぎると揶揄する場合もあるそうで、スパイが自分の姉について悩むところに使うのは、ジレンマのようでおもしろい。

p236「フランス語の『カンディーダ』さし絵入り」おそらくバーナード・ショーの戯曲「カンディダ」と思われるが、マキャベリの「ベルファゴール」にも同名の女性が登場する。いずれかは不明だが、どちらもそっちの方面に関係するみたい。

p244「七十三系統のバスでマーシャル・アンド・スネルグローヴ店へいく」七十三番のバスはビクトリア駅前からバッキンガム宮殿とハイド・パークの横を抜けてオックスフォード通りを東へ進み、トッテンハムコート通りを北上して、ユーストン通りからエセックス通りへと走っていく。マーシャル・アンド・スネルグローヴは、途中のオックスフォード通りにあった老舗の百貨店らしいが、現在のガイドブックには見当たらない。名前を変えてまだ存在するのだろうか。

p261～262「ジョイス・グレンフェルか誰かが、ひとまねしている」のジョイス・グレンフェルは懐かしき喜劇女優。調べてみると一九五四年に製作された「じゃじゃ馬学校」という女学校を舞台にしたコメディ映画に出演している。時代として合致するので、もしかすると著者も見ていたかもしれない。

p309～310「男子生徒が科学の先生を撃ったことがある。先週の」の後に続く《ニューズ・オブ・ザ・ワールド》は現在もあるイギリスのタブロイド紙。ベッカム夫妻、深刻な危機なんて記事が載ったりする。四十六年前にすでにイギリスで学校危機が始まっていたとは絶句。

p323「コヴェント・ガーデンへ連れていってもらい、歌劇《ファウスト》を聞いた」ピカデリー・サーカスからコヴェント・ガーデンにかけてはロンドン随一の歓楽街で劇場が多数ある。中でもコヴェント・ガーデン・オペラハウスことロイヤル・オペラハウスは紳士淑女の社交場。

p337「グロセーユ——ああ、赤すぐりのことですか」赤すぐりはレッド・カーラントとか、かりんずというそうだ。少々、酸っぱいのでジャムやタルトに使うらしく、よくケーキの上にかけられてる赤いのがこれだそう。

最後にタイトルの方も調べてみた。cat among the pigeon のピジョンは鳩であるとともに騙されやすい人の意味がある。一方、キャットは意地悪な女。同じ鳩でもダブだと無邪気な、純潔な人となり、ラブロマンスめくが、なるほどピジョンとは、ミステリーらしく皮肉がきいていて、なかなか洒落てますよね。

灰色の脳細胞と異名をとる

〈名探偵ポアロ〉シリーズ

本名エルキュール・ポアロ。イギリスの私立探偵。元ベルギー警察の捜査員。卵形の顔とぴんとたった口髭が特徴の小柄なベルギー人で、「灰色の脳細胞」を駆使し、難事件に挑む。『スタイルズ荘の怪事件』（一九二〇）に初登場し、友人のヘイスティングズ大尉とともに事件を追う。フェアかアンフェアかとミステリ・ファンのあいだで議論が巻き起こった『アクロイド殺し』（一九二六）、イニシャルのＡＢＣ順に殺人事件が起きる奇怪なストーリーが話題をよんだ『ＡＢＣ殺人事件』（一九三六）、閉ざされた船上での殺人事件を巧みに描いた『ナイルに死す』（一九三七）など多くの作品で活躍し、最後の登場になる『カーテン』（一九七五）まで活躍した。イギリスだけでなく、イラク、フランス、イタリアなど各地で起きた事件にも挑んだ。

映像化作品では、アルバート・フィニー（映画《オリエント急行殺人事件》）、ピーター・ユスチノフ（映画《ナイル殺人事件》）、デビッド・スーシェ（ＴＶシリーズ）らがポアロを演じ、人気を博している。

1 スタイルズ荘の怪事件
2 ゴルフ場殺人事件
3 アクロイド殺し
4 ビッグ4
5 青列車の秘密
6 邪悪の家
7 エッジウェア卿の死
8 オリエント急行の殺人
9 三幕の殺人
10 雲をつかむ死
11 ABC殺人事件
12 メソポタミヤの殺人
13 ひらいたトランプ
14 もの言えぬ証人
15 ナイルに死す
16 死との約束
17 ポアロのクリスマス
18 杉の柩
19 愛国殺人
20 白昼の悪魔
21 五匹の子豚
22 ホロー荘の殺人
23 満潮に乗って
24 マギンティ夫人は死んだ
25 葬儀を終えて
26 ヒッコリー・ロードの殺人
27 死者のあやまち
28 鳩のなかの猫
29 複数の時計
30 第三の女
31 ハロウィーン・パーティ
32 象は忘れない
33 カーテン
34 ブラック・コーヒー〈小説版〉

好奇心旺盛な老婦人探偵

〈ミス・マープル〉シリーズ

本名ジェーン・マープル。イギリスの素人探偵。ロンドンから一時間ほどのところにあるセント・メアリ・ミードという村に住んでいる、色白で上品な雰囲気を漂わせる編み物好きの老婦人。村の人々を観察するのが好きで、そのうちに直感力と観察力が発達してしまい、警察も手をやくような難事件を解決するまでになった。新聞の情報に目をくばり、村のゴシップに聞き耳をたて、それらを総合して事件の謎を解いてゆく。家にいながら、あるいは椅子に座りながらゆったりと推理を繰り広げることが多いが、敵に襲われるのもいとわず、みずから危険に飛び込んでいく行動的な面ももつ。

長篇初登場は『牧師館の殺人』（一九三〇）。「殺人をお知らせ申し上げます」という衝撃的な文章が新聞にのり、ミス・マープルがその謎に挑む『予告殺人』（一九五〇）や、その他にも、連作短篇形式をとりミステリ・ファンに高い評価を得ている『火曜クラブ』（一九三二）、『カリブ海の秘密』（一九六四）とその続篇『復讐の女神』（一九七一）などに登場し、最終作『スリーピング・マーダー』（一九七六）まで、息長く活躍した。

35 牧師館の殺人
36 書斎の死体
37 動く指
38 予告殺人
39 魔術の殺人
40 ポケットにライ麦を
41 パディントン発4時50分
42 鏡は横にひび割れて
43 カリブ海の秘密
44 バートラム・ホテルにて
45 復讐の女神
46 スリーピング・マーダー

冒険心あふれるおしどり探偵

〈トミー&タペンス〉

本名トミー・ベレズフォードとタペンス・カウリイ。『秘密機関』（一九二二）で初登場。心優しい復員軍人のトミーと、牧師の娘で病室メイドだったタペンスのふたりは、もともと幼なじみだった。長らく会っていなかったが、第一次世界大戦後、ふたりはロンドンの地下鉄で偶然にもロマンチックな再会をはたす。お金に困っていたので、まもなく「青年冒険家商会」を結成した。この後、結婚したふたりはおしどり夫婦の「ベレズフォード夫妻」となり、共同で探偵社を経営。事務所の受付係アルバートとともに事務所を運営している。トミーとタペンスは素人探偵ではあるが、その探偵術は、数々の探偵小説を読破しているので、事件が起こるとそれら名探偵の探偵術を拝借して謎を解くというユニークなものであった。

『秘密機関』の時はふたりの年齢を合わせても四十五歳にもならなかったが、

最終作の『運命の裏木戸』（一九七三）ではともに七十五歳になっていた。青春時代から老年時代までの長い人生が描かれたキャラクターで、クリスティー自身も、三十一歳から八十三歳までのあいだでシリーズを書き上げている。ふたりの活躍は長篇以外にも連作短篇『おしどり探偵』（一九二九）で楽しむことができる。

ふたりを主人公にした作品が長らく書かれなかった時期には、世界各国の読者からクリスティーに「その後、トミーとタペンスはどうしました？　いまはなにをやってます？」と、執筆の要望が多く届いたという逸話も有名。

47　秘密機関
48　NかMか
49　親指のうずき
50　運命の裏木戸

訳者略歴　1906年生，1930年同志社大学英文科卒，英米文学翻訳家　訳書『鏡は横にひび割れて』クリスティー（早川書房刊）他多数

鳩《はと》のなかの猫《ねこ》

〈クリスティー文庫28〉

二〇〇四年七月十五日　発行
二〇一二年十一月二十五日　五刷
（定価はカバーに表示してあります）

著者　アガサ・クリスティー
訳者　橋《はし》本《もと》福《ふく》夫《お》
発行者　早川　浩
発行所　株式会社　早川書房

郵便番号一〇一‐〇〇四六
東京都千代田区神田多町二ノ二
電話　〇三‐三二五二‐三一一一（大代表）
振替　〇〇一六〇‐三‐四七七九九
http://www.hayakawa-online.co.jp

乱丁・落丁本は小社制作部宛お送り下さい。
送料小社負担にてお取りかえいたします。

印刷・三松堂株式会社　製本・株式会社川島製本所
Printed and bound in Japan
ISBN978-4-15-130028-8 C0197

本書は活字が大きく読みやすい〈トールサイズ〉です。